권무일 수상록

어머니 그리고 나의 이야기

권무일 수상록

어머니 그리고 나의 이야기

평민사

수상록을 내면서

지난해까지만 해도 수상록을 발간할 생각은 추호도 없었다. 그저 나의 이야기라는 생각 때문이었다. 그러다가 써놓은 원고를 이대로 사장하는 것보다 책으로 묶어내는 것도 의미가 있지 않을까 하는 마음이 들었다.

어머니께서는 52년 전에 그리고 아버지께서는 45년 전에 세상을 떠나셨다. 이제 나도 나이를 먹을 만큼 먹었다. 그동안 먹고 살기에 바쁘고 자식들을 키우는 데 마음을 쏟느라 나는 어쩌면 아버지에 대한 추억, 어머니에 대한 절절한 그리움을 잊고 살아오지 않았나 싶다.

10여 년 전, 나는 아는 이 없고 연고도 없는 제주도로 훌쩍 떠나왔다. 그 후 7년간은 아내도 자식들 곁에 남겨둔 채 나 혼자 보냈다. 외로움과 그리움이 쌓이는 그 시간 동안, 나의 마음은 어머니에게로 향했다. 50여 년이라는 세월이 흘렀음에도 어머니에 대한 그리움은 절절했다. 나는 하염없이 어머니의 뜻과 사랑을 되새겼고 한없이 어머니를 부르며 울었다. 그리고 어머니를 그리는 글을 쓰곤 했다.

자식들을 위하여 모진 고생을 하신 어머니, 자식들에게 꿈을 심어주시던 어머니가 있었기에 지금의 나, 꿈을 가진 내가 있는 것이며 나아가서 희망찬 미래를 열어가는 자손들이 있는 것이다.

나는 남들처럼 직장생활을 하면서 평범한 삶을 살았다. 내세울 것도 없고 자랑할 것도 없다. 아니 나는 목표가 없이 여기저기 이것저것에 휘둘려 살았기에 아내에게 많은 상처를 주었다. 그리고 제주도에와서 많이 참회하는 심정으로 살았다.

제주도에서의 삶은 관조의 시간들이었다. 내 마음은 지금 그 어느 때보다도 편안하고 평화롭다. 장자莊子의 말처럼 끝없는 자유의 경지에서 노닐고 있다(유무극지야, 遊無極之野). 나는 명상을 하면서, 사색을 하면서 세월을 낚았고 늦게나마 소설쓰기에 심취하곤 했다. 어머니에 대한 단상에 더하여 여기에 수록된 다른 글들은 내 삶의 편린들이다.

나는 지금 제주도의 때 묻지 않은 자연에 심취해 있다. 4년 전 제주도에 와, 나와 합류한 아내 또한 청정한 땅에서 해맑게 살고 있다. 앞으로 우리는 세상과 자연에 대하여 호기심의 창문을 열어놓고 더 배우고 더 알며 아직 밟지 않은 땅, 보지 못한 미래를 향하여 나아가고자 다짐한다.

인생이란 무엇인가? 살아가는 것이다. 알 수 없는 미래를 향하여 나아가는 것이다. 우리의 발걸음에는 정녕 두려움이란 없다. 아버지 어머니가 그랬던 것처럼.

2015년 4월
제주도 애월읍 구엄리 무극재無極齋에서

5

제 1부_ 어머니

제 2부 _ 나의 이야기

제 3부_ 제주의 자연

제 4부_ 제주에 살어리랏다

제 1부

어머니

어머니/詩

목 메인 부름 속에
환상이 되어오는 창가의 파노라마
그러나 정녕 현신現身하시지는 못할
안타까움에 겨운 양자樣姿여!

모든 것이 사라져간 후였다.
다만 애곡하는 나날 속에 번진,
눈물의 오솔길을 걸어야 하는
애끊는 고영孤影만이 여기에 남을 따름이어니.

오래 사시라
얼마나 당부하였던가.
가시지 않겠다고
얼마나 다짐하셨던가.

운명은 가혹해

신은 정녕 원망스러워라.
천금 같은 언약은 찬이슬이 되어가고
주위엔 적막만이 희끗거린다.

그 얼굴
눈물겹도록 매만지고 싶던
그 얼굴은 환상이 되어
희미한 안계眼界를 배회하는 설움의 차안此岸이여!

언제고 행복은 오리라 믿었건만
여기 몰려가고
저기 무더기로 몰려오는 검은 구름은
이 마음 끝없이 혼돈케 하여
아리따운 환상 부르며 방황하노라.

복사꽃 피는 마을
환상 뒤안길에 흩어지고
아련한 꿈만이 내일의 태양을 흐리게 하는
불모의 언덕에 공도는 서글픈 전설들이여!

어떠한 위로가
어떠한 노래가
호곡하는 이 마음의 길잡이 될 것이오리.
차라리 처연悽然하게 바람 이는

외로운 고갯마루에
영원히 영원히 망모석望母石이 되어지려.

어머니!
어머니!
어머니!
한없이 부르고픈 서글픈 이름만이
찢기는 가슴에 아로새겨져
비바람 치는 황야에 외로이 섰노라.

1963년 6월 30일(음5월 9일) 돌아가신, 어머니의 장례를 마치고 고향을 떠나 사동 처소에 왔을 때, 눈물만이 하염없이 흐르더이다. 창밖을 망연히 바라보던 중, 어머니의 환상을 찾았습니다. 병원에서 이렇게 걸을 수 있다고 미소를 지으시던 어머니, 그리고 임종을 경각에 두시고 택시에 누우시어 고향으로 떠나시기 전, 나의 손을 꼬옥 잡으시던 그 평화로운 모습이 아련히 떠오르더이다. 그러나 꿈은 갈기갈기 찢어지고…, 나의 두 눈에서는 눈물방울이 쉬임없이 떨어지고…, 손은 필을 들어 이렇게 시를 썼더이다.

고향집

내 고향 솔티 마을은 수원에서 서쪽으로 60리 떨어진 곳에 자리하고 있고 남양반도의 잘록한 허리 부분의 남쪽에 바다를 끼고 있다. 솔티 마을은 방죽안, 큰말, 그리고 한가묏골로 구성되어 있는 40여 호 정도의 권씨 집성촌이다.

우리 집 뜰아래로는 삼태기 같은 골짜기에 10여 호의 집들이 옹기종기 모여 있었다. 방죽 안의 우리 집은 서해 바다의 한 자락이 바라다 보이는 언덕 위에 자리하고 있어서, 동네 사람들은 우리 집을 꼭 대기집이라고 불렀다.

우리 집 뒷동산에는 큰 소나무 두 그루가 우뚝 서 있었다. 뒷동산에 올라가면 앞으로는 갯벌 끝자락으로 바다가 더욱 선명하게 보였고 뒷동산 너머에는 큰말을 사이에 두고 신작로가 꾸불꾸불 지나가고 있었다.

우리 집은 안채와 사랑채로 이루어지긴 했어도 비교적 협소한 집이었다. 집 울타리를 끼고 여러 그루의 밤나무가 둘러져 있었고 한 그루의 큰 참죽나무가 우뚝 솟아 있었다. 집 뜰과 왼쪽의 손바닥만

한 텃밭을 둘러싸고 복숭아나무가 띠를 이어 서 있었고 잿간 뒤에는 호두나무가 자라고 있었다.

봉당에서 뒤란 쪽으로 돌아서면 늙은 배나무 두 그루가 쌍둥이처럼 서 있었다. 동창을 열면 한 그루의 포도나무 넝쿨이 울타리 안으로 드리워져 있음을 볼 수 있었다. 장독대 옆에는 조그만 화단이 있어 초여름이면 백일홍, 봉숭아, 채송화, 맨드라미, 분꽃, 그리고 과꽃이 만개하여 갖가지 향기를 뿜어내고 있었다.

참죽나무는 아버지가 심으셨다. 봄철이면 아버지는 장대에 낫을 매어 참죽나무 가지를 치셨고 참죽순은 진하고 독특한 향기가 나는 나물로 밥상에 올랐다. 이 참죽나무에는 까치집이 두세 개 매달려 있었다. 아버지가 심은 밤나무에서 울타리 밑으로 툭툭 떨어지는 굵은 알밤은 추석과 설날의 차례상에 올랐고 우리의 간식거리이기도 하였다.

배나무 가지들 사이에 드문드문 보이는 배는 노랗게 익을 때까지 기다려 아버지, 어머니께서 맛을 보신 후에야 우리 차지가 되었다.

뜰 앞과 텃밭 주위의 복숭아나무는 어머니가 심으셨다. 어머니가 이 나무들을 심으신 데는 약간의 사연이 있다. 어머니의 회고에 의하면 어머니 새댁 시절 도깨비가 밤이면 우리 집의 지붕이며 봉당에 가끔 돌을 던져대는 짓궂은 짓을 하곤 하는 바람에 이 귀찮은 도깨비가 얼씬하지 말라고 복숭아나무를 심으셨다고 한다. 예로부터 복숭아는 귀신을 쫓는 과일이라는 얘기가 있다.

우리 집 복숭아나무에서는 봄이면 분홍색 꽃이 만발하여 우리 집이 마치 꽃 대궐 같았다. 복숭아가 익어가서 맛이 들라치면 말썽꾸러기 동네 아이들이 기웃거리기 시작했다. 싸리문 곁에 숨어 있던 누나는 대빗자루를 들고 뛰어나와 복숭아나무 밑에서 서성거리는 아이들을 쫓아 버리곤 했다.

어머니는 자신이 심으신 종자 좋은 복숭아나무를 거름을 묻어가며 정성껏 키우셨다. 앞마당의 멍석에 깔아 놓은 보리나락이 익어가고 있을 무렵 어머니는 잘 익은 복숭아를 한 소쿠리 따오셔서는 갓 길어 온 시원한 샘물로 씻어서 내오셨고 가족들은 매미소리를 들으면서, 삥 둘러앉아 맛있게 먹곤 했다.

꽃밭에 꽃을 심고 꽃을 가꾸는 일은 늘 누나의 몫이었다. 누나는 화단의 꽃을 정성스럽게 키웠고 꽃씨를 모아 겨울 동안 잘 간직하였다가 봄이면 인심 쓰듯 이웃에게 나누어주곤 했다.

여름밤이면 우리들은 마당에 멍석을 깔아놓고 누워서는 하늘의 총총한 별을 세기도 하고 이야기의 성을 쌓기도 했다. 아버지는 모깃불을 피워 주셨고, 동생과 나는 큰 소리로 노래를 불렀고 형은 유행가를 열심히 배웠다.

어머니는 보리개떡 또는 밀개떡을 쪄서 한 소쿠리 내오시기도 하고 옥수수, 감자를 삶아 내오시기도 하였다. 모깃불이 꺼져 갈 무렵이면 형은 나와 동생을 데리고 뒷동산엘 곧잘 올랐다. 거기서 우리는 부엉이 우는 소리도 들었고 개 건너 산에서 번쩍거리며 왔다 갔다 하는 도깨비불도 보았다. 또 우리는 저 아래 신작로에 불빛을 늘어뜨리고 지나가는 차를 내려다보며 도회지로 가는 꿈도 꾸었다.

형은 하모니카를 잘 불었다. 산정에서 형이 부는 하모니카의 간드러진 유행가 곡조는 넓은 들로, 아니 서해 바다로 멀리 멀리 물결쳐 나갔다. 적막한 밤에 울려 퍼지는 하모니카 소리는 참으로 듣기에 황홀했다.

지난 정초에 우리 삼형제는 어린 시절을 보내던 옛집을 찾았다. 산야가 온통 흰 눈으로 덮여있고 우리의 옛집은 흰 눈에 눌려 찌그러질 듯 했다. 지금은 우리의 피붙이가 아무도 살지 않는 집.

집 앞에 이르자 양지 바른 앞뜰에 앉아 이엉을 엮으시던 아버지, 그리고 그 옆에서 볏짚으로 바구니를 만드시던 어머니의 모습이 눈에 들어오는 듯했다. 그러나 그 분들은 저 세상에 계시다.

그 집에 사시는 마음이 넉넉하신 아주머니는 우리를 알아보시고 돼지고기와 부침개를 소반에 얹어 내오셨고 막걸리도 한 주전자 들고 오셨다. 막걸리 한 대접을 들이켜니 취기가 오른다. 나는 추억에 어려 주위를 천천히 둘러보았다. 안방은 예의 그 방인데 뒷담을 터서 늘렸고 부엌은 현대식으로 개조되어 있었다. 부뚜막이 있었던 곳에는 싱크대가 놓여 있고 물두멍이 있었던 곳에는 냉장고가 자리하고 있다. 우리 형제들이 공부하던 건넛방은 그대로다. 그런데 사랑채는 헛간으로 변했다. 아버지가 동네 어른들과 막걸리를 즐겨 드시며 담소하시던 사랑방, 윗목에는 가마니틀이 놓여 있었다. 아버지는 새끼 날줄에 바디를 걸고 어머니는 볏짚으로 씨를 먹이면서 밤새는 줄 모르시던 일이 생각났다. 귓가에는 아버지가 일정한 리듬으로 바디를 내려치는 쿵쿵 소리가 들리는 듯했다.

우리는 어렸을 적 꿈을 키우던 뒷동산에 올랐다. 눈은 정강이까지 찼고 표면은 얼어 있어 발이 푹푹 빠져 들어갔다. 시야에 들어오는 산천은 의구하고 신작로까지도 옛 모습 그대로인데 정인(情人)들은 다 떠나간, 이 곳 둔덕에서 우리는 말없이 찬바람을 텅 빈 가슴에 받으면서 추억에 잠겨 서 있었다. (2008 여름, 「창작수필」등단작)

엄니

내가 태어난 해인 1942년은 태평양전쟁이 치열했고, 일제의 압박과 착취가 극에 달하던 시기였다. 일제는 모든 곡물을 공출이라는 명목으로 남김없이 거두어갔기 때문에 우리의 농촌은 피폐해 있었고 농민들은 수확물을 모두 빼앗기고 초근목피로 연명할 수밖에 없었다.

내가 엄니 뱃속에 있을 때, 엄니는 굶주림에 시달리셨기에 나는 피골이 상접한 몰골로 태어났다. 마치 마른 개구리의 형상이었다고 한다. 당시 우리 집에 들렀던 큰 이모가 얼마 후 셋째형을 만난 자리에서 '너희 애기 죽었니?' 하고 물었던 경망스러움으로 인해 나중에 나를 보면 미안한 마음을 가지시곤 했었다.

엄니 젖은 말라붙어 있었다. 먹는 것이 없었으니 젖을 생산할 수가 없었다. 다들 힘든 때라 젖동냥도 불가능했다. 엄니는 숨겨둔 보리쌀을 꼭꼭 씹어서 뚝배기에 넣고 단 맛을 내기 위하여 침을 뱉어 섞은 다음 그걸 끓여서 암죽을 만드셨고 나의 입에 떠 넣어 주셨다.

영양실조로 나는 간혹 몸이 불덩이 같고 경기를 일으켜 숨이 넘어

가는 듯했다고 한다. 엄니는 늘 나를 부둥켜안고 사시면서 용하다는 의원은 천리를 마다않고 다니시곤 하였다. 그 어려운 시기에 어머니는 인삼을 구해 오시기도 하였다. 나는 그 인삼 달인 물을 먹는 일이 지긋지긋하게 싫었다.

동네아이들이 내게 짓궂게 굴면 나의 경기는 더욱 심했다. 나는 밑도 끝도 없는 허공으로 떨어지고 있는데 아무도 잡아주는 이 없고 떨어져도, 떨어져도 끝없는 암흑뿐이었다. 또 무시무시한 악마들이 내 가슴을 짓누르고 나의 팔다리를 꼼짝 못하게 하는 가위눌림에 허덕였다. 나는 울어댔다. 울음은 잠에서 깨어도 그치지 않았고 혼절할 정도로 울다가 엄니 품에서 잠이 들었다.

몸이 약하고 성정이 허약한 나에게 엄니는 각별한 정을 쏟으셨고 늘 잔잔한 대화로 나의 마음을 다스려 주셨다. 가족들도 나를 감싸고 보호했다. 특히 작은누나는 농가의 소득원인 달걀을, 암탉의 꽁무니에서 빼다시피 하여 남 몰래 나에게 먹이곤 했다.

엄니는 이 병약하고 심신이 허한 지스러기 아들을 하나님께 의탁하기로 마음먹으셨다. 사실 엄니는 처녀시절 외할머니를 따라 친정 동네의 작은 교회에 다니신 적이 있었지만 결혼하신 후 바쁜 삶을 영위하시면서, 더욱이 엄한 유교가정에서 교회를 찾을 겨를이 없었다. 엄니는 내가 초등학교에 입학하자마자 내 손을 이끌고 교회에 나가셨다. 나는 그날 이후 고향을 떠나기까지 주일예배를 거른 적이 거의 없었다. 어린 심령에 신앙의 불길이 타오르자 줄곧 나의 뇌리에 붙어 다니던 악마와 암흑에의 공포는 평화와 위안과 자유로 바뀌어갔다.

허약한 체질에도 불구하고 내 마음은 담대했다. 엄니가 농사일과 행상으로 바쁘시기 때문에 나는 비바람이 치거나 눈보라가 휘날리는 밤에도 10리쯤 떨어진 교회에 저녁예배를 위하여 다녀오는 경우도 많았다. 도중의 장터고개에는 애총(아기묘)이 있었지만 나는 '태산을 넘어 험곡에 가도 빛 가운데로 걸어가면…'의 찬송을 부르며 지나다녔다.

초등학교 5학년 때인가, 나는 크리스마스 성극에서 남들이 마다하는 거지 나사로 역을 자청했다. 성탄 전야에 나에게 주어진 배역을 해내기 위하여 허리까지 차는 눈밭을 헤치며 나는 혼자서 교회에 다녀왔다. 캄캄한 밤, 집 뒤 고갯마루에 서서 오매불망 나를 기다리시던 엄니는 잠깐 눈을 감으셨는데 금빛 옷을 입고 오색 빛을 받으며 다가오는 아들을 꿈속에 보셨고 이윽고 눈을 뜨시니 찬송가를 부르며 걸어오는 내 모습이 보였다고 한다.

나는 아버지가 무서웠다. 아버지의 부릅뜬 눈도 무서웠고 무언과 무표정도 무서웠다. 이는 순전히 내가 왼손잡이라는 데서 연유한 것이다. 오른 손으로 과일도 못 깎고 연필도 못 깎고 가위질도 못하는 나의 습관을 아버지는 기어코 고칠 생각이셨다. 특히 낫질은 위험하기 짝이 없었다. 왼손으로 낫질을 하면 낫날이 손등으로 미끄러져 올라와 손을 다치게 할 수 있기 때문에 내가 왼손으로 낫질을 하면 아버지는 무서운 눈을 하고 계셨다. 아버지는 나의 버릇을 고치려 하셨지만 끝내 포기하셨다.

자연히 나는 안방 동창머리에 앉아 책읽기에만 열중했다. 내가 독서삼매경에 빠져 있으면 아무 소리도 안 들렸다. 한번은 아버지가, 이웃에서 빌려온 말(곡식의 분량을 되는 그릇)을 돌려주라는 심부름을 시키고 나가셨다. 아버지가 일터에서 돌아오셨을 때 말은 그대로 마루에 있었고 아버지가 다시 지시하셨지만 나는 대답만 하고 까맣게 잊고 있었다. 아버지는 내 책들을 모두 쓸어다 지붕 위로 던지시고 훌쩍 나가셨다. 나는 팔팔 뛰며 울어댔고 깜짝 놀란 엄니는 나를 부둥켜안고 달래셨다. 넷째 형이 사다리를 타고 올라가 책들을 내려주었다.

어린 시절을 보내면서 엄니의 사랑과 정성, 가족들의 헌신적인 보살핌으로 나는 건강과 체력을 회복할 수가 있었고 나중에 세파와 싸운 연단으로 인하여 강인한 의지와 건강한 몸을 지탱할 수 있었다.

(2015)

이야기꾼 어머니

손녀 세영이는 5학년이 되었는데도 잠들기 전에 할아버지한테 옛날이야기를 해 달랜다. 허기야 나는 손녀가 세 살 때부터인가 잠자리에서 옛날이야기를 해 주면서 잠을 재우곤 했고 손녀가 잠들면 슬며시 자리를 빠져 나오곤 했다. 내 머리 속에 남아있는 이야깃거리가 그다지 많은 것은 아니기 때문에 아이처럼 동화집을 사다 읽곤 했고 점점 소재가 궁해지면서 성경 이야기, 그리곤 할아버지의 어린 시절 이야기, 나아가서는 증조할머니에 대한 이야기까지 보따리를 풀어 들려주곤 했다.

나는 어렸을 적 어머니의 옛날이야기를 들으면서 잠들곤 했었다. 어머니는 농사일, 그리곤 행상을 하시면서 힘들고 고단하셨을 텐데도 우리 끝동이 삼형제가 잠들기 전에 늘 이야기해 주시는 것을 좋아하셨다. 어머니의 이야기 소재는 주로 권선징악에 관한 것들이었지만 또한 성경에 나오는 고사들도 재미있게 엮어 나가셨다. 어머니가 즐겨 읽으시던 소설들도 요즘의 연속극처럼 여러 날 계속해서 이야기로 풀어 나가셨기 때문에 우리는 다음날 전개될 이야기에 들떠 있었다. 이야기가 한참 이어지고 있을 때 형과 동생은 쌔근쌔근 잠들어 버린다. 숨을 죽여 가며 듣고 있는 나에게 어머니는 '무일아, 자니?' 하고 물으신다. '아니요.' 하고 나는 대답했었다. 어머니 자신이 고단하고 졸리셨을 텐데 눈치 없는 어린 나는 그렇게 어머니를 힘들게 했던 것이다.

어머니는 한가한 여름날이나 긴 겨울밤이면 자식들에게 고전문학 소설을 읽어 주시곤 하셨다. 슬픈 구절을 읽으실 때는 눈물이 범벅이 되셨고 우리도 덩달아 울었다. 『양풍전』, 『유충렬전』, 『홍평국전』, 『박씨부인전』, 『소학사전』, 『옥단춘전』 등등, 그 이름들을 이루 헤아릴 수가 없다.

어머니는 동네에서 이야기꾼으로 통했다. 당시 이야기꾼이란 문맹이 많던 시절 소설책을 읽어주는 사람을 말하는데 1950년대만 해도 우리나라 농촌에는 30대 이후는 남녀를 무론하고 글을 모르는 사람들이 많았다. 이야기꾼이 다 그렇듯이 어머니의 글 읽는 소리는 판소리 같기도 하고 시조 읊조리는 소리 같기도 하였다. 길게 이어지기도 하고 문득 짧게 끊어지기도 하며 풍선처럼 위로 오르는 듯하다가 서서히 내려가고 갑자기 절벽 앞에 멈추는 듯 끊어진다. 높낮이와 길고 짧음이 리드미컬하게 섞여 흐른다.

벌레소리도 그친 한가로운 여름날에는 동네 아낙들이 우리 집 안채 마루에 모여들어, 혹은 모로 누워 있고 혹은 고초 앉아있고 혹은 벽에 기대어, 어머니의 낭랑한 소설 읽는 소리를 듣곤 했다. 그들이 서둘러 돌아갈 때는 눈시울이 퉁퉁 부어 있었다.

겨울밤이면 동네의 남정네들이 우리 집 사랑방에 모여 들었다. 그들은 어머니가 읽어주는 이야기에 깊이 빠져 쥐 죽은 듯이 있다가도 슬픈 구절을 들으면 괜한 헛기침을 해댔고 신나는 구절이 나오면 엉덩이를 들썩거렸다. 이제 늦었으니 돌아들 가라고 어머니가 재촉하시면 그들은 '조금만 더, 한 구절만 더…' 하고 졸라댔었다.

들을 줄만 아는 까막눈들이 보기에 안타까우셨든지 어머니는 아예 사랑방에 야학을 차리고 남녀 번갈아 가며 한글을 가르치셨다. 가갸 거겨… 어머니의 선창에 학생들은 큰 소리로 따라 했다.

어머니는 한국전쟁 이후 10년 가까이 사기그릇 행상을 하셨는데 도회지의 그릇도가에서 그 무거운 그릇들을 떠 오실 때에는 그릇을 담은 광주리에 언제나 소설책 몇 권을 사서 얹어 오시곤 하였다.

어머니가 어디선가 한지에 붓글씨로 쓰인 『삼국지』 수십 권을 거금을 주고 구해 오신 적이 있었다. 형이 마중 나가 한 짐 가득 짊어지고 어머니도 한 보따리 이고 뒤를 따라 오셨다. 어머니는 그 책들을 아이 키만이나 한 여러 개의 궤짝에 꾹꾹 눌러 담으셨고 쥐나 벌레들이 쏠지 않도록 궤짝에 타마유칠까지 하셨다. 어머니는 이 책들을 자신의 목숨만큼이나 아끼셨다. 그러나 어머니가 돌아가신 후 그 책들은 철없는 손자들의 제기 만들기와 불쏘시개로 사용되고 말았다.

어머니가 몸져누워 계실 때 나는 헌책방에서 『양풍전』을 구해다 어머니가 하시던 대로 이야기꾼의 구성진 목소리로 어머니께 읽어 드렸다. 가끔 어머니 얼굴을 들여다보니 어머니는 예전과 같은 감흥은 없이 살며시 눈을 감으시고 추억에 잠기는 듯 했다.

이 이야기도 손녀에게 들려주고는 할아버지가 이담에 더 늙어서 아파 누워있으면 너도 할아버지에게 책을 읽어 줄 거냐고 물으니 손녀는 귀여운 눈짓을 하며 고개를 끄덕거렸다. (2008)

어머니의 성경책

1905년에 태어나신 어머니는 소녀시절에 외할머니를 따라 교회에 다니셨다고 한다. 그때의 교회는 초대교회인 셈이었다. 그러나 유교집안으로 시집오신 후 교회를 잊으셨다.

그러던 어머니는 내가 초등학교에 입학한 해에 내 손을 이끌고 교회에 나가셨다. 일요일마다 거르지 않고 교회에 나가셨는데, 아마도 매일의 삶에서 찌들고 상한 심정을 위로 받고 싶으셨을 것이다. 농사일 때문에 낮 예배를 못 보시면 저녁예배라도 나가셨다.

어머니는 매일 저녁 자식들을 등잔불 밑에 쪼르르 앉히고는 가정예배를 보는 일을 거르지 않으셨다. 찬송을 함께 부르고 성경을 읽어주시고 기도를 인도하셨다. 그 시간 우리 집 주위를 지나가는 사람은 우리 가족의 합창소리에 발을 멈추곤 했고 아이들은 우리 집 앞뜰에 모여들어 흥얼거리며 따라 불러 보기도 했다.

어머니의 기도소리는 늘 애절했고 간절했다. 어머니는 6·25때 행방불명된 큰아들이 살아 있으리라고 확신하셨고, 그 아들이 어디 있든

지켜달라고 기도하셨다. 어머니는 셋째가 전쟁터에서 무사하기를 간절히 기도하셨고 빨리 집에 돌아오게 해 달라고 간구하셨다. 그리고 어린 자식들과 이웃을 위하여 기도하셨다.

아버지는 우리가 가정예배를 드릴 때는 슬그머니 자리를 비켜 주셨다. 아버지는 어머니의 신앙생활을 묵인하셨지만, 자칫 유교의 전통이 무너질까 염려하는 마음에 자신은 예배를 같이 드리지는 않으셨다.

우리 동네에서 처음으로 예수를 믿으신 분이 어머니셨고, 이웃들을 서서히 그리고 끈질기게 교회로 인도해 가셨다. 어머니는 농사일의 바쁜 틈바구니 속에서도 틈틈이 성경책을 읽으셨다. 국한문이 섞인 성경책은 의미가 더 정확히 전달된다고 하시면서 성경책을 읽으셨다. 처녀시절 외삼촌이 서당에 다녀와서 공부할 때, 어머니는 어깨 너머로 한문을 익히셨다고 한다.

나이 드셔서 눈이 침침해지자 어머니는 안경테가 떨어진 돋보기를 얻어 오셨다. 안경테 대신 실을 꿰어 매달아서 귀에 걸고 어머니는 성경책 그리고 소설책을 읽으셨다. 어린 나는 어머니께 이담에 돈을 벌어 돋보기를 사드리겠다고 약속했었지만 어머니가 돌아가실 때까지 이 약속을 지키지 못한 것이 부끄럽고 한스럽다. (2008)

출가외인

어머니는 1919년에 15세의 나이로 권씨 가문에 시집오셨다. 당시 아버지는 23세였고, 농사를 짓고 계셨다. 할아버지와 할머니는 어린 손자며느리에게 너무나 엄하셨다. 어머니에게 들은 시집살이 이야기 몇 토막.

할아버지는 신혼의 부부를 근 한 해 동안 한 달에 한 번 그믐밤에만 합방을 시켰다. 하루는 동네 방앗간에서 어느 새댁이 수다를 떨었다. 어머니보다는 서너 살 위지만 그 남편이 아버지의 동생뻘인 여인이다.

"형님네 서방님은 참 잘도 생겼더구만…."

"그래…?"

사실 어머니는 시집온 지 일 년이 다 되도록 자신의 남편인 아버지의 얼굴을 제대로 본 일이 없었던 것이다. 아버지는 한 달에 한 번 어머니에게 들어오시는 날에도 야밤에 들어오셨고 꼭두새벽에 들에 나가셨으니 말이다.

할아버지는 새벽에 잠에서 깨자마자 막걸리를 한 사발 드시는 습관이 있었는데, 나중에 아버지도 할아버지를 닮아서 그러셨다.

닭이 한 홰를 치면 어머니는 잠에서 깨어 옷단장을 하고 부엌으로 나가신다. 술국을 끓이고 막걸리를 알맞게 데우신다. 닭이 두 홰를 치기가 무섭게 할아버지의 헛기침소리가 나면 즉시 대령해야 하는 것이다. 할아버지는 막걸리를 쭈욱 들이키시고 물꼬를 보러 나가셨다.

아버지는 할아버지처럼 헛기침은 안하셨지만 할아버지가 돌아가시고 난 후 할아버지처럼 새벽 막걸리를 드시고 물꼬를 보러 나가셨다. 어머니는 아버지와 세상을 같이 사시는 동안 새벽 술시중을 거른 적이 없으셨다. 어머니가 집을 비우실 때는 누나가 대신했다. 어머니가 먼저 저 세상으로 가신 후 누나가 친정에 다니러 왔을 때, 이 일을 싫어하는 올케와 싸우기까지 했다.

어머니가 시집온 지 일 년이 조금 지났을 무렵 외할머니가 돌아가셨다는 기별이 왔다. 외할머니는 매우 인자하신 분이었고 초대교회의 개신교신자였다고 한다. 아버지가 채비를 하는 동안 어머니는 할아버지의 눈치만 보고 있었다.

"너는 출가외인이니라."

할아버지는 갓을 쓰고 지팡이를 짚고 마루턱에서 일어서셨다. 어느 안전이라고 감히 눈물도 보일 수 없는 손자며느리의 가련한 얼굴을 뜯어보시던 할아버지는, "건너 콩밭에 풀이 무성하더구나. 풀 좀 훔치거라." 하고 아버지와 더불어 나가셨다.

어머니는 우거진 콩밭 고랑에 주저앉아서 자신의 머리를 잡아 뜯는 심정으로 잡초를 뜯으며 맘 놓고 우셨다. 해거름에 집으로 돌아오면서 어머니는 그래도 이렇게 실컷 울게 해 주신 할아버지의 배려를 고마워하셨다. (2004)

보리밭

늦가을 콩걷이를 마치면 아버지는 밭을 갈고 써레질을 하신다. 밭 가운데 여기저기 뒹굴고 있는 수수깡뿌리는 밭둑에 던져져 나중에 땔감으로 활용된다. 아버지와 어머니는 그 사래 긴 밭에 보리파종을 하신다. 1950년대 내가 어렸을 때의 이야기다.

보리 싹이 파래지기가 무섭게 겨울이 닥쳐온다. 땅 위의 온갖 풀잎들이 그 생애를 다하여 누렇게 죽어가는 겨울에도 유독 보리(밀도 그렇다)는 파란 잎을 더욱 뽐내면서 풍상을 견디어 겨울을 난다. 눈이 많이 쌓이는 해에는 보리는 이불을 덮은 듯 포근함 속에 더욱 실해지고 이는 보리풍년을 예고하는 것이다.

대지에 봄기운이 돌아, 쌓인 눈이 땅 속으로 잦아들 때는 어른, 아이 할 것 없이 보리밟기에 나선다. 너른 밭에 일손이 딸리는 것은 당연하다. 어린 우리 형제들도 밭에 나가 발품을 팔아야 한다. 이때는 공무원과 학생들이 동원되는데, 몇 분대의 사람들이 일렬횡대로 밭이랑을 따라 전진해 나가는 모습은 참으로 가관이다.

보리가 무성히 자라 씨알을 맺고 누렇게 익어가고 있을 무렵엔 우리네 농촌의 생활은 너무 고되다. 적은 농사에 풀칠 할 입은 많고…, 더욱이 큰일을 치르고 나면 장리長利쌀은 기하급수로 늘어만 갔기 때문에 한 해의 쌀농사는 남에게 빼앗기는 것이 절반이다.

보리쌀이 선보이기 전에 이미 쌀독은 바닥나기 마련이다. 초근목피로 연명하는 집이 한 집 건너 두 집이다. 보리이삭이 패기도 전에 물오른 보릿대를 베어다 갈고 찧어서 멀건 질경이죽을 만들어 먹기도 하고 설익은 보리를 베는 이들도 많았다. 물론 점심은 거른다. 소위 보릿고개이다. 하루도 거름이 없이 계속되는 나물죽에 우리 어린 자식들이 투정을 부리면 어머니는 코끝을 손으로 가리시고 부엌으로 얼른 나가신다.

어느 겨울 강추위가 계속되고 눈은 아니 오고 세찬 바람만 불어대면 인동忍冬의 작물인 보리에게도 동해凍害가 발생한다. 그 해는 보리 흉년이다. 보릿고개보다 무서운 것이 보리흉년이다. 여름 내내 쭈그렁 보리가 둥둥 떠 있는 시라기죽으로 연명하기도 하고 부잣집의 묵은 보리 한 가마니에 쌀 한 가마니 반을 갚기로 하는 장리를 얻어 호구지책을 하는 경우도 있다. 형은 묵은 보리쌀 한 가마니를 지고 나는 뒤를 따르고…, 우리는 흐르는 눈물을 주먹으로 닦으며 이를 악물지만 약자의 설움은 허공에 날아가는 법이다.

우리 집만의 얘기는 아니다. 1970년대 이전 우리나라 오천년 역사의 농촌의 현실이다.

해마다 초여름이면 산야는 짙푸른데 보리밭 이랑만은 황금빛으로 일렁인다. 나의 마음은 이미 부자가 되어 보리밭을 기웃거릴라치면 밭고랑에서 까만 열매를 맺고 있는 까마중을 발견한다. 그 달면서도 아릿한 맛으로 나는 보릿고개의 배고픈 기억을 잊는다.

아버지, 어머니 그리고 누나와 형이 보리타작을 할 때 나와 동생은 이삭줍기에 내몰린다. 우리가 한나절 주운 보리이삭을 받아 드시면서 어머니는 보리쌀 한 되박은 실히 될 거라며 대견해 하신다.

찰기가 없어 알알이 흩어지는 보리밥이지만 '밥아 너 본 지 오래구나' 하며 고추장에 썩썩 비벼서 우리는 배가 터지도록 먹어댄다. 작작 좀 먹으라고 말리는 사람도 없다.

맥추麥秋의 계절! 이는 당시 우리네 농촌의 희망이며 삶의 풍성함이었다. 수확의 의미로서 '보리의 가을'이라 했지 않는가? 그래서 우리 농민들은 겨울을 나면서 보리풍년을 기대해 왔고 보리흉년의 조짐에 안타까워했다. (2005)

원두막의 추억

내가 고향에서 자라던 어린 시절, 어머니는 가랑축의 너른 밭에 참외와 수박을 심으셨다. 우리의 참외밭은 앞산 너머에 있지만 그 곳으로 가자면 산소벌을 지나 언덕을 넘어 삥 돌아가야만 했다. 물론 산길을 통하여 가는 지름길도 있으나 조금은 가파른 길이었다. 그 산의 남쪽 경사면은 우리 소유의 임야이고 그 산자락에 가로로 펼쳐진 약 600여 평의 밭에 어머니는 참외 등을 심으신 것이다.

아버지가 늘 논일에 바쁘셔서 밭가는 일 외에는 밭일에 신경을 쓰실 겨를이 없었기 때문에 씨를 심고 김을 매는 일은 어머니가 도맡아 하셨다. 작은누나와 넷째 형이 거름 주는 일을 도왔다. 특히 억척스런 말괄량이 누나는 똥지게를 지고 집에서부터 그 먼 밭까지 하루에도 몇 차례씩 드나들었다.

참외꽃이 지고 열매가 맺기 시작하면 아버지는 서둘러 원두막을 지으셨다. 어른의 키 서너 배나 되는 기둥을 네 개 세우고 기둥 중간에 끌로 홈을 판 다음 긴 나무를 가로세로로 고정시키고 거기에 널빤지를 깔아 등상을 만든다. 그리고 서까래를 씌우고 이엉을 얹는다. 등상까지는 사다리를 놓아 어린 우리들이 오르기에도 문제가 없다. 원두막이 다 지어지면 우리 삼형제는 이불을 짊어지고 여기로 이사를 한다. 우리 집에서 기르는 말만한 똥개 누렁이가 우리를 따른다. 누렁이는 여름 내내 거기서 살아야 한다. 참외 서리하는 사람들을 지키기 위해서다.

참외가 노오랗게 익어가고 수박이 둥그렇게 커가는 걸 보면서, 우리는 마냥 즐거워했다. 학교에서 돌아오면 원두막으로 날을 듯이 달려갔다. 동생과 나는 원두막으로 뻗은 산비탈을 뛰어 내려가면서 작은 나무쯤이면 비호같이 뛰어 넘었다. 우리는 원두막 등상에 엎드려 숙제도 하고 책도 읽었다. 넷째 형과 동생, 그리고 나는 원두막에 누워 밤새는 줄 모르고 재잘거렸고 미래의 청사진을 그려보기도 하였다.

적막한 밤에는 건너편 산마루에 넘나드는 도깨비불도 보았고, 산골짜기에서 들려오는, 도깨비들이 두드린다는 다다미소리를 들으면서 서로 부둥켜안고 오들오들 떨기도 하였다.

우리의 참외밭에는 희고 둥근 백참외, 노란 금참외, 개구리참외, 호박참외, 쥐참외, 사과참외 등 가지각색의 참외가 열렸고 각각 독특한 맛을 냈다. 어머니가 밭에서 따오신, 우리 식구만 아는 사탕같이 단 참외를 우리는 참으로 맛있게 먹었다.

어느 날 밤 우리 참외밭이 서리를 맞았다. 누렁이는 무슨 뇌물을 받아먹었는지 꿀 먹은 벙어리가 되어 다음날 아침 우리의 소동 속에서도 시치미를 떼고 있었다. 밭 절반이 군대가 지나간 듯 짓밟혀졌다. 서리꾼은 익은 놈, 선 놈 할 것 없이 모조리 훑어가 버렸다. 다음 날 아침 어머니는 참외밭을 둘러보시면서 혼잣말을 하셨다.

"과실은 따먹는 사람이 임자라지만 줄기나 밟지를 말았더면…"

원두막에는 참외를 사러 또는 먹으러 오는 사람들도 꽤 있었다. 여럿이 삥 둘러앉아 참외를 깎아 먹는 모습이 시원스러웠다. 장날이면 어머니는 이고 나와 동생은 번갈아 지고 하여 우리는 참외를 장에 내다 팔기도 하였다. 어머니는 개평을 달라고 조르는 이에게는 큰 놈 하나를 얹어주시기도 하셨다.

나와 동생만이 원두막을 지키고 있던 어느 여름날 오후 고등학생 넷이 원두막 등상에 걸터앉아 참외 두 개씩을 깎아 먹더니 돈이 없다며 도도히 사라졌다. 내가 이름표를 봐둔 덕에 어머니는 그 중 한 학생집에 찾아가 참욋값을 받아내셨다. 그 뿐이 아니었다. 어머니는 그 학생들을 달고 원두막으로 오셨다. 그들은 어색한 웃음을 지으며 나와 동생에게 악수를 청했다. 상처받은 어린 심령을 위로하기 위한 어머니의 배려였다. 그들은 공짜로 참외를 배터지게 먹고 돌아갔다.

누나가 시집을 가고 우리 삼형제가 중학을 마치고 도시로 유학을 떠나자 어머니는 5년여 심으시던 참외밭을 거둬치우셨다. 그리고 5년 후 어머니는 예순도 못 채우시고 세상을 떠나셨다.

아버지는 예의 참외밭이 내려다보이는 언덕에 어머니를 묻으셨다. 다음 해부터 수년간 아버지는 밭 한 구석에 참외를 심으셨고 참외가 꽃도 피기 전에 원두막을 지으시고는 참외넝쿨이 말라버릴 때까지 거기서 기거하셨다.

어머니가 돌아가신 다음해 여름방학을 맞아 우리 삼형제는 누나와 함께 고향땅을 밟았다. 참외밭에서 풀을 뽑으시던 아버지는 참외를 한 아름 따가지고 원두막으로 올라오셨다. 아버지는 우리가 사온 막걸리를 드시면서 먼 산을 바라보고 계셨다. (2006)

갯벌의 추억

나는 서해안 바닷가에서 어린 시절을 보냈다. 바닷가라고 하지만 어촌이랄 수는 없는 곳이다. 갯벌이 길고 넓어 어족자원이 풍부하지 않았기 때문인지 마을사람들은 농사를 짓고 살았다.

동구 앞에는 마을 공동우물이 있었고 그 곁으로는 온통 미나리꽝이었다. 여기에 여러 두럭의 논들이 방죽 밑에까지 이어져 있었다. 방죽 너머에는 바둑판 같은 염전이 판판하게 다듬어져 있었다. 염전 둑 너머에는 갯벌이 지평선까지 끝 모르게 펼쳐져 있었다.

갯벌 둔덕에는 십여 개의 염벗이 그림처럼 줄을 지어 서 있었다. 염벗은 옛날부터 소금을 생산하던 곳인데 갯벌 둔덕에 기둥을 세우고 잔 나뭇가지로 얼기설기 엮고 그 위에 이엉을 얹은 집이다. 그 안에는 바닷물을 저장하는 깊은 벗(우물)과 큰 무쇠두멍이 여러 개 있었고 가마솥이 걸려 있었다. 이 가마솥에 장작을 지펴서는 해수를 졸여 소금을 만들었던 것이다. 염전이 생긴 후에도 염벗은 한참동안 병존하여 고운 소금을 생산하고 있었다. 염벗 주변으로 갈대와 여러 종류의 바다풀이 무성히 자라고 있었다.

나와 동생은 주말이면 갯벌에 나가 고기잡이를 하곤 하였다. 우리는 방죽을 넘어 염전을 지나 갯벌로 나갔다. 맨발로 염전 둑길을 걷자면 뙤약볕에 달궈진 염기 섞인 흙 때문에 발바닥이 따가웠다. 염전의 물레방아 위에 높이 서서 발디딤질을 하는 염부들의 모습이 한가롭게 느껴졌다.

갯벌에 도달하면 자연의 알 수 없는 박자에 맞춰 춤을 추고 있던 방게들이 우리들의 인기척을 느끼고는 구멍 속으로 사라져 버리곤 했다. 우리는 크고 축축한 게 구멍을 찾아 손을 쑤셔 넣어 방게를 잡곤 했다. 또 우리는 갯벌 여기저기 패어있는 웅덩이와 고랑의 물을 퍼서 누룩지(망둥어), 모치(어린 숭어), 새우를 잡곤 했다. 우리는 그렇게 잡은 방게와 물고기를 한 망태씩 지고 집으로 돌아왔다.

온몸이 갯망둥이가 되어 둑길 모퉁이를 돌라치면 건너편 석호 할아버지가 댓돌을 내려서기 마련이었다. 이윽고 길목에 지켜선 석호 할아버지는 한 사발 올려 보내라며 헛기침을 하고 돌아서셨다. 어머니는 굵고 실한 것만 골라 나의 손에 쥐어 보내 주셨다. 동생은 늘 심술이 나서 씩씩거렸다. 그래서 우리는 석호 할아버지를 미워했다. 하루는 이 얌체 같은 노인의 눈을 피하기 위하여 우리는 제방 밑으로 살금살금 기어서 집에 왔다. 그런데 멀리서 밭일하시던 어머니가 그런 우리를 보신 모양이었다. 우리 형제는 비겁한 녀석들이라고 어머니의 회초리 세례를 받아야만 했다.

누나가 가끔 소쿠리를 들고 따라 나섰다. 동생과 내가 개흙에 뒤범벅이 되어 방게를 잡고 있을 때 누나는 염벗 둔덕에서 행이, 너부기, 씀바귀, 갯냉이 등의 나물을 따서 소쿠리를 채우곤 했다.

단옷날 밤이면 어머니는 동네 아낙들과 어울려 호롱불을 들고 갯벌로 나가서는 그네 뛰고 논다는 방게를 한 보따리 주워 오시곤 했다. 이 마을사람들은 단옷날 밤에는 갯벌의 온갖 게들이 집에서 나와서 새끼발을 땅에 버티고 그네를 뛴다고 믿고 있었다. 언젠가 어머니는 게 잡이에 눈이 팔려 일행을 놓치고 방향을 몰라 헤매고 계실 때 도깨비가 훤한 불을 비춰 수루지 산자락까지 안내해 주었다고 하셨다. 우리는 믿지 않았지만 어머니는 확신을 가지셨다.

농한기에 어머니가 소쿠리를 들고서 바다로 나가실 때는 항상 나와 동생이 따라 붙었다. 우리는 멀리 썰물을 따라 모랫벌까지 내려가서 조개를 잡으시곤 했다. 어머니는 호미로 모랫벌을 긁어 바지락, 모시조개, 빗조개를 쓸어 담으시고 갈고리로 맛조개를 능숙하게 채 올리셨다. 어린애주먹만큼 굵은 조개를 보면 우리는 환성을 지르며 좋아했고 어머니는 잔잔히 웃으셨다. 밀물이 멀리서 물결을 일으키며 밀려오면 우리는 뛰다시피 되짚어왔다.

형이 모처럼 우리 동생들을 데리고 바다로 고기잡이를 나설 때는 언제나 중무장이었다. 지게에는 그물, 양동이, 삽 등이 실려 있고 어느 때는 도시락도 준비했다. 우리는 수루지를 거쳐 멀리 비끼섬까지 가기도 했고 내를 건너 활초리 앞 바닷가로 가기도 했다. 제법 알이 굵은 물고기를 한 짐 지고 우리 삼 형제는 개선장군처럼 동네 앞을 지나 돌아오곤 했다.

꽃게철이 되면 형은 동네청년들과 더불어 그물을 한 짐 지고 갯벌을 지나 멀리 썰물과 밀물이 교차되는 지점까지 이르러 꽃게를 잡았다. 형은 나와 동생을 데리고 가되 갯벌 자락에 떨어뜨렸다. 그러나 나와 동생은 고랑을 더듬어 미처 썰물을 쫓아가지 못한 꽃게를 잡아

실적을 올렸다.

나와 동생은 중학교를 마치고 고향을 떠나기까지 매년 수도 없이 갯벌을 오갔고 우리들의 수확물은 농사에 여념이 없으셨던 부모님과 형제들에게 매우 훌륭한 반찬거리를 제공한 셈이 되었다.

아아, 그로부터 수십 년이 지난 지금 고향의 갯벌은 흔적 없이 묻혀버렸고 한갓 추억 속에만 남아있을 뿐이다. '바다가 육지라면…'의 꿈을 가진 우리 인간들이 벽해碧海를 상전桑田으로, 아니 황량한 들판으로 만들어 버렸다. 여기 수십만 평의 간척지에 공장을 세우겠다는 사람들이 주민들과 오랜 싸움질과 송사를 거듭한 끝에 떠나 버렸고 지금은 버려진 땅으로 방치되어 있다. 이 땅, 나아가서 서해안의 그 많은 간척지들을 언제 어디다 쓰려는지 나는 알지를 못한다. 그러나 거기 살던 물고기는 전부 말라죽었고 개발의 장비 앞에서 게거품 물던 게들은 몽땅 깔려죽어 더 이상 지구상에 존재하지 않는 것이다. 아직도 소금기가 묻어있는 간척지 구석구석에 게 구멍들은 더러 눈에 띄나 춤추던 게들의 모습은 사라진 지 오래다.

햇볕이 따사롭던 5월의 어느 날 나는 바닷가를 거닌 적이 있었는데, 썰물이 지나간 갯벌에서 수많은 방게들이 기어 다니다가 내가 가까이 가자 잽싸게 구멍 속으로 사라지는 광경을 보고 한참이나 추억에 잠겼던 적도 있다. (2008 여름, 「창작수필」등단작)

사기그릇 행상

희붐한 새벽, 어머니는 아궁이에 불을 지펴놓고 마루에 산더미처럼 쌓인 사기그릇들을 종류별로 나누어 광주리에 담으신다. 사발, 대접, 크고 작은 접시, 탕기, 종지…, 사기그릇의 종류가 다양하다.

밥솥에서 풍기는 구수한 밥 냄새가 온 집안에 감돌 무렵 어머니는 그 밥을 드실 여유도 없어 어제의 찬밥으로 볼가심을 하시고 똬리를 머리에 얹으신다. 사기그릇이 가득 담긴 광주리는 너무 무거워서 혼자서는 이기도 내려놓기도 어렵다. 엉거주춤 서계신 어머니의 머리에 아버지와 둘째누나가 맞잡아 광주리를 어머니의 머리에 얹으시면 어머니는 한참을 뒤뚱뒤뚱하시다가 곧 균형을 잡고 허리를 펴신다. 그 가냘픈 체구로는 몇 발짝 못 디디고 쓰러질 것 같은데 어머니는 그 무거운 머릿짐을 이시고 수십 리 길을 다니신다. 초인적인 힘이 아니면 불가능한 일이지만 당신의 가슴에는 강인한 의지와 염원이 서려 있기에 어머니는 해내셨다. 더듬어보면 어머니는 그때의 희생으로 천수를 다하지 못한 것이란 생각이 든다.

어머니는 이 동네, 저 동네를 다니시고 가가호호를 기웃거리신다. 여러 날을 걸쳐 마도면의 모든 동네를 휩쓸고 나아가서는 남양면, 송산면, 서신면으로 진출하신다. 어느 때는 배를 타고 선감도, 대부도까지 다니시곤 하셨다.

인적이 없는 길을 걷자면 뼈가 빠지도록 힘들어도 혼자서 머릿짐을 내려놓을 수가 없다. 진 길, 미끄러운 길을 더듬더듬 걸어야 하고 찬바람에 손이 시리고 얼어 터져도 견뎌야 한다. 어느 때는 비탈길에 미끄러져 그릇을 온통 깨어먹고 빈 광주리만 들고 허탈한 마음으로 돌아오시기도 했다.

시간이 흐르면서 어머니는 동네마다 단골을 만드시고 그곳에 짐을 내려놓으시면 사람들이 몰려들곤 했고 그곳을 중간거점으로 삼아 하룻밤 머무시고 여러 곳을 다니시는 경우도 있었다.

어느 여름날 저녁 장대비가 그칠 줄 모르고 쏟아져 길은 물살에 떠내려가고 시커먼 구름과 더불어 밤이 빨리 찾아왔다. 어머니는 외딴집 툇마루에 앉아 어쩔 줄 모르고 빗줄기만 원망하고 계셨다. 여자의 몸으로 낯선 집에 재워달라고 할 수도 없는 노릇이어서 어머니는 젖은 몸으로 웅크리고 앉아 밤을 지새울 수밖에 없었다. 한밤중에 인기척이 났다. 뜻밖에도 아버지였다. 아버지는 어머니의 행선지를 수소문하여 거기까지 오셨던 것이다. 집에서 30리나 떨어져 있는 마산포의 외딴 마을까지 아버지가 찾아오신 것은 기적이라고 후에 어머니는 말씀하셨다. 어머니는, 빗물로 범벅이 된 아버지의 가슴에 얼굴을 묻고 고맙고 감격하여 우셨다. 자신의 고달픈 행보를 생각하고는 더욱 흐느껴 우셨다. 어머니는 돌아가시기 전 병석에 누우시어 그 일을 떠올리시면서 수줍어하셨다.

어머니는 아침에 행상을 떠나시기 전에 행선지를 일러두시는 걸 잊지 않으셨다. 둘째누나와 우리 삼형제는 저녁식사를 마치고 뒷동산에 올라 어머니를 기다렸고 어느 때는 막산리 성황당 고개까지 마중 나가기도 했다. 우리는 어머니가 늦으시면 애를 태우기도 하고 입을 모아 어머니를 불러보기도 했다.

"어머니!"

우리들의 합창은 메아리쳐 어머니 귓전에 닿았고, 어머니의 지치고 가냘픈 목소리는 다시 메아리가 되어 우리의 귀에 닿았다. 우리는 산비탈을 비호같이 뛰어 내려가 어머니를 얼싸안았다.

어머니의 광주리는 늘 묵직했다. 광주리 속에 물건 값으로 받은 쌀이나 보리가 들어 있었기 때문이기도 하지만 어머니가 자식들을 위하여 고기, 해산물 그리고 과일을 얹어 오시기 때문이다.

또한 짐 속에서 내가 읽을 만한 책들도 쏟아져 나왔다. 어머니가 빌려오신 책들이다. 나는 어머니 덕분에 세계명작 등 많은 책들을 접할 수 있었다. 『삼총사』, 『장발장(레미제라블)』, 『암굴왕(몬테크리스토백작)』 등을 나는 지금도 기억하고 있다.

어머니는 장사할 물건을 뜨러 도회지를 드나드시면서 그리고 시골의 방방곡곡을 다니시면서 견문을 넓히셨고 자식들에게 세상 돌아가는 이야기를 들려주시곤 하였다. 어머니는 어린 자식들에게 꿈을 심어주는 일을 잊지 않으셨다.

어머니가 행상을 하시는 칠팔 년, 어느새 어머니의 연세는 50을 훨씬 넘었고 무거운 머릿짐으로 인하여 어머니는 골병이 들고 있었다. 그러나 어머니는 당신의 소박한 꿈이 서서히 실현되고 있음으로 인해 행복해 하셨다.

아버지는 뚝딱거리며 외양간을 지으시더니 튼실한 중소를 맞아들이셨다. 우리들은 소의 등이며 엉덩이를 쓰다듬었다. 소의 털이 이토록 보드라운지 나는 옛날에 미처 몰랐었다. 그동안 우리 집에는 일소가 없었기 때문에 아버지의 농사일은 고달픈 나날이었다. 논밭을 갈기 위한 소를 하루 빌려 쓰면 늦은 연세에 사흘의 품앗이를 하셔야 했고 적기에 소를 빌릴 수 없어 파종이 늦어지는 경우가 허다했었다. 아버지는 보배 같은 이 소를 잘 길들이고 가르쳐 일소를 만드셨다. '이랴, 이랴!' 논갈이를 하시는 아버지의 호령은 우렁찼고 이윽고 콧노래로 이어졌다.

어머니는 저축한 돈으로 못자리 논도 한 뙈기 사셨다. 우리의 논은 깊거나 지대가 높은 천수답이기 때문에 못자리에는 적당하지 못했다. 아버지는 물이 있는 논에서 한 길이나 높은 논에 못자리를 하셨고 밤마다 두레박으로 물을 퍼 올리셨다. 이 경우 두레박은 네 귀퉁이에 줄을 매고 두 사람이 두 줄씩 잡고 푸기 때문에 어머니가 도와야 했고 둘째누나와 넷째 형이 돕기도 했다. 가물 때는 계단식 논에 몇 계단을 차례로 퍼 올리기도 하였다. 밤새 두레박질을 하다 보면 손은 부르트고 피멍이 터지기까지 했었다.

당시 우리 고향에서는 중학교에 진학한다는 것은 선택된 사람들에게나 가능했다. 학비를 댈 만한 여력도 없었고 일손도 부족했고 자식을 공부시켜야 한다는 의식도 없었다. 그러나 우리 삼형제는 차례로 중학생 교복을 입었다. 어머니의 소박한 꿈이 이루어진 셈이다.

(2015)

사랑이야

중학교 졸업식에 어머니가 와주셨다. 내 손에는
성적표, 우등상장 그리고 도지사 표창장이 들려
있었다. 식을 끝내고 나는 후미진 곳으로 어머니를 모시고 가서 말을
꺼냈다. 이 길로 곧장 고향을 떠나겠다고. 어머니는 털썩 주저앉으셨
다. 나의 느닷없는 말에 놀라셨고 긴가민가 당신의 귀를 의심하시는
것 같았다.

나는 아버지와 어머니가 다투시는 소리를 듣곤 했었다. 어머니는
도회로 진출하여 고학을 해서라도 고등학교에 다니겠다는 나의 결심
을 이해하셨지만 아버지 생각은 달랐다. 집에 머물면서 서당에 다니
고 한문을 익히면 면서기 한 자리는 할 수 있다고 하셨다. 몸까지 허
약한 나를 대책 없이 도회에 보내는 것은 사지로 몰아넣는 일이라고
아버지는 생각하고 계셨다.

내가 이토록 출향을 결행할 것이라는 사실을 어머니는 미처 깨닫
지 못하셨고 아무 준비도 없이 떠나는 나의 무모함에 어쩔 줄을 모르
고 계셨다. 그러나 어머니는 내 편이 되어 주셨다.

나의 가출은 어머니도 모르는 것으로 해두기로 하고 어머니는 나를 버스정거장에 있게 한 다음 아버지가 집을 비운 틈을 타서 쌀 세 말을 퍼 오셨다.

"한 말은 팔아서 노자로 쓰고 두 말은 작은 이모네로 가지고 가라. 당분간은 거기서 기식할 수 있을 것이다."

어머니는 버스를 기다려 내가 차에 오르는 모습을 보실 생각도 않고 돌아서셨다. 아버지가 무서우셨던 것 같다.

나는 비봉에서 내려서 야목역으로 십여 리를 걸었다. 야목역은 수인선 협궤열차가 지나는 역이었지만 역사가 지어져 있지 않았다. 수인역에 이를 즈음 검표원이 검표를 하고 있었다. 내가 건네준 기차표를 받아든 검표원은 다짜고짜 내 멱살을 거머쥐고 따귀를 한 대 갈겼다. 영문을 모르는 나는 어리둥절할 수밖에 없었다. 그 기차표는 유효기한이 지난 것이었다. 나는 어머니가 인천에 다녀오실 때 들고 오신 오래된 기차표를 책갈피에 넣어 신주 모시듯 했었다. 가출계획을 짜고 있었기 때문이다. 그러나 기차표의 유효기간이 어떤 것인지는 몰랐다. 멱살을 잡혀 역사에 끌려간 나에게 역원은 생쥐 같은 놈이라며 여러 차례 따귀를 갈겼다. 나의 도회지 생활은 이렇게 시작되었다. 나는 당돌하게도 한 고등학교의 교장선생님을 설득하여 입학금과 1학기 학비를 면제받는 조건으로 입학허가를 받았다. 넷째 형이 도와준 덕분이다.

2년 전, 넷째 형이 인천으로 떠나는 전 날 밤, 우리 삼형제는 냉골의 사랑방에 앉아 있었다. 나는 중학교 1학년, 동생은 초등학교 4학년이었다. 희미한 등잔불이 방안을 비추고 있었다.

중학교를 졸업한 넷째 형을 아버지는 농촌에 눌러 앉혔었다. 한국

전쟁 당시 입대했던 셋째 형이 7년이 넘도록 군대에 말뚝 박고 있었기 때문에 아버지는 영농의 후계자로 넷째아들을 택하신 것이다. 이 믿음직한 후계자요 동반자인 넷째 형은 쟁기질을 배웠고 아버지를 대신하여 품앗이를 다녔다. 군대에 갔던 셋째형이 돌아왔다. 넷째 형에게 청운의 꿈이 열린 것이다. 넷째 형이 인천의 운수회사에 급사로 취직하게 되었다. 야간고등학교로 진학할 기회가 코앞에 있었다.

넷째 형의 꿈은 기상천외한 것이었다. 넷째 형이 우리 어린 동생들에게 장황하게 늘어놓는 말들은 설득력이 있었다. 그것은 잘 살아보자는 차원을 넘어서 이 사회에 우뚝 서자는 것이었다. 힘을 키우자는 것이었다. 형은 돈을 벌어서 부자가 되겠다고 했고 공부 잘 하는 나는 장차 판검사가 되라고 했고 완력이 강한 막내는 주먹을 키우라는 것이었다. 말만으로는 안 된다는 것이었다. 우리는 차례로 새끼손가락을 깨물어 혈맹을 하는 객기를 부렸다. 당시는 일제의 영향인지 혈서가 유행하던 시기였던 것 같다.

금력!

권력!

무력!

그 후 동생도 가출을 감행하여 형들과 합류했다. 이태 후 어머니는 가사를 며느리에게 맡기고 아버지를 홀로 버려둔 채 쌀자루를 이고 인천으로 찾아오셨다.

금력을 향한 형의 집념은 강했고 동생은 골목의 깡패들을 제압하곤 했다. 나는 목표한 대학의 입시에 번번이 실패했다.

돌아가시기 두어 달 전 어머니가 우리들의 혈맹서를 보신 모양이다. 내가 두 번이나 낙방의 고배를 마시고 실의에 차 있을 때였다. 어머니가 조용히 나를 불러 앉히셨다. 넷째 형은 입대하고 동생이 자리를 비운 시간이었다. 어머니는 내 손을 꼭 쥐시고 기도하셨다. 어머니는 울고 계셨다.

"… 강퍅한 마음을 가진 내 자식들을 용서하소서. 그들이 사람을 힘으로 다스리게 하지 마시고 사랑으로 살게 하소서." (2015)

축복

인천의 이모 댁에 집을 푼 나는 다락방에 자리를 잡았다. 도회지인데도 전기가 들어오지 않았기에 나는 등잔불 밑에서 글을 읽었다. 그러나 몇 달 후 이모는 문산 딸네로 이사하는 바람에 그 집은 당분간 빈집으로 남아 있었다. 나는 해변에 떠다니는 나무토막을 주워 땔감을 삼고 시장에 버려진 배추 겉잎을 주워 반찬을 만들어 먹었다. 그것도 잠깐, 곧 집이 팔렸고 나는 이불을 메고 자유공원으로 올랐다. 밤에는 공원 벤치에서 자고, 아침이면 이불을 수풀 속에 숨겨놓곤 했다.

겨울이 다가오고 있었다. 다행히도 나는 어느 집 다락방에서 잠을 잘 수 있는 기회를 얻었다. 판자가 깔린 냉방으로 창문에는 유리창이 모조리 깨어져 있었다. 부엌도, 취사도구도, 밥그릇도 없었다. 내게는 교복 외에 내의도, 여벌옷도 없었다. 나는 이불을 돌돌 말고 등잔불 곁에 쪼그리고 앉아 생쌀을 씹었다. 그 해 겨울은 너무 춥고 힘들었다. 창을 통해 몰아치는 밤의 바닷바람은 견딜 수 없는 것이었다.

나는 조석으로 신문배달을 했다. 나중에는 수입이 좋다기에 수금까지 맡았다. 그것이 실수였다. 말도 없이 이사 가는 사람들에게 신문 값을 떼인 나는 월급을 받기는커녕 게워내야 했다. 나는 굶주렸고, 배가 너무 고파서 시장바닥에 버려진 야채를 주워 먹었다.

새벽바람에 신문을 배달하던 나는 화평동의 어느 집에 신문을 던져 넣고는 주저앉고 말았다. 졸음이 엄습해오고 있었다. 나는 안방의 아랫목에 눕혀져 있는 나를 발견했다. 나는 그 날 난생 처음 우유를, 아니 젖을 먹었다.

소식을 들은 담임선생님과 동급생들이 우르르 몰려왔다. 나는 그 날 저녁 담임 이명수 선생님 댁에서 뜨거운 국에 밥을 말아먹었다. 선생님들 사이에 의론이 있었단다. 학교의 보배요 수재를 이토록 방치할 수는 없다는 것이었다. 나는 따뜻한 숙직실에서 잠을 잤고 숙직 교사들은 도시락을 들고 오셨다. 교감선생님 댁의 자녀를 가르치는 행운을 얻기까지 하였다. 아! 나에게 내려진 신의 축복이었다. (2015)

복사꽃은 흩어지고

 1963년 4월 말, 한 달 전에 시작한 가정교사의 첫 월급을 타는 날이었다. 집을 나서면서 나는 어머니께 여쭈었다. 외식을 시켜 드리고 싶다고. 어머니는 자장면이라고 말씀하셨다. 당시 우리는 자장면조차 매식하기 어려운 처지였다. 나는 자장면 두 그릇을 배달시켜 집으로 향했다. 그러나 어머니는 한 올도 못 드시고 젓가락을 놓으셨다. 나는 적이 놀랐다.

대입에 두 번 낙방한 후 몇 개월간 방황하다가 3수를 결심하고 가정교사를 하면서 책을 오벼파고 있었기 때문에 나는 어머니의 저간의 형편을 모르고 있었던 것이다. 나는 집에 죽치고 앉아 어머니의 일거수일투족을 지켜보기로 했다. 어머니는 심한 빈혈을 앓고 계셨다. 피가 부족하여 앉거나 서지를 못하셨고 밥을 지으실 때는 기어서 부엌으로 나가셔서는 누워서 아궁이에 불을 지피시는 것이었다. 어머니는 자식들이 걱정할까봐 자신의 병을 감추셨는데 이 불효자식은 까맣게 모르고 있었다.

나는 어머니를 인천기독병원에 입원시키고 고향으로 달려갔다. 논에 써레질을 하고 있던 셋째형은 농번기라서 집을 비울 수 없고 춘궁기라서 가진 돈도 없다고 했다. 이런 마당에 대학입시는 뭐 말라죽은 것이냐며 전셋돈(3만 원)을 빼서 병원비를 하고 어머니를 모시고 고향으로 돌아오라는 것이었다. 그 전셋돈은 넷째 형이 근근이 모은 것이었다. 셋째형은 시골집에서 민간요법으로 치료하자는 것이었다. 셋째형의 생각이 틀린 것은 아니지만 당장 피가 모자라 기절을 거듭하시는 어머니의 병세로 보아 그럴 수는 없는 것이었다. 나는 빈손으로 되짚어왔다.

어머니는 고향으로 가시는 일에 동의하셨지만 방을 빼거나 내가 대학을 포기하는 문제에 대하여는 한사코 반대하셨다. 어머니는 3일에 한 번씩 수혈을 하지 않으면 기력이 쇠해지셨고 연거푸 수혈을 해도 어머니의 몸에서는 피의 자가생산능력이 생기지 않으셨다. 나는 방을 빼고 입원실의 어머니 곁에서 기거할 작정이었다. 당시 고등학교 다니는 동생도 그렇게 하겠다고 했다. 그러나 방은 빠지지 않았다.

아버지가 모내기를 끝내시고 병원에 오셨다. 치료비를 한 푼도 못 들고 오신, 날개 떨어진 힘없는 아버지는 어머니의 손을 잡고 한참을 묵묵히 앉아계시다가 발길을 돌리셨다.

핏값이 문제였다. 입원비와 치료비는 차치하고 핏값은 선불해야만 했다. 월 1,000원의 가정교사 월급으로는 두 번의 수혈비에 지나지 않았기 때문에 가불한 월급은 금방 소진되었다. 많지 않은 고교동창생들을 찾아다녔지만 그들도 대부분 입대했거나 귀향했기 때문에 성과는 없었다. 나는 혹 안면 있는 사람을 마주치기를 기대하면서 역전에서 서성거렸고 더러 도움을 받기도 하였다. 그러나 늘 수혈시간은 다가오고 있었다.

나는 입대하여 훈련을 마치고 수경사에 배치된 넷째 형을 찾았다.
아무 힘도 쓸 수 없는 말단사병인 형은 면회실에서 흐느낄 뿐이었다.
동료 사병들이 십시일반으로 모아준 약간의 돈을 들고 돌아왔다. 형
은 친구들에게 편지를 띄워 도움을 요청했고 몇 사람들이 금일봉을
들고 찾아왔다. 우리가 다니는 교회 사람들이 방문하여 찬송하고 기
도했지만 그들은 정작 아쉬운 돈을 들고 오지는 않았다.

나는 어머니가 내게 그랬듯이 소설책과 성경책을 읽어드렸고 어머
니의 손을 꼬옥 잡고 기도하기도 하였다.

인천에 사는 두 이모가 얼마간의 도움을 주었지만 밑 빠진 독에 물
붓기였다. 둘째누님은 지독한 시집살이를 하고 있었기 때문에 애만
닳았다. 방은 빠지지 않았다. 입원하신 지 50일이 가까워지고 있었
다. 돈을 구걸하고 다니는 나는 실성한 사람이었다. 내 몸에서 두 번
에 걸쳐 피를 뽑았다. 세 번째. 의사가 만류했지만 나는 고집을 부렸
고 채혈을 마친 나는 혼미한 정신으로 어머니께 다가갔다.

어머니가 고운 모습으로 앉아 계셨다. 목욕까지 하셨단다. 어머니
는 집 앞뜰에 당신이 심으신, 주렁주렁 열린 자줏빛 복숭아와 가랑축
밭의 참외를 떠올리시면서, 그리고 고향의 싱그러운 추억을 더듬으
시면서 잔잔한 어조로 입을 여시었다. 너희 삼형제가 나란히 집을 짓
고 살면 나는 손주들을 위하여 화단에 예쁜 꽃을 심고 울밑에는 복숭
아와 배나무를 심어야지.

50일째 되는 날이다. 돈을 구하러 천방지축 뛰어다니다가 지친 몸
을 이끌고 병원에 오니 두 이모와 둘째누님 부부가 와 있었다. 어머
니를 고향으로 모시자는 것이었다. 어머니는 택시에서 누님의 무릎

에 누우셨다. 나는 병원의 뒤처리를 위해 남아있어야 했다. 어머니는 평화롭고 인자한 모습으로 내 손을 꼬옥 잡으셨다. 그리고 말씀하셨다.

"대학을 포기하지 마라. 내년에 서울대에 꼭 합격해라. 못자리 논을 팔아 병원비를 갚아라."

어머니가 남기신 마지막 말씀이었다. 어머니 말씀대로 대학을 포기할 수는 없지만 못자리 논을 판다는 것은 절대로 안 되는 것이었다. 그 논 2마지기는 어머니가 아버지에게 준 선물이고 아버지의 생명줄이기 때문이다.

어머니가 운명을 달리하신 후 셋째형은 내가 피를 뽑아 어머니를 살리려고 한 사실을 뒤늦게 알고 미안해하면서 내 손을 부여잡고 울었다.

아버지는 어머니가 생전에 정성껏 일구시던 참외밭이 내려다보이는 양지바른 언덕에 어머니를 묻으셨다. 아버지는 언젠가 자신도 곁에 누울 산소 곁에 개나리를 심으셨고 골짜기에 밤나무를 심으셨다. 그 후 우리가 산소를 찾는 한식 때면 개나리꽃이 어머니의 미소 마냥 활짝 웃으며 반겼고 추석 때는 수풀 사이로 알밤이 구르고 있었다.

(2015)

천도복숭아

방을 뺐다. 전세금 3만 원, 그 중에 1만 원은 병원비를 대려고 큰이모에게 빌렸던 돈이라 갚아드리고 나머지는 동생과 똑같이 나누었다. 나는 동생을 뒤에 두고 서울로 향했다. 동생은 미군부대에서 일하고 있기 때문에 학업을 계속할 수 있으리라고 믿었지만 몇 개월 후 학업을 포기하고 귀향했다.

나는 미아리 삼양동 산꼭대기 마을에 방을 구했다. 공동묘지를 끼고 있었고 저 아래 공동수도에서 물을 길어다 먹어야 했다. 주방시설도 없고 난방시설도 없는 이층의 마루방이었다.

9월 초에 가정교사 자리를 구했다. 동대문 근처였고 나는 삼양동에서 걸어 다녔다. 한 달 후 월급을 받은 나는 자장면을 사 먹었다. 배는 부른데 허기증으로 인한 욕구는 불처럼 뜨거웠다. 다시 중국집을 찾았다. 그리고 다시. 허기진 배가 요동치고 있었다. 결국은 모두 토해내고 말았다.

12월 말, 한달치 월급을 떼인 채 나는 가정교사 자리에서 해고되었다. 모아둔 돈이 없었다. 서울에는 아는 이가 한 사람도 없었다. 입시까지는 40일이 남았다. 나는 피를 팔았다. 그 알량한 돈으로 쌀 다섯 되를 샀다. 매일 생쌀을 조금씩 꺼내 씹으며 버텼다. 그래도 3일간의 시험기간 중에는 밥을 지어먹을 궁리를 하고 있었다.

나는 주인집에서 화덕과 취사도구를 빌려 놓았고 장작도 마련해 놓았다. 그러나 물을 미처 준비하지 못했다. 이층마루에서 아래층 이발소로 통하는 사다리가 있기 때문에 나는 어둠 속에서 저수통의 물을 퍼왔다. 그렇게 지은 3일치 세 끼 밥은 머리카락 투성이었다. 먹을 수 없었다. 허기진 배를 하고 동숭동으로 걸어가서 3일간 입시를 치렀다. 3일째의 체능시험에는 시늉만 했다. 그래서 나는 또다시 고배를 마실 절망에 빠졌다.

아버지가 계신 고향으로 가자고 생각한 나는 150리 길을 걸어갔다. 언 솔잎을 따 질겅질겅 씹으며 휘청거리는 발걸음을 옮겼다. 이튿날 저녁 무렵 비봉을 지나 염티고개 중턱에 이르렀다. 산기슭 후미진 곳에서 나도 모르게 잠에 빠졌다.

나는 환한 빛에 눈을 떴다. 빛은 점점 다가오더니 온 누리를 비치고 있었다. 금빛 옷을 입은 어머니가 나를 들여다보더니 손에 든 함을 열어 내 앞에 내놓으셨다.

"천도복숭아란다. 어서 일어나라."

"어머니!"

나는 얼른 눈을 떴다. 일어서려니 온몸이 얼어붙고 다리가 마비되어 있었다. 나는 한참이나 몸을 문지르고 나서 동동걸음을 뛰었다. 나는 고향을 향해 뛰었다. (2015)

필리핀 하늘의 별

 나는 지난 2월 5일부터 10일까지 필리핀을 다녀왔다. 골프투어의 일원으로 네 사람이 함께 갔었지만 나에게는 특별한 사연이 따로 있었다.

일행 중 Y는 갓 찐 시루떡을 싸들고 왔고 L은 소주를 들고 왔다. 소주는 그렇다 치고 외국여행에 웬 시루떡? Y는 집에서 출발하기에 앞서 번득이는 느낌이 있었다고 한다. 외국을 자주 오가긴 했어도 과거에 시루떡을 가지고 간 일은 없었다고 했다. 공항 대합실에서 나의 기막힌 사정을 들은 세 사람은 놀라움에 입을 다물지 못했다.

우리는 시루떡을 비행기 안에서, 그리고 호텔방에서는 냉장고에 보관해가며 신주단지 모시듯 했다. 우리 일행은 마닐라에서 다시 비행기를 갈아타고 필리핀 최남단 섬인 잠보안가(Zamboanga)에서 여장을 풀었다. 낮에 골프코스를 돈 후 나는 클럽하우스에서 돼지고기와 열대과일을 부탁하여 그 시루떡과 더불어 제상을 차렸다.

1940년대 초반의 태평양전쟁으로 역사의 필름을 되돌려야겠다.

1898년 이후 스페인령에서 미국령으로 바뀐 필리핀은 1942년 코레히돌 요새의 전투에서 미국이 일본에 패퇴한 뒤 3년간 일제의 질곡과 전장화된 영토에 살아야 했다. 1942년 1월 2일 그 철통같은 요새를 빼앗긴 맥아더는 유명한 말 '나는 돌아온다(I shall return)'를 남기고 호주로 사령부를 옮겨야 했다.

필리핀을 점령한 일본은 엄청난 숫자의 한국 젊은이들을 징병으로 끌고 가 필리핀 전장에 총알받이를 만들었다. 나의 두 형(당시 24세, 21세)도 1943년에 끌려갔다. 둘은 진해에서 같은 전함에 태워졌고 필리핀에서도 같은 부대에 배속되었다.

1944년 맥아더가 필리핀 북부의 레이테 비치에 상륙하자 의외로 허를 찔린 일본군은 남쪽으로 밀리고 있었다. 1944년 9월 나의 형들이 탄 일본전함은 세부 앞바다에 정박하여 밀려오는 미군함정과 맞서 싸우던 중 미군기의 폭격을 받아 침몰하고 있었다. 평소 수영을 잘했던 둘째형은 해안으로 무사히 헤엄쳐 나왔으나 큰형은 바다에서 허우적거리고 있었다. 되짚어 들어가 큰형을 부축하여 헤엄쳐 나오던 둘째형은 파편에 엉덩이를 맞았다. 둘째형은 간신히 해안에 닿아 형을 살렸지만 자신은 형의 무릎에서 숨졌다. 필리핀 하늘의 별이 된 것이다.

동생의 시신을 낯선 땅에 묻고 큰형은 그 길로 밀림에 숨어 음습한 냉기 속에서 독충에 물리면서 13개월을 버티다 미군수색대에 발견되어 고향으로 돌아왔다. 아버지, 어머니는 참척慘慽의 아픔 속에서 평생을 우시었다. 어머니는 지난날을 회상하시면서 당신의 둘째아들에 대한 관한 이야기를 하시곤 하셨다.

어머니의 말씀에 의하면 둘째형은 머리가 좋고 공부를 잘하여 소학교 시절 일등을 양보한 적이 없었고, 성품도 온화하고 인자하였으며 그의 말은 호소력과 설득력이 있었다. 그의 모습은 늘 진지했고 눈은 샛별같이 반짝였다.

둘째형은 특히 그림 그리기에 남다른 재주가 있었다. 언젠가는 도화지에 돈을 그려서 과자를 사먹은 일로 어머니의 심한 꾸중을 들은 적도 있다고 한다. 사각모를 쓴 대학생의 모습을 묘사한 그의 그림이 내 어린 시절 안방 벽에 그려져 있었는데 어머니는 그 그림을 둘째아들의 모습인양 들여다보시곤 하였고 새로 도배할 경우에도 누렇게 변질된 그 그림은 그대로 놔두고 하셨다. 큰형마저 6·25때 실종되었지만 나는 큰형의, 둘째형에 대한 이야기와 염원을 마음에 간직하여왔다.

나는 태평양을 향해 제상을 차리고 술잔을 올려 위령제를 지냈다. 축문도 지어 읽었고 동료들도 엄숙히 동참하였다. 늦게나마 비명에 산화한 둘째형의 영혼을 위로하고 또한 부모님께 조금은 효도한 것 같아 내 마음은 한결 가벼워지는 듯 했다.

이 명분 없는 희생은 누구의 책임인가? 일본이 전장에 내몰았고 미국이 죽였으나 다 그들의 책임은 아니다. 힘없는 나라, 약한 민족의 책임인 것이다. (2004)

비둘기 통신

해방 후 월미도의 인천 시가지를 향한 언덕에는 마당 넓은 큰 양옥집이 자리하고 있었고 그 발밑에 작은 초가집들이 옹기종기 모여 있었다. 월미도 상공을 높이 날던 수많은 비둘기들이 양옥집의 정원으로 날아들었다.

인천을 다녀오신 어머니는 당신이 몸소 보신 비둘기들의 날갯짓을 입에 침이 마르도록 이야기하시곤 했다. 그 집은 큰형의 집이고 비둘기들은 큰형이 키우는 것들이었다. 지금은 비둘기들이 주인 없고 집 없는 신세로 공원 주위를 날아다니지만 예전에는 가금이었다.

큰형은 왜 그 많은 비둘기를 키웠을까? 어려서부터 새를 좋아하던 큰형은 일본군에 징병되어 태평양 함대에 있었을 때 비둘기 통신을 담당했었다. 무선통신이 발달하지 않았던 시절 비둘기가 통신을 담당했기 때문이다.

태평양 전쟁의 와중에 희생된 동생을 이국땅 필리핀에 묻고 고향으로 돌아온 큰형은 이내 인천으로 향했다. 그는 일본 상인이 떠나면서 버려둔 선박 즉 무역선을 불하받고 선원들을 모집하여 태평양으로 항해했다. 필리핀을 비롯한 남양군도와 멀리 베트남까지 항해하여 무역을 하기 위함이었다. 그는 주로 설탕을 수입하였지만 배에는 바나나 등의 열대과일들이 가득 실려 있었다. 큰형이 트럭에 흑설탕을 싣고 집에 나타나면 동네사람들이 몰려들었고 어머니는 집집마다 골고루 나눠주곤 하셨다. 나는 그때 이미 바나나 등 열대과일 맛을 보았었다.

머지않아 큰형은 똑딱선을 한 척 샀다. 1949년으로 기억되는데, 그때 나는 8살이었다. 큰형은 자신의 배를 자랑하고 싶어선지 서해의 간만을 이용하여 고향의 작은 포구로 배를 몰아왔다. 우리 가족과 동네사람들이 떼 지어 달려갔다. 나는 그 당시 우쭐했던 기억을 잊을 수가 없다. 당시 5살이었던 동생도 지금까지 그 일을 기억하고 있다.

큰형은 선박 운항과 무역으로 바쁜 와중에서도 체신부 공무원으로 특채되었다. 일제가 물러간 후 전국적으로 전신 전화 등의 통신이 마비된 상황에서 비둘기 통신이 효력을 발휘하던 시대였기 때문이다. 큰형은 체신부 인천지국의 요청으로 전문을 비둘기 다리에 매어 여러 지역에 날려 보냈고 또 전국 각지에서 날아와 월미도 큰형의 비둘기집에 안착한 비둘기의 다리에서 전문을 뜯어내곤 했다. 지붕 위를 춤추듯 날아다니는 비둘기의 날갯짓은 항구에서 건너다보기에도 참으로 가관이었다고 한다.

1950년, 민족상잔의 비극을 낳은 한국전쟁이 발발했고 38선을 넘은 북한군은 3일 만에 서울을 점령하고 파국지세로 남으로, 남으로 밀고 내려왔다. 큰형은 집과 선박을 버려둔 채 황망히 고향으로 내려왔다. 그 해 9월, 인천상륙작전이 성공을 거두고 국군과 연합군은 서울수복을 감행하고 있었다. 큰형은 말리는 어머니의 손을 뿌리치고 인천으로 내달렸다. 혹 남아있을지도 모를 가산을 찾기 위함이었다. 그 날 이후 큰형의 소식은 끊어졌다. 포화의 이슬이 되었는지 퇴각하는 북한군에 휩쓸려 북으로 갔는지 알 수 없는 일이다.

부모님은 아들이 돌아오기만을 학수고대하시며, 실낱같은 소식이라도 바람결에나마 듣고 싶으셨건만 종무소식일 뿐이었다. 그러나 부모님은 아들이 북녘 어디에선가 살아있을 것이라고 철석같이 믿으셨다.

1957년 아버지 환갑연에서 아버지는 10대의 조무래기 세 아들의 절을 받으신 후 거나하게 취한 상태에서 뒷짐을 지시고 집 뒤 언덕으로 올라가셨다. 그날 나는 아버지가 고갯마루에 주저앉아 울고 계신 모습을 멀찌감치에서 똑똑히 보았다. 큰아들은 종무소식이고 둘째아들은 불귀의 객이 되었고 그나마 장성한 셋째아들은 6·25 직후 입대하여 7년이 지나도록 돌아오지 않은 현실을 아버지는 비통해하고 계셨다.

어머니가 병원에 몸져누우시어 의식이 왔다갔다할 때 어머니는 큰아들의 환영을 보신 듯 가끔 헛소리를 하셨다. 어머니는 큰아들의 빛바랜 사진을 손에 꼭 쥐고 계셨다. (2004)

월미도 단상

6월 한가로운 토요일 오후, 나는 아내와 더불어 인천 월미도를 찾았다. 서쪽 해안을 따라 잘 가꿔진 문화의 거리에는 산책 나온 사람들이 줄을 잇고 있었다. 파도는 제방을 때리며 출렁거리고, 멀리에는 큰 기선이 두어 개 떠 있었다. 길가에는 횟집들이 즐비하고 호객하는 아낙네들의 얼굴은 검게 그을러 있었다. 너른 마당에서는 무명가수들의 노랫소리가 지나는 이들의 흥을 돋는다.

우리는 되짚어 와 월미산 공원을 올랐다. 계단을 통하여 오르는 지름길도 있었지만 일부러 나선형으로 돌아가는 길을 택했다. 높이 108m의 월미산에는 여러 종류의 아름드리나무가 빽빽이 들어서 있다. 땔감이 부족했던 5, 60년대에 미군이 주둔하고 있었던 곳이라 훼손이 안 되었기 때문이리라. 동편의 산 중턱에서는 나뭇가지 사이로 자유공원이 눈앞에 다가서고 인천 시내가 한눈에 들어온다. 멀리 갑문식 도크가 바다와 맞대어 있다. 산 정상에서 바라보는 서해바다는 저녁노을로 인해 붉게 물들여지고 있었다.

월미도! 인천 앞 바다에 떠 있던 작은 섬이었지만 지금은 육지의 연장이다. 월미도는 근세 우리나라 애환의 역사를 고스란히 간직한 섬이다. 조선시대 행궁이 있었던 이 섬은 병인양요 때 프랑스의 로즈 제독이 강화도의 초지진을 치기 위한 교두보로 사용하기도 했다. 로즈는 자기가 처음 발견한 섬인 양 자신의 이름을 따서 로즈 섬이라고 불렀었다. 아펜젤러, 언더우드 목사가 이 섬을 통하여 한국에 처음 발을 디딘 곳이기도 하다. 그들은 나중에 기독교계의 원조싸움을 우려해 동시에 배에서 뛰어내렸다는 이야기가 있다.

1902년 하와이로 떠나는 우리나라 첫 이민, 그리고 3년 후 멕시코로 가는 이민도 여기서 배를 탔다. 당시 인천 앞바다는 큰 배가 정박할 수 없는 갯벌이었기 때문이다. 일제 때 연육교가 건설되면서 월미도는 국내 손꼽히는 관광지였고 해수탕과 해수욕장이 있었다.

1950년 맥아더는 인천상륙작전을 감행하면서 북한군의 측면공격을 차단하기 위해 월미도에 포화를 쏟아 부었다. 월미도에 사는 수백 호의 집이 흔적 없이 사라졌고 미처 빠져나오지 못한 수백 명의 사람들은 포탄에 희생되었다. 그 후 월미도엔 60년대 중반까지 미군이 주둔하고 있었다.

나에게는 월미도에 얽힌 잊을 수 없는 사연과 추억이 있다. 나보다 21살이나 위인 큰형과 이모가 월미도에 살았었다. 이모는 월미도에서 쫓겨난 후 섬으로 가는 초입에 판잣집을 짓고 살았다. 월미도 주둔 미군사령부의 정문 바로 옆이었다. 어머니는 가끔 이모 집엘 들렀고 내가 초등학교 다닐 때 나도 데리고 다니시곤 하셨다.

당시 미군부대 정문 앞에서는 휴전감시국인 체코와 폴란드는 물러

가라는 데모가 끊이지 않았었다. 화성시 마도면에서 중학교를 마친 나는 이모네 집에 짐을 풀었고 곧 이모가 파주로 이사한 후 이 집에 덩그러니 남아 자취를 하였다. 해변에 떠밀린 부목浮木으로 땔감을 하고 시장의 시래기를 주어 반찬을 만들면서…. 어머니가 동생네를 자주 다니시고 나를 여기 심어 놓은 데는 특별한 이유가 있었다. 생사를 모르는 당신의 큰아들에 대한 사무치는 그리움 때문인 것이다. 어머니는 무척이나 월미도엘 건너가고 싶어 하셨다. 미군이 지키고 있는 금단의 땅을.

어머니의 큰아들, 나의 큰형은 태평양전쟁에 동생(둘째형)과 더불어 강제징병 당하였고 필리핀에서 미군의 포탄에 희생된 동생을 묻고 왔다. 해방 후 형은 배를 사서 필리핀의 설탕과 열대과일을 실어 날랐다. 형이 그 배를 우리 고향 해안으로 끌고 온 기억이 생생하다. 흑설탕과 바나나, 오렌지를 가득 싣고…. 어머니가 동네사람들에게 퍼 주고, 아버지가 흐뭇해하시던 모습이 생생하다. 형은 월미도의 인천 시내가 훤히 바라다 보이는 언덕에 집을 짓고 살았고 그 뜰 아래에는 선원들의 집이었다. 형의 집 위로는 비둘기들이 날아들었다. 일제가 떠난 당시에는 통신시설이 파괴된 터라 형은 체신부에 특채되어 비둘기통신을 겸업하였기 때문이었다. 한국전쟁이 터지자 공무원 신분인 형은 고향으로 피신할 수밖에 없었다.

9·15 인천상륙작전의 소식을 들은 형은 어머니의 간곡한 만류에도 불구하고 인천으로 부랴부랴 떠났고 그 후 소식이 끊어졌다. 어머니는 형이 죽었다는 생각은 꿈에도 하지 않으셨고 이북에 끌려가 어머니 생전에 반드시 돌아오리라고 믿으셨다.

어머니는 월미도가 코앞에 보이는 해안가에 하염없이 앉아 계시곤 하였는데 가끔은 실성한 사람처럼 혼잣말을 하셨다.

"저기가 우리 진상(큰형)이 살던 집이 있었던 곳인데…."

월미도에 살던 사람들은 북성동, 월미도 다리 옆의 판자촌에 옹기종기 모여 살았고 나만 보면 큰형 얘기에 목이 타곤 했었는데 지금은 다 어디에 살고 있을까?

아내는 회상에 빠져든 나를 방해하지 않으려는 듯 여기저기 들꽃을 찾아다니고 있었다. (2008)

어머니와 선생님

5년 전의 일이다. 따사로운 봄날 정오, 나는 잠실의 조용한 음식점에 먼저 와서 그동안 너무나 보고 싶었던, 그리워했던 사람을 기다리고 있었다. 50년이나 지난 옛일을 생각하면서 나는 들떠 있었고 가슴은 두근거리기까지 했다. 그분은 어떻게 변했을까? 물론 그 분이야 나를 알아볼 리 없겠지만 내 가슴에 간직하고 있는 그 분의 모습이 과연 그대로일까?

지난날 나는 대학의 합격통지를 받자마자, 그 분이 살고 계셨다고 기억되는, 우리 고향마을에서 멀지 않은 활초리를 찾아가 수소문하였으나 그 분의 행적을 아는 사람은 아무도 없었다. 그 후 백방으로 알아보았으나 도무지 알 길이 없었다.

아, 뜻밖에도 나는 어떤 경로를 통하여 그 분이 서울에 살아 계시다는 것을 알았고 그 분의 주소를 입수하기에 이르렀다. 나는 한아름이나 되는 꽃바구니를 보냈다. 나의 그리워하는 마음을 적은 쪽지를 꽃가지 사이에 끼워서. 곧 그 분의 전화를 받았다.

1951년 한국전쟁의 전화가 우리 국토를 피로 물들이던 때였다. 초등학교 새 학년이 시작되는 조회에서 교장선생님은 새로 부임한 여자선생님 한 분을 약력과 더불어 소개했다. 기억하건대 엷은 노랑인가 연두색인가의 블라우스에 까만 스커트, 그리고 검은 단화를 신으셨고 머리는 두 갈래로 땋아 내리신, 시골에서는 한 번도 본 일이 없는 아리따운 선녀와 같은 분이었다. E여고를 갓 졸업하셨다고 교장선생님께서 자랑하시던 말씀을 나는 지금도 선명히 기억한다.

윤병선 선생님! 저 분이 우리 2학년 담임선생님이 되었으면 하고 잠깐 생각하는 순간 교장선생님의 말씀이 내 기대에 그대로 적중했던 것이다.

선생님은 학교 근처에서 하숙하시면서 주말이면 신작로를 따라 시오 리쯤 되는 활초리 집으로 가시곤 했다. 이 길은 내가 사는 솔티마을과 같은 방향이었다. 어느 날인가 선생님은 신작로에 깔린 자갈을 골라 디디며 걸으셨고 우리 서너 명의 아이들은 몇 걸음 떨어져 졸래졸래 따라갔다. 선생님이 뒤돌아보면 우리는 고개를 돌리고 선생님이 멈추면 우리도 멈춰서 딴전을 부리고. 이윽고 선생님은 우리를 가까이 오라고 하시고는 하필 코흘리개인 나를 감싸 안더니 흰 손수건을 꺼내 내 코를 닦아 주셨다. 그리고는 나의 흙 묻은 손에 선생님의 조그만 손가방을 건네 주셨다. 그 손가방의 은은한 향기로, 어린 나는 너무 행복해 했었다.

그 후 주말이면 나는 귀가하는 아이들의 대열에서 빠져나와 개울에 가서는 손을 열 번도 더 씻었다. 감히 선생님의 곁으로 가지도 못하고 뒤만 졸래졸래 따라가면 선생님은 멈춰 서 내 손을 잡으시고 또는 손가방을 들려주시곤 했다. 선생님은 늘 넓은 세상을 얘기해 주셨고 나의 가슴에 꿈을 심어주셨다. 내가 학교성적이 괜찮고 잠재력이 있어 보였는지 '너는 이담에 꼭 대학엘 가라'는 말씀을 골백번 하신 것 같다. 내가 가야 할 S대학도 지목해 주시면서. 대학이 뭔지 어떤 곳인지 잘 모르는 촌아이였지만 나는 늘 꿈에 부풀어 있었다.

어머니는 내가 선생님의 손을 잡고 걸어오는 모습을 먼빛에서 보고 계셨고 선생님이 내게 들려주신 이야기를 당신에게도 말해달라고 조르시곤 했다. 내가 조근조근, 더듬더듬 이야기를 하면 어머니는 빙그레 웃으시며 나를 꼭 안아주셨다. 어머니는 나의 여린 심령이 어떤 작은 충격으로 혹 상하지 않을까 싶어 선생님을 자주 만나곤 하셨다.

선생님은 3학년도 우리 반 담임을 하셨다. 〈팔려가는 당나귀〉를 연극으로 꾸며 나에게 아버지 역을 맡기셨고 능청스럽게 잘했다며 내 별명을 '아버지'라고 붙여 주시고 줄곧 '아버지'라고 부르며 놀려대시곤 하였다.

나는 한 학년 학생이 20여 명을 조금 넘는 고향의 중학교를 일등으로 졸업한 후, 입학금 및 학비면제를 받을 수 있는 학교를 찾아, 한 학년이 50명도 안 되는 고등학교엘 다녔다. 그리고 수차례 도전하여 일찍이 선생님이 지목한 S대학의 문턱을 간신히 넘었다. 이는 순전히 선생님이 심어준 꿈과 어머니의 기도에 힘입은 것임을 나는 확신한다.

나는 그 이후 선생님을 찾으려는 일념을 버린 적이 없었고 형은 덩달아 여기 저기 수소문하곤 했다. 선생님의 주소는 형이 알아낸 것이다.

문을 열고 들어오시는 윤병선 선생님은 여전히 고우셨다. 선생님은 금방 나를 알아보셨고 이 모든 일을, 아니 그 이상의 것을 기억하고 계셨다. 선생님은 피난시절 교사생활을 3년 정도 하셨고 서울에 올라와서는 대학에 진학하시고 번역가로 활동하셨는데 수년 전 홀로 되셨다고 한다. 요사인 성당에 나가시면서 신구약 전부를 필사筆寫하시는 수고를 막 끝내셨다고 하신다. 그리고 정신박약아 재활원에서 봉사하시는 일로 바쁘게 사신다고 하셨다. 내가 보내드린 그 꽃바구니는 그 아이들에게 한 줌씩 나누어 주셨다고 한다. 내 편지를 읽어 주면서…. 그 후 나는 수차례 선생님을 만나 뵈었으나 제주도에 온 요사이는 가끔 전화통화를 하고 선생님 건강을 묻기도 하며 귤이며 감자며, 제주도 특산물들을 보내 드리곤 한다. 선생님은 나의 보잘것 없는 선물을 재활원에 가 풀어 놓으신단다. (2006)

아름다운 만남의 추억

장성한 큰아들과 많은 대화를 나눌 수 있었던 것은 요즘의 아버지로서 나의 큰 즐거움이었다. 우리 가족의 신앙생활에 관해 이야기를 할 수 있으니 나름대로 값진 것이었다. 나도 까맣게 잊고 있었고 이제껏 아들에게 얘기해 준 일이 없는 나의 옛적 이야기를 이참에 아들에게 들려주었다.

내가 고등학교 다니던 때의 일이다. 2학년 겨울방학이 시작될 무렵 대학을 다니며 야간에 미군부대에서 아르바이트를 하던 형이 내 손을 이끌고 부평의 미군부대 병원을 찾았다. 입원하고 있는 어느 미국인에게 우리말을 가르칠 기회를 준 것이다. 그는 미국인 선교사였고 천주교 신부였다. 최분도(Bennedict Sweber) 신부님! 가르쳤다기보다는 우리말로 세상 돌아가는 얘기를 하며 나는 약 한 달 동안 하루에 몇 시간을 그와 함께 보냈고 사례금으로 받은 돈은 고학하는 나에게 큰 도움이 되었다. 그는 퇴원을 했고 자동적으로 그와의 만남은 끊어졌다.

3학년 새 학기가 시작될 무렵 의외로 그가 나를 찾아왔고 나에게 는 새로운 일자리가 주어졌다. 수녀지망생인 고1여학생 3명의 가정 교사를 하게 된 것이다. 워낙 부끄럼을 타는 나는 그 얌전한, 또 나와 비슷한 또래의 여학생들을 가르친다는 것이 쉬운 일은 아니었다. 그 러나 그녀들이 오히려 나에게 용기를 주었던 것 같다. 아울러 나는 신부지망생인 고2 남학생 3명을 가르쳤다. 먼저의 여학생 중 한 명 이 수녀가 되었음을 나중에 알았고 남학생 셋 중 둘은 가톨릭 신학교 에 입학했었고 그 중 한 명은 신부서품을 받았다고 들었다. 나중에 안 일이지만 그들의 학비와 나에 대한 보수는 그 신부 자신의 급여 일부와 미국의 친구들이 보낸 돈으로 충당했던 것이다. 그는 50여 명의 섬 아이들에게 고등교육의 기회를 주고 있었다. 최분도 신부는 덕적도, 연평도 그리고 백령도를 오가며 위험한 뱃길도 마다 않고 가 장 낙후된 지역을 자원해 선교활동을 한 분이다. 그와의 인연은 그것 으로 끝나지 않았다.

나는 외할머니, 어머니를 이어 개신교에 다녔으며, 고교시절에는 High Y(YMCA)활동을 하고 있었다. 한국전쟁이 끝나고 얼마 안 된 시기였고 전쟁의 충격으로 젊은 학생들 중에 간질병 환자가 많았었 다. 내 주변에 이 병으로 고생하는 사람들이 여럿 있음을 전해들은 최 신부는 미국의 친구에게 협조요청을 했고 미국에서는 다량의 치 료약을 보내겠다고 연락이 왔다. 나는 전국의 YMCA망을 통하여 환 자들을 접했고 무료로 치료약을 전달하곤 했다. 그러나 천주교 쪽의 누군가가 천주교도가 아닌 개신교도에게 약을 제공하는 일에 이의를 제기하자 이 일은 1년여 만에 중단됐다.(나는 이 문제가 천주교의 공식입 장이었는지는 모른다) 나중에 최 신부에게 들은 얘기로는 이 일을 맡았던 병원 원장이 폭리를 취하고 있어 중단했다고 한다.

내가, 원하는 대학에의 꿈을 키우기 위해 수년간 와신상담하던 시절, 어머니는 몸져누우셨고, 피안을 경각에 두셨을 때 최신부가 불원천리 백령도에서 험로를 무릅쓰고 병원을 찾아왔다. 내가 힘든 시절 그는 어머니를 천주교 병원에 모시자고 하고 그 비용은 무료라면서 절차상 개종을 해야 한다고 했다. 조용히 누워 그의 말을 들으시던 어머니는 고개를 저으셨다. 같은 하나님을 믿는 것이지만 내 신앙은 절개와 같은 것이다. 자식들 앞에서 부끄럽게 죽고 싶지 않다. 신부님은 그 뜻을 이해하며 얼마의 현금을 놓고 일어섰다. 어머니는 며칠 후 평화로운 모습으로 저 세상으로 가셨다.

나는 다음 해 삼수만에 대학에 합격했고 입학날까지는 시간적인 여유가 있기에 최 신부가 일하는 연평도엘 다니러 갔다. 뱃길의 열한 시간, 사흘 밤을 자고 오려던 일이 풍랑으로 인해 열흘을 거기서 지내야 했다. 신부관에 숙식하며 나는 체면상 매일 새벽미사를 드렸다. 신부님은 그러지 않아도 된다고 했지만…. 그러나 나에게는 그 천주교의식이 마음에 와 닿지 않았다. 루소의 말처럼.

　　　나를 조상의 종교에 매어놓은 일반적인 원칙은 고사하더라도 나는 천주교에 대하여 내 고향 특유의 반감을 가지고 있었다. 사람들은 천주교를 우상숭배라 하였다. 이런 감정이 몸에 깊이 배어 있었기 때문에, 처음에는 성당 안을 들여다보거나, 행렬의 종소리를 듣기만 하여도 소름이 끼치도록 무섭고 떨렸던 것이다.

신부님은 빛바랜 치마 같은 신부복 딱 하나만을 지니고 있었다. 여기저기 기운 누더기 옷, 그러나 그는 새벽미사가 끝나면 그것을 빨아 널고 있었다. 연평도의 부두에서 최신부와 작별인사를 했다. 급히 달려온 노인이 가까이 다가왔다. 내가 가르친, 그래서 신부수업을 하는 학생의 아버지라며. 나에게 한 축의 굴비를 안겨주면서 그는 한 마디 말도 할 줄 몰랐다. 무심한 나. 그 후 나는 최분도 신부와 왕래도 없었고 서신도 없었다.

이제 현실로 돌아와 아들과의 얘기를 더 진전시켜야 한다. 아들은 삶에서의 신앙의 필요성을 안다. 특히 새 생명이 잉태된 시점에 신의 축복을 받고 싶어 한다. 우리끼리 한 얘기는 많지만 생략하고, 그는 천주교가 맘에 든다고 했다. 더욱이 신앙을 가져보지 못한 며느리도 묶어서란다.

한 지붕 밑에 사는 아들이지만 같은 하늘 아래 사는, 같은 하나님을 믿는 일인데 우리 부부는 수용하기로 했다. 자식을 이기는 부모는 없다지 않는가. 여기서는 부모와 자식 간에 이기고 지는 것이 없다. 부모는 부모의 길을 가고 자식은 그의 길을 가지만 바라보는 하늘은 같다는 큰마음이 더 중요하다고 나는 스스로를 위로했다. (2007)

가족사

이 글은 필자가 다년간 역사와 구전을 추적하여 밝혀낸 조상들의 이야기를 기록한 것인바 이번에 책을 내면서 끼워 넣은 대목이다. 일반 독자에게는 관심 밖의 이야기 이겠지만 우리 일문의 자손들에게는 귀중한 자료가 될 수 있다고 생각된다.

　내 고향 솔티(화성시 마도면 쌍송리)의 등성마루에는 특별히 큰 산소가 서해 바다를 바라보고 우뚝 서 있고 그 턱 아래로 20여 호의 초가집들이 옹기종기 모여 있다. 어렸을 적 우리들은 그 산소벌에서 뒹굴며 놀았고 시향 때 아이들은 제물을 받아먹으러 줄을 서곤 했다.

　나는 이 지체 높은 조상이 누구인지 몰랐고 어른들도 조상의 내력을 설명해 주지 않았다. 우리 집 뒷곁에는 납작한 무덤이 있는데 이를 말 무덤이라고 했다. 어른들이 들려주는 이야기에 의하면 대산소의 주인은 나라를 위해 싸운 장군이었고 말 무덤은 그 장군의 애마가 묻힌 무덤이란다. 그 할아버지는 북변의 전쟁터에서 오랑캐와 싸우다 크게 부상을 입었는데 애마가 주인을 등에 태우고 집으로 돌아왔고 돌아오자마자 기진하여 죽었다고 한다.

아버지가 돌아가신 지 10여 년 후, 우리 4형제는 조부모님, 그리고 부모님 산소에 묘비를 세우기로 합의했고 나는 묘비명을 작성하기로 했다. 생전에 아버지가 우리는 '복천군의 자손'이라고 하신 말씀을 근거로 나는 서울의 중앙화수회를 찾았다. 그러나 나는 어이없는 대답을 들었다.

복천군 권개는 세조 때에 병조참판을 지낸 분이지만 그 아들 대에 화를 당하여 대가 끊겼다는 것이다. 그렇다면 우리 동네 권씨 일문은 누구들인가? 문중에 전해오는 족보는 가짜인가? 나는 조상의 뿌리를 추적하기로 마음먹었다. 여러 해에 걸친 노력에도 성과가 없었다. 그러다가 조선왕조실록의 국역cd가 출판되면서 나는 활기를 찾았다.

권개權愷(이하 존칭 생략)는 세조가 왕위에 오르는 데 크게 공헌하여 좌익공신으로 봉해졌고 복천군福川君의 호를 받았으며 황해도, 전라도, 경상도, 강원도, 경기도 관찰사를 두루 섭렵하였고 병조참판을 지냈다. 권개는 맹희, 중희, 숙희, 계희 등 네 아들을 두었다. 맹희는 도승지를 거쳐 경기도 관찰사를 역임했고 중희는 군기시주무로 있었다. 막내인 계희는 맏형 맹희와 더불어 과거에 급제하여 한 집안에서 동시에 등과하는 영예를 차지했다. 계희는 머리가 명석하여 20대에 호조정랑에 이르고 임금의 교서를 기초하는 지제교를 겸직했다. 3남 숙희에 대한 기록은 찾아볼 수 없고 사관史官이 쓴 권개의 졸기에도 이름이 나타나지 않은 것으로 보아 요절한 것 같다.

맹희와 계희는 '이시애의 난' 때 하삼도(충청, 전라, 경상도)로 달려가 수천의 병사를 모병했고 중희는 무기의 조달을 담당했다. 맹희는 남이장군이 여진을 토벌할 때 종군했고 「멸북록滅北錄」을 지어 남이장군의 혁혁한 공적을 중국에 알리기도 하였다.

이들 삼형제는 떠오르는 별로 장안의 화제가 되었으나 그로 인하여 화를 입었다. 예종이 젊은 나이에 승하하자 한명회는 정희왕후(세조의 왕비)와 짜고는 적장자인 월산대군을 제쳐두고 자신의 사위인 성종을 왕위에 앉혔다. 여론이 들끓자 한명회, 신숙주 등은 터무니없는 누명을 씌워 영의정을 지낸 귀성군 이준(세조의 동생 임영대군의 아들)을 귀양 보내고 이들 3형제에게 누명을 씌워 제물로 삼았다. 당시 이들은 광주廣州의 부친 묘소에서 시묘를 살다가 잡혀왔다. 맹희와 계희는 사형을 당했고 중희만이 구생일생으로 목숨을 부지하여 유배되었다. 그로부터 10년 후 귀성군이 유배지에서 생을 마감하자 중희의 유배가 풀렸다. 그는 아들 권관, 권선과 더불어 어유소 장군의 북벌군에 종군하여 압록강 유역으로 달렸다. 이상의 역사적 사실은 나의 저서인 장편소설 『남이』에 상세히 기록되어 있다.

그로부터 37년 후 중종은 다음과 같이 지적했다.

종족을 시기하고 의심하여 골육을 잔인하게 해치는 짓이야말로 나라를 망치는 일이다. 경들이 권맹희 사건에서 보이는 역사의 교훈을 경계치 않고 망각하고 있는 것은 과연 나라를 사랑하는 도리인가? 흉적 한명회가 터무니 없는 거짓으로 권맹희에게 죄를 덮어씌운 것은 개인적인 야욕을 채우기 위한 것이었다. 그 후 아무도 권맹희와 귀성군이 서로 호응한 증거를 제시하지 못하였으니 믿을 수 없는 무망한 처사였다. 나는 지금도 이 같은 일을 통탄해 마지않는다.

76년 후 명종은 '성종이 즉위한 후 임금이 어리고 민심이 흉흉하여 민심을 안정시키고 종묘사직을 편케 하기 위하여 귀성군, 권맹희를 제물로 삼았다'고 지적했다.

나는 복천군 권개의 가문이 멸족되지 않고 중희를 통하여 실낱같은 명맥을 이어왔다는 사실을 밝혀냈다. 그러나 그 후 중희의 자손들은 어디서 무엇을 했으며 대산소 할아버지 권수영은 어떤 연유로 지금의 솔티에 정착했으며 그는 언제 태어나 어떤 일을 했는가를 찾아내야 했다.

권중희는 변방에 남아 있었고 그 자손들은 권수영에 이르기까지 대대손손 강계 등지에 살면서 우리나라의 최북단을 지킨 것으로 추정된다. 그의 둘째아들 권선이 강계부사를 지냈고 증손 권홍이 고산리 첨사였다는 사실이 이를 말해주고 있다. 권홍은 권수영의 증조이다.

당시 고향의 족보에는 권수영이 기축己丑생이고 임란시 원종공신이며 동추同樞(중추원동지사)를 지냈으며 무자戊子년에 죽었고 요동절도사로 추서되었다고 기록되어 있다. 간지로 계산하면 권수영은 60세까지 수를 누린 것이다.

기축년과 무자년은 언제인가? 나는 아버지의 생년으로부터 역산하여 간지를 풀어나갔다.

아버지(갑주-1897생)-병전(1861)-항모(1825)-수흥(1792)-필(1763)-옥(1737)-형규(1716)-후재(1692)-성(1653)-귀현(1633)-인록

(1612)-수영(1589)

이로 볼 때 족보상의 '임란시 원종공신'의 임란은 오기임이 분명하다. 근래에 권수영의 묘비명을 초한 권진남 또한 나처럼 간지를 풀어본 것 같다. 그러나 그는 '임란'이라는 오기를 뛰어넘지 못하고 권수영이 120세까지 수한 것으로 묘비명에 표기했다.

권수영은 임진왜란(1592)이 발발하기 3년 전에 태어났고 선조, 광해군, 인조 시대를 살았으며 인조가 생을 마감한 1648년까지 살았다. 그가 생을 영위하는 동안에는 우리나라에 큰 변란이 여러 차례 발생했다.

　4세(1592)　임진왜란

20세(1608)　광해군 등극

30세(1618)　강홍립 장군 만주원정

35세(1623)　인조반정, 광해군 폐위

36세(1624)　이괄의 난

39세(1627)　정묘호란

48세(1636)　병자호란

61세(1689)　인조 사망, 권수영 타계

격동하는 정세와 권중희 이후 북변에 머물러 여러 대를 이어 무관직을 수행한 점으로 보아 권수영의 행적에 대하여 다음과 같이 추정할 수 있다.

권수영은 이괄이 반란을 꾀했을 때 북변에서 군사를 끌고 내려와 싸웠고 만주로 달아나는 잔적을 쫓았다. 그로 인하여 원종공신으로 책록되었다. 인조 때는 공신책봉이 인조반정과 이괄의 난 평정 등 두 번 있었는데 당시 북변에 있던 권수영에게는 인조반정에 참여할 기회가 주어지지 않았다. 그 후 권수영은 무관의 고위직인 중추원동지사를 제수 받고 전답田畓을 하사받았다. 그는 북변에 머물고 있던 부친을 여기 솔티로 모시고 와서 살게 하였고 자신은 북방(강계지방)에 남아 있었다.

정묘호란이 발발하였다. 그는 정충신 장군 또는 임경업 장군의 휘하에서 북변에 남아 청군의 후미를 공격했고 그가 48세에 병자호란이 터지면서 임경업 장군의 휘하에서 청군과 맞서 싸웠다. 그때 그는 마상에서 부상을 입었고 그의 애마는 그를 태우고 고향으로 달렸고 지쳐서 죽었다.

인조가 죽은 다음 등극한 효종은 북벌을 계획하고 있었는데 지난날 청나라와 싸운 공로를 인정하여 권수영을 요동절도사로 추증하였을 것이다.

권수영의 아들 권인록에 대하여는 조선왕조실록에 자주 등장하는데 그는 역관으로 청나라의 사정을 끊임없이 조정에 보고한 것으로 나타나고 있다. 이후 솔티의 권씨 일문은 저 대산소 할아버지 권수영이 물려준 땅에서 평화롭게 평민으로 살아왔다.

내가 어렸을 적 아버지는 집안 어른들과 광주 마죽가(말죽거리)로 복천군의 시제를 지내러 다녀오시곤 하셨는데 지금은 그 묘소가 어딘지 자손들도 아무도 모른다. 통일 이후 강계에 가면 권중희 등 조상들의 묘소 또는 거기에 남아있는 다른 자손들의 흔적을 찾을 수 있을지 모른다.

족보를 들여다보면 권중희에게는 권관, 권선 등 두 아들이 있었는데 우리는 권관의 자손이다. 나는 15년 전쯤에 권선의 자손들의 행적과 사는 곳을 찾기 위해 백방으로 수소문했고 끈질긴 추적 끝에 보은군 회북면 쌍암리 초개동에 일단의 자손들이 거주하고 있다는 사실을 알아냈다. 그 지역의 마을은 대청호가 생기면서 대부분 소개되어 주민들의 대부분이 뿔뿔이 흩어졌지만 몇 가구가 남아있음을 확인했다. 권개 그리고 권중희를 뿌리로 하는 또 다른 가지를 찾은 셈이지만 나는 차일피일 미루다가 그들을 만날 기회를 갖지 못했다. 앞으로 관심 있는 누군가가 할 일이다. (2015)

횡성 가맛골

나의 할아버지(병전)는 화성의 마도면에서 농사를 지으셨지만 농한기에는 소금을 팔러 강원도를 다니시곤 하였다. 남양반도의 해안가 갯벌 둔덕에는 재래식 소금을 생산하는 염벗이 줄지어 서 있었다. 염벗은 옛날부터 소금을 생산하기 위하여 갯벌 둔덕에 지은 집이고 여기에서 해수를 끓여 소금을 만들었다. 염전이 들어서기 전의 일이다.

할아버지는 소금짐을 지고 강원도 오지인 원주·횡성을 다니시곤 했는데 가끔은 옹기장수들과 마주쳤고 옹기 굽는 마을까지 찾아들곤 하셨다. 할아버지는 그들이 단순한 옹기장이가 아닌, 예사 사람들이 아님을 알게 되었다. 한때 전국적으로 번졌던 동학군의 잔당으로 그들은 한일합방 이후 항일독립군으로 변모해 있었고 치악산 기슭의 횡성과 원주는 독립군들의 웅거지였다. 독립군들은 옹기장이로 가장하여 일본군에 대항하여 싸우고 있었다. 그들은 옹기짐을 지고 전국 각지를 다니면서 관청과 일본군의 동정을 살피고 게릴라식으로 일본군 진지를 습격하곤 하였다.

망국의 설움을 안타까워하면서 독립의 일념을 가슴에 품으신 할아버지는 소금짐을 던져버리고 옹기장수로 나섰다. 할아버지가 생업을 포기하고 가족을 버리고 항일투쟁을 위하여 고향을 등진 시기는 아버지가 태어난 몇 해 후였다. 살 길이 막막한 할머니는 여남은 살의 딸의 손을 잡고 간난아들(아버지)을 들쳐 업고 군포의 친정으로 향했다.

　할아버지는 옹기장수의 행색으로 가끔은 처가에 들리곤 하셨지만 이내 떠나가셨다. 아버지는 12살 즈음에 옹기짐을 지고 찾아드신 할아버지를 따라나섰다. 그때 아버지는 난생 처음으로 부자지정을 느끼셨다고 한다. 횡성에 도착한 아버지는 거기에서 옹기 굽는 사람들, 산더미같이 쌓인 크고 작은 옹기들을 보셨고 할아버지가 노루와 산양을 활을 쏘아 잡는 광경을 목격하시기도 하였고 즉석에서 산짐승들의 고기를 맛보시기도 하였다. 아버지는 밤중에 호랑이의 눈에서 번득이는 섬광을 보셨다고 한다. 아버지는 그때의 감동어린 추억을 평생 간직하고 계셨고 자식들에게 자주 들려주시곤 하였다.

　아버지가 횡성에서 돌아오신 후 할아버지의 소식은 끊겼고 할머니는 이 매정한 남편을 기다리다 세상을 하직하셨다. 아버지가 18세 되던 해였다.

　외가에서는 후환이 두려웠던지 할머니의 장례절차를 허락하지 않았고 할머니의 시신을 논두렁에라도 묻게 해달라는 아버지의 애원을 냉혹하게 뿌리쳤다. 아버지는 할머니의 시신을 지게에 지고 울어대는 동생(10세)의 손을 잡고 흐르는 눈물을 주먹으로 닦으며 박달리의 친척집에 찾아들었고 범고개의 마루턱에 장사지냈다. 40년 후인 1955년에 아버지는 할아버지와 할머니를 고향땅에 합장해 드렸다.

아버지는 동생을 데리고 고향을 찾았으나 고향에는 집도, 농토도 없고 의지할 데도 없었다. 어린 동생을 종형에게 맡기고 아버지는 횡성으로 향했다. 비록 소식은 끊겼지만 예의 그 곳에 가면 할아버지를 만날 수 있으리란 실낱같은 희망을 안고 허기진 배를 초근목피로 채우며 몇 날 몇 밤을 걸으셨다.

그러나 횡성의 그 옹기가마터는 폐허가 되었고 깨진 옹기조각만 여기저기 뒹굴고 있었고 주위의 인가마저 주저앉아 있었다. 달빛만 처량하게 황량한 옹기터를 비추고 있었다.

며칠 동안 적막강산에서 하염없이 앉아계시던 아버지는 칠흑 같은 그믐밤에 발길을 돌려 정처 없이 걸으셨다. 이윽고 아버지는 천야만야한 낭떠러지에 떨어져 의식을 잃으셨다. 동녘이 밝아올 무렵 깨어나신 아버지는 다리가 심하게 다친 사실을 발견하셨다. 망연자실하여 앉아 계시던 아버지는 문득 몸을 일으키셨다. 그렇다. 고향으로 가는 것이다.

고향에 이르니 뜻밖에도 생존해 계신 작은할아버지(정식)가 반갑게 맞아주셨고 아버지를 양손으로 삼으셨다. 작은할아버지에게는 후손이 없었던 터였다. 그로부터 10년 후, 할아버지가 초췌한 모습으로 나타나셨다.

1914년부터 일본군은 막강한 화력으로 국내의 항일독립을 발본색원하여 그들의 웅거지와 위장 소굴을 짓밟았고 1917년까지는 대부분 섬멸하였다. 독립군의 일부는 태백산맥을 거슬러 만주로 넘어갔고 일부는 고향으로 돌아가지 못하고 광부나 화전민으로 살거나 도시노동자로 변신했다.

할아버지 등은 횡성의 가마터로 압박해오는 일본군을 피하여 산속으로 숨어들었다. 처음에는 광산에 숨어들었으나 일본군이 광산까지 뒤지자 더 깊은 산속으로 들어가 화전민으로 사시면서 세월 가는 줄 모르셨다. 1922년 집으로 돌아오신 할아버지는 병석에 누워계시다가 그 해 아들과 며느리의 품에서 한 많은 세상을 하직하셨다. (2015)

아버지의 일생

아버지는 고종이 대한제국을 선포하고 황제로 등극하던 1897년에 태어나셨다. 그 후 아버지는 한일늑약, 한일합방, 일제의 폭압, 태평양 전쟁, 해방, 6 · 25, 4 · 19, 5 · 16 등 격동의 세월을 사셨다.

아버지는 독립운동도 하지 않으셨고 3 · 1절에 만세를 부르실 기회도 갖지 못하셨다. 아버지는 서당이나 학교를 다니신 적도 없었다.

아버지는 평생을 농사꾼으로 자신의 힘으로는 어쩔 수 없는 피동적인 삶을 사셨다. 희붐한 새벽, 막걸리 한 주전자를 지게에 얹으시고 들로 향하시는 아버지는 여기저기 떨어져 있는 논들의 물꼬를 보시고 밭에 이르러 잡초를 뽑으시다가 해가 뉘엿뉘엿 서산으로 질 때면 풀을 한 짐 지고 돌아오셨다.

봄이 되면 못자리를 만들어 볍씨를 뿌리셨고 모가 자라는 동안 그 높은 천수답에 물을 퍼 올리느라고 가족들을 닦달하여 밤샘작업을 하셨다. 벼가 자라 가을에 수확하기까지는 모내기, 훔치기, 김매기, 피 뽑기 등의 과정을 거치고 벼 베기와 타작이 끝나면 볏가마니를 처마 밑에 쌓아두셨다.

태평양전쟁이 발발하여 두 아들이 강제로 징병되기까지에는 아버지는 농사일이 힘들지 않았다. 아버지는 젊었고 자라나는 아들들은 아버지에게 큰 힘이 되었다.

일제 강점기에 아버지는 소작농을 하셨다. 지주에게 바치는 소작료는 70%가 일반적인데다 농지세, 수득세, 수리조합비 등이 소작인에게 전가되었기 때문에 소작인의 몫은 고작 20%였다. 그러나 소작인들은 이를 숙명처럼 받아들여야 했다. 아버지는 열심히 일하셨다.

아버지는 논일에만 매달리지 않고 서너 군데의 임야를 개간하여 밭을 일구셨고 거기에 보리와 콩·수수를 심으셨다. 밭일은 주로 어머니가 맡으셨다. 비록 넉넉한 살림은 아니었지만 아버지와 어머니는 줄줄이 태어나 자라는 자식들과 더불어 즐거운 생활을 영위하고 계셨다.

그러나 불행이 한꺼번에 닥쳤다. 태평양전쟁이 치열했던 때에 위로 두 아들은 강제 징병되어 일본전함에 몸을 실었다. 그 전쟁 통에 둘째아들은 필리핀에서 전사하여 아버지 어머니 가슴에 묻혔고 큰아들은 해방 후 1년 만에 돌아왔다. 아버지의 일손을 도우리라고 여겼던 큰아들은 농사만으로는 가난을 벗어날 수 없다며 돈을 벌어오겠다고 도회지로 향했다.

그래도 농사일을 받쳐줄 셋째가 있기에 아버지는 큰아들의 결심을 꺾지 않으셨고 5년 후에는 집에 돌아와 아버지를 돕고 많은 농토를 사서 부농을 만들겠다는 큰아들의 포부를 굳게 믿으셨다.

1950년 6월 25일, 북한이 38선을 넘었고 인천에 살던 큰아들이 돌아왔다. 그러나 큰아들은 인천수복작전이 성공을 거두자 남은 재산을 찾고자 집을 떠났고 그 이후 종적이 묘연했다. 셋째마저 군인으로 입대했고 그는 7년이 지나도록 군영에 매어 있었다.

1948년 정부수립 후 이승만 대통령은 농림부장관 조봉암의 구상에 따라 농지개혁법을 제정하고 1950년 봄부터 농지개혁이 시행되었다. 농가당 소유농지를 3정보로 제한하고 기업농을 인정하지 않았으며 토지소유 상한선을 넘는 대지주의 전답은 소작인에게 양도하도록 한 조치였다. 소작인은 전답을 소유하는 대가로 향후 5년간 매년 수확량의 30%를 지주에게 납부하여야 했다.

아버지는 약 3,000평의 논과 자신이 일구신 몇 뙈기의 밭을 소유하셨지만 1951년부터 계속된 7년 가뭄으로 천수답인 논바닥은 거북의 등껍질처럼 쩍쩍 갈라졌고 밭의 보리는 영글기 전에 말라버려 입에 풀칠하기조차 어려웠다. 아버지는 장리쌀을 구하여 가난을 모면해야 했다.

장리는 구한말 이후 우리나라 농촌의 폐습으로 이어왔는데 쌀을 빌리면 일 년 중 그 기간의 길고 짧음에 상관없이 수확기에 1.5배 또는 두 배로 갚는 일종의 고리채였다. 특히 우리나라의 뿌리 깊은 허례허식은 농민을 더욱 피폐하게 만들었다. 빈한한 중에도 가장의 생일에는 온 동네사람들에게 아침식사를 대접했고 제삿날에는 제물을 이웃에게 돌렸다. 결혼식에는 돼지를 잡았고 이웃들이 몰려와 전날부터 당일까지 죽치고 앉아 포식했다. 상사喪事가 있을 때도 마찬가지였고 대상, 소상까지 이웃들이 참석하여 북새통을 이루었다. 1969년 박정희 대통령은 '가정의례준칙'을 만들어 이러한 폐습을 타파하였다.

아무리 가난해도 과년한 자식들의 혼례는 치러야 하는 법. 그래서 장리쌀은 늘어만 가고 당해에 갚지 못하는 장리는 기하급수로 늘어 갔다. 장리쌀을 지게에 지고 일어서시는 아버지의 뒷모습을 보시며 한숨을 지으시던 어머니의 모습을 나는 지금도 기억한다.

농촌에는 간난아이의 손도 아쉬울 정도로 일이 많다. 초봄이 되면 못자리를 만들고 못자리가 마르면 물을 퍼 올리고 물이 흥건하면 물을 빼서 자작자작하게 만들어야 한다. 모심기에는 마을사람들이 품앗이를 하고 잡초를 제거하기 위하여 훔치고 풀을 매야 한다. 여러 사람들이 모여 하는 일이다. 아버지는 50세 후반에도, 환갑을 넘기셨을 때에도 젊은이들과 품앗이를 할 수밖에 없었다. 다른 집들은 자식들이 성장하면서 품앗이에 동원되었고 군대 간 아들들도 속속 제대하여 합류했다. 그러나 셋째는 군대에서 돌아올 줄 몰랐고 끝물로 태어난 우리 삼형제는 어렸고, 다른 집 자식들은 초등학교를 나오자마자 일터로 나갔지만 우리는 가방을 메고 학교로 사라졌다.

우리 집에 일소가 없었던 50년대 초반에는 소를 빌려 논밭을 갈아야 했고 아버지는 그 대가로 3일 동안 소 주인에게 봉사해야 했다.

모내기가 끝나면 아버지는 보리를 베어 타작하셨고 보리를 수확한 밭에 콩과 수수를 심으셨다. 여름이면 풀을 베어 퇴비를 만드셨고 어머니와 더불어 콩밭을 매셨다.

가을걷이가 끝나면 아버지는 땔감을 구하러 산으로 들로 다니셨다. 주위의 야산이 모두 민둥산이기 때문에 나무를 구하기는 어려웠고 가랑잎을 긁어 오시거나 산자락에 듬성듬성 난 억새를 베어오시거나 수수깡 뿌리를 캐어 오시는 게 고작이었다.

이런 일들을 아버지 혼자서 하신 것이다. 밤이면 끙끙 앓는 소리를 하시지만 아버지는 다음날 새벽 막걸리 한 대접을 들이키시고 들로 나가셨다.

군대 갔던 셋째가 돌아오고 중학교를 마치고 농사를 배우던 넷째
가 교대하듯 고향을 떠났다. 아버지는 셋째가 돌아오자 천군만마를
얻은 듯 좋아하셨다. 그것도 잠시. 이미 바람이 들어버린 셋째는 농
번기가 지나면 군대시절 배운 운전대를 잡기 위하여 고향을 등졌고
다시 농번기에 모습을 드러내곤 했다. 농번기라야 모낼 때와 벼 벨
때이니 늙으신 아버지는 고달프기만 하셨다. 아버지는 세상을 등지
시던 전 해인 73세까지도 소를 몰아 밭을 갈곤 하셨는데 소까지도 알
아차렸는지 노쇠한 주인의 말을 듣지 않고 꾀를 부리는 바람에 아버
지는 송곳을 들어 소의 엉덩이를 찔러대며 밭을 가셨다.

어머니가 저 세상으로 가신 지 7년. 그 날도 아버지는 다음해의 못
자리를 위해서 벼를 베고 난 논을 갈고 계셨다. 아버지는 배를 쥐어
뜯는 통증으로 그만 쟁기를 놓치시고 질펀한 논바닥에 주저앉으셨
다. 소는 빈 쟁깃날을 끌고 논두렁으로 가 풀을 뜯고 있었다. 지나가
던 사람의 등에 업히어 아버지는 집에 오셨고 곧 몸져누우셨다. 아버
지는 74세를 일기로 세상을 버리셨다. 나는 조촉弔燭 아래서 이렇게
읊조렸다.

　　　　　초토에 나시어 황량한 들에서 뛰시던
　　　　　비바람을 거슬러 찾으신 정착지

　　　　　세정에 용전하시어 앉으신 곳
　　　　　그러나 다시 조여오는 사면의 벽을
　　　　　알 가슴으로 받아 허시며

세월을 엮어나가시던 아버지

인고의 역정을, 묵연히 지녀온 뜻을
일순에 거두시고 깊은 한숨을
간직하신 채 떠나신 아버지

의연한 풍채와
쟁쟁히 들려오는 준엄한 훈계가
자식들의 가슴에 명각되어
끝없이 남을진저 (2015)

오! 사랑의 씨앗이여
일찍이 움터 미치더니
늦게도 피어서 화려한
우리의 영원한 사랑이여

제 2부

나의 이야기

보고 싶다 내 아내/詩

(6개월간 중국으로 어학연수를 간 아내를 그리며)

보고 싶다 내 아내

그리워라 내 아내

들꽃만 봐도 아내 생각

별빛을 봐도 그대 생각

나의 그대가 왜 그리운가

그대도 나를 그리는가

아무리 생각해도 모를 일

달빛만 봐도 그대 생각

복사꽃이 피었네

거기도 피었는가

봄에 피어나는 꽃들을 보자면

그대가 눈길 주던 꽃이 아니던가

그대 가슴에 사랑이 넘치는가

그대를 그리는 나의 처절함처럼
그대는 나를 사랑하는가
그대는 아는가 나의 간절한 외로움을

나는 외로움에 겨워
나는 그리움에 겨워 우는데
그대는 아는가 나의 타는 속을
그대는 아는가 내 사랑의 아픔을

오! 사랑의 씨앗이여
일찍이 움터 미치더니
늦게도 피어서 화려한
우리의 영원한 사랑이여 (2014)

가족

19세기 프랑스 철학자 알랭은 가족의 울타리를 벗어났을 때의 인간은 완전한 의미에서 인간이라고 할 수 없다고 했다. 그러나 나는 일찍이 가족을 떠난 삶을 살 수밖에 없었다. 중학교 졸업식 날 가출하여 인천으로 향했던 일은 향학열 때문이었다. 그리고 15년이나 지난 후에 지금의 내 아내를 만나 가정을 꾸몄다. 그때의 행복은 철새가 노고지리 둥지를 만난 것처럼 아늑했다. 그리고는 철새의 버릇을 못 고쳐, 아니 먹고 살자고 나는 가족을 떠나 지방으로, 다시 사우디의 건설현장으로 뛰면서 아내, 가족과 떨어져 사는 일이 잦았다. 당시 몇 개월 만에 본 아내는 외로움에 지쳐 초췌해 있었고 어린 자식들은 나를 보고 서먹서먹해했다. 그리고는 다 늦게 가족을 뒤로 하고 제주도로 온 지 어느덧 3년, 내 운명은 왜 이럴까?

헤겔은 부부의 결합은 자식으로 인해 비로소 실현된다고 했다. 나는 아들을 둘 두었다. 큰 놈은 어려서부터, 자신은 반드시 부모를 모시겠다고 했고 그래서 갈등도 있었다. 우리가 말자고 해도 그 녀석은 고집불통이다. 그래서 고통도 겪어야 했다.

작은 놈은 유학 중이다, 내가 자라는 놈에게 심었고, 그러나 고등학교 때는 방향을 바꾸면 어떠냐고 했다. 철학 말이다. 그러나 그 놈은 한 번도 망설임이 없이 아버지가 했던 철학의 길을 택했고 철학하는 아내를 혹 붙여 왔다. 한심한 놈이다. 부전자전이 이에 극치 아닌가?

아내는 나의 빈궁함과 철없음에도 불구하고 나를 택했다. 철학적인 인간이라기보다는 감성적인 인간이기 때문이었으리라. 사실 감성적인 인간만큼 점령하기 쉬운 사랑이 또 있을까?

그러나 나는 방황의 길을 걸어 왔다. 그 놈의 감상, 그 놈의 정념 때문에 고삐 풀린 인생을 사는 나는 당초부터 가족을 등한시했는지도 모른다. 사실 마음은 안 그랬다. 내 따뜻한 가슴은 집에 있을 땐 가족의 품이 좋고, 절절히 느끼지만 풀어 놓으면 망아지다. 그러나 내 아내는 내 어머니이고 내 자식들은 내 보호자다. 나는 그들의 품을 좋아한다. (2006)

가족이 그리운 밤

낳은 지 20개월 된 손자가 매일 아침 할머니 방에 들어와 할아버지 사진을 보잔단다. 화장대 위에 끼어놓은 작은 사진인데 자신을 들어 올려 달라며 하루에도 몇 차례 보챈단다.

지난여름 나는 여기 제주도에 온 아들, 며느리의 휴가를 헛되게 보내지 말라고 손자를 맡아 돌봐주었었다. 그래서인가, 그 후 손자는 매일 사진이나마 할아버지를 보고 싶은 모양이다. 아니면 핏줄의 느낌인가? 허기야 손자가 태어나고 산후조리원에서 손자를 들여다본 나는 어디서 본 듯한 얼굴이라며 흥분했다. 거울에서 본 내 얼굴이었던 것이다.

불 켜진 창을 보고 영락없이 불나비처럼 찾아드는 제주의 벗들이 빈 그릇만 남기고 사라질 때 나는 가족이 그립다. 그 그릇들을 설거지하며 아내가 곁에 없음에 아쉬움을 절실히 느낀다. 나는 혼자 여기에 머물러 김치 담가 먹고 각종 찌개 끓여 먹으며 넌들 나를 닮을소냐며 웃지만 그걸 안쓰럽게 생각하는 많은 이들이 있다.

오히려 아내는 별 걱정을 안 한다. 지난 휴가철에 아들 며느리 온다고 김치를 몇 가지 담가 적당히 익혀 놓은 나를 보고 할 말을 잊은 아내이니까. 그런데 내 생애 처음으로 실수를 했다. 딴 채소는 적당히 소금으로 숨을 죽여 김치를 담갔는데 숨죽일 필요가 없는 쪽파에 그 부피 때문에 액젓을 너무 넣었던 것이다. 아내는 먹을 만하다는데 나는 내 실력을 들켜 버렸다.

지난여름, 13세 손녀는 해수욕장에서 웃고 즐기면서도 틈틈이 글쓰기에 여념이 없었다. 보여주지는 않지만 소설을 쓰고 있다는 것이다. 아마도 내가 꿈을 심어주었는지 모른다.

오늘 실로 오랜만에 미국에 있는 둘째아들에게 전화를 걸어 보았다. 나는 철학을 접었는데 철학을 공부하는 아들 그리고 며느리는 방학이라고 해도 수 년 동안 서울에 온 적 없어 본 지 오래다. 내가 힘들었던 시절, 그래도 내 아들은 내 소원대로 철학자가 되게 해달라고 간절히 기도했는데 넘치게 주시는 하나님은 철학하는 며느리를 덤으로 주셨다. 아들, 며느리는 학위논문을 쓰느라 아버지 전화를 받음에 성의가 없다. 내가 이해해야지.

아내는, 아니 나는 둘 다 그리움 속에서 산다. 아내가 제주에 오면 둘만의 살 비빔이 있어 좋지만 내가 서울에 가면 가족 모두를 보고, 틈나면 친구들을 볼 수 있어 내가 더 많이 서울을 밟는다.

번연히 가족이 건재한데 혼자 떨어져 사는 나와 아내의 마음에는 풀지 못할 고민이 있다. 빚보증을 서다 재산을 몽땅 날리고 제주도에 왔기 때문이다. 떨어져 살 이유가 없을 만큼 금슬이 좋은 우리가 이냥 이렇게 어쩔 수 없이 떨어져 사는 신세.

보면 눈물겹도록 좋고, 떨어지면 애태우는 사이인데. 도무지 이러한 삶에 정의를 내릴 수 없다. 껴안고 살자며, 우리는 부둥켜안고 다짐을 하지만 결론 없이 만나고 헤어지면서 제주도의, 그리고 서울의 마지막 밤을 지내곤 하는 우리는 왜 사는가? 손녀 그리고 손자가 보고 싶다. 이 시간 왜 내 눈시울이 뜨거워지는가? (2009)

아내가 앉았다 간 자리

모처럼 즐거운 일주일이었다, 아내가 손녀를 데리고 와, 제주도에서 함께 한 시간들이었다. 그리고 오늘 아내는 떠났다. 지금은 쓸쓸한 밤이다. 제주도의 바람은 창을 때리며 괴괴한 소릴 내고 있다. 아내가 머물렀던 시간엔 바람도 잠잤었는데….

사실 아내가 오면 그냥 안쓰럽기만 하다. 찬장이며 냉장고며 방바닥을 닦기에 바쁘다. 그러나 하루에 한 나절쯤은 특별한 체험관광을 할 여유도 가질 수 있었다. 한라산 중턱 산록도로변 녹차밭에서 따뜻한 녹차국수를 먹고 녹차를 시음하며 하늘과 맞닿은 바다를 내려다보는 것은 우리의 마음을 들뜨게 했다. 해안의 바위에 앉아 낚시질하는 재미, 그리고 잡은 고기를 회쳐먹는 재미는 노년의 둔한 입맛에도 정말 짜릿한 감흥을 주기에 충분했다. 또한 한라봉 밭에서 묵직한 한라봉을 따서 바구니에 담고 그 가득하고 풍성한 느낌을 느끼고 손녀와 더불어 카메라 앞에서 예쁜 표정 짓는 재미는 아내보다는 손녀가 더 즐겼으리라.

그러나 지금 사위가 적막한 이 밤에 나는 혼자다. 갑자기 외로움이 엄습해 옴을 느낀다. 나는 보잘 것 없는 생활에 마지막 인생을 걸고 있는지도 모른다. 나는 정처 없는 나그네요 돛 없는 배. 나는 지금 가족을 훌훌 떠나 무엇을 찾아 헤매는가? (2006)

우리의 행복한 날들

3월 10일, 유달리 화창한 날이었다. 우리 부부는 이웃의 두 부부와 더불어 낚시도구를 챙겨 해안가로 달렸다.

해안도로에서 물가로 들자면 검은 바위가 마당처럼 펼쳐져 있고 수석과 같이 아름다운 돌들이 여기저기 갖은 형상으로 솟아 있다. 우리는 서둘러 낚시준비를 하고 조용히 일렁이는 바다로 낚싯줄을 드리운다. 넣기가 무섭게 고기들이 입질을 한다. 우리는 연실 고기를 낚아채 올린다. 두 놈이 한꺼번에 딸려 나오기도 한다. 여자들은 바위에 움푹 파인 물웅덩이에서 상추, 풋마늘, 쪽파, 갓 등 채소를 씻으며 담소를 나누고 가끔씩은 까르르 웃어댄다. 얼추 수확을 올린 후 낚시꾼들이 능숙한 솜씨로 회를 뜬다. 일백 마리는 너끈히 잡았다.

우리는 바위에 앉아 싱싱한 즉석회를 초장에 찍어 정신없이 먹어댔다. 이때 소주맛 또한 일품이다. 멀리 보이는 태평양의 수평선, 에메랄드빛 바다, 철썩철썩 바위를 치고 그 틈새로 기어드는 파도, 바위의 일부인 양 여기저기 서있는 낚시꾼들, 나는 소주잔을 들어 목에 넘길 때마다 파란 하늘을 올려다보며 신선이 된 느낌을 갖는다.

아내와 나는 포만한 배를 달래기 위해 밭둑에 가 봄향기 가득한 냉이, 꿩마농(달래), 쑥, 그리고 갓을 뜯으며 초봄의 한가로운 오후를 보냈다. 저녁에는 아까 남은 생선으로 한편 튀김을 하고, 봄의 싱싱한 야채, 향초들을 섞어 회덮밥을 하고 갓김치를 만들고 쑥국을 끓여 다른 두 부부를 더 불러 잔치를 벌였다.

3월 11일, 아침나절 한라산 중턱 영실로 차를 몰았다. 영실로 접어들자 잔설이 길섶에 남아있고 등산로 입구부터는 아예 빙판이다. 등산 채비를 하지 않은 터라 우리는 조금 걸어 오르면서 몇 번 미끄러지다 후일을 기약하고 하산하지 않을 수 없었다.

산록도로변의 제주다원에 들렀다. 시원하고 맛깔나는 녹차국수로 식사를 하고는 수만 평의 녹차밭을 내려다보면서, 그리고 멀리 바다를 바라보면서 한가로이 녹차를 마셨다. 우리는 바로 이게 행복이라고 생각했다.

우리는 카멜리아힐(동백정원)를 찾았다. 이 정원의 주인 양언보 씨는 약 5만 평의 땅에 수십 년간 동백 350여종을 심어 가꾸고 있다. 그는 동백에 미친 사람이다. 형형색색의 동백이 산책로를 따라 피어 있고 동박새가 가지 사이로 획획 하며 날아댄다. 홍동백, 겹동백, 빨간 동백, 흰 동백, 흰 바탕에 빨간 수를 놓은 동백, 내 아내 얼굴만 한 동백, 손톱만 한 동백, 진한 향기를 풍기는 동백….

아내와 나는 동백나무에 기대어, 나무사이에서 꽃들 속에 얼굴을 묻고 사진을 찍어댔고 바다가 내려다보이는 정원에 앉아 담소를 나누고 푹신한 잔디를 밟으며 앉고 뒹굴기도 했다. 저녁에 우리는 노래

방엘 갔다, 나는 '결혼기념일의 노래'를 불렀다. 오늘이 우리의 결혼 34주년인 것이다. (2008)

별난 가족

사은회 자리에서였다. 1968년 봄, 졸업식에 앞서 은사이신 여러 교수님들과 열댓 명의 철학과 졸업생들이 교수회관의 원탁에 둘러앉았다. 박종홍 교수, 김준섭 교수, 최재희 교수, 박홍규 교수, 김태길 교수 등이 와 주셨다. 졸업생들은 앉은 차례대로 졸업소감과 자신들의 진로에 대하여 이야기해야만 했고, 내 순서가 되었다.

"이 시간 이후 저는 철학공부를 접을 것입니다. 공부를 더 하고 싶지만 저로서는 먹고 사는 일이 막연합니다. 그러나 저는 장차 생겨날 내 자식에게 철학을 시킬 작정입니다."

위의 발언은 당시 후배들의 입에도 오르내릴 만큼 화제가 되었었다. 주변이 술렁거렸다. 학생들이 아닌 교수들 쪽에서다. 박홍규 교수가 물었다.

"결혼은 했느냐? 자식을 낳아봤느냐? 결혼을 약속한 여자가 있어 합의를 봤느냐?"

결혼도 안 했고 애인도 없는 내가 농담을 하거나 망상을 희떱게 늘어놓는 것으로 알고 박 교수는 쓴웃음을 지었다. 좌중이 그렇게 여기는 것 같았다. 그때 박종홍 교수가 개연히 일어서셨다.

"한국철학을 가르치는 나의 아들은 해외에 나가 살고 외국여자와 결혼하여 존이라 이름붙인 아들을 두었네. 잘못된 일은 아니지. 그렇지만 지금 문득 생각해보면 내가 밖에서만 철학자연 했을 뿐이라는 생각이 드네. 자네의 꿈을 이뤄보게나. 불가능한 건 아니라는 생각이 드네."

빙그레 웃고 있던 김태길 교수가 입을 여셨다.

"제임스 밀은 작심하고 아들 존 스튜어트 밀을 어려서부터 사상가로 키웠고 그 아들은 아버지를 능가하는 대학자가 되었네. 그의 교육방법에 동의할 수는 없지만 자네의 생각과 이상에 일관성만 있다면 불가능한 일은 아니네."

버트런드 러셀은 말했다.

"이 세상에서, 특히 청춘 시절이 지나간 다음에 행복해지기 위해서는 자신은 곧 그 일생이 막을 내릴 고립된 개체가 아니라, 최초의 배종胚種으로부터 흘러나와 멀고 먼 미래로 이어지는 생명의 한 부분이라는 느낌을 가질 수 있어야 한다."

러셀은 또 말했다.

"미래의 시대까지 그 자취를 남길 만큼 위대하고 뛰어난 업적을 이룰 수 있는 사람은 그 업적을 통해서 본능적 감정을 만족시킬 수 있으나, 특별한 재능을 갖지 못한 사람의 경우에는 오직 자녀를 통해서만 가능할 뿐이다."

나는 확신한다. 모름지기 인생이란 오름과 내림의 순환고리 같은 것이다. 대대손손 내려오는 가계家系를 살펴보면 정상에 오르다가 문득 쇠락의 길을 걸어 나락에 떨어진다. 다시 절치부심하여 쇄신과 도약을 하게 된다. 자신의 시대에 감당할 수 없는 일을 무리하게 하지 말고 차세대로 넘기는 것이 지혜로운 인생이라는 것을 나는 확신한다.

그러나 나는 지금 말하지 않으련다. 심리학을 전공하고 직장생활을 하면서 나의 네 손주를 키우는 큰아들과, 철학의 강단에 서 있는 둘째아들과 며느리에 대하여 말하기에는 너무 이르기 때문이다.

(2015)

이 시대의 젊은 엄마에게

아이는 엄마의 젖을 먹으며 자라지만 마음은 사랑을 먹고
살며
행복한 분위기 속에서 행복해집니다.
부부의 사랑이 짙어갈 때 아이는 사랑과 관용을 지닌
인간으로 성장하며, 가정의 평화로운 분위기 속에서
아이는 꿈과 상상의 나래를 펴지요. 엄마의 잔잔한 노래가
아이에게 쾌활함과 평안함을 주지요.
혹이나 사랑하는 아이가 자라면서 칭얼거리거나 떼를 쓸
때 매를 들지 마세요. 화를 내지 마세요.
사랑이 가득한 미소와 조용한 설득이 더 효과가 있지요.
때려주고 싶었다는 말 한마디가 때리거나 화내는 것보다
더 효과가 있지요.
집안을 책 읽는 분위기와 노래를 부르고 듣는 분위기로 바
꿔 보세요.
자는 아이에게 노래를 들려주거나 책을 읽어 주세요. 그
러면 아이는 커서 이 세상의 멋진 지도자가 되어 있을 테

니까요.

아이를 건강하게 키우세요.

규칙적인 생활을 몸에 배게 하는 것이 중요하답니다.

규칙적인 생활은 아이에게 건강과 면역을 주며,

영양의 고른 섭취가 자연스럽게 되며,

적정체중을 유지하게 만들지요.

물론 비만은 안 생기지요.

교육에는 엄마의 역할 뿐만 아니라 아빠의 역할도
중요하답니다.

아빠의 사려 깊은 마음씀씀이는 엄마의 눈물을 마르게 하
며 지구가 태양을 돌듯이 우주의 질서를 가정에 옮겨다 놓
지요.

그리고 아이에게 무한한 상상력과 지혜를 갖게 하지요.

가정에 평화와 행복이 깃들기를 기원합니다. (2007)

바람난 아내

아내가 바람이 났다. 지난겨울 귤을 따서 판 돈을 몽땅 챙겨가지고 중국으로 떠난 것이다. 5, 6개월 체류하겠다면서. 아내가 머물겠다는 중국에는 연고도 없고 아는 이도 없다. 그렇다고 중국말을 썩 잘하는 것도 아니다.

어쩜 딱 10년 전에 연고도 없는 제주도로 향하던 나의 행각과 꼭 닮았는지 모른다. 그때 나는 64세였는데 아내는 지금 68세다.

내가 혈혈단신 제주도로 떠날 때 아내는 따라나설 형편이 못 되었다. 어미가 떠난 자리에 7살의 손녀 세영이를 맡아 길러야 했기 때문이다. 큰아들이 다시 착하고 얌전한 색시를 만나 줄줄이 자식들을 낳을 때도 아이들 뒷바라지를 하느라 아내는 한 달에 한 번 집에 오는 나를 기다려야 했다. 그 사이 틈을 이용해 방송통신대 중문과에 입학하여 만학에 열중하기도 하였다.

3년 전 내가 70세에 이르자 아들며느리는 연로한 부모가 더불어 사는 일이 손자를 맡아 키우는 것보다 중요하다면서 어머니를 아버지 곁으로 떠밀었다.

아내는 제주도에서 남은 두 학기를 마치면서 나와 더불어 아침저녁으로 산책을 즐겼고 길·생태 해설사 과정에 입학하여 과정을 마치더니 이듬해에는 오름길라잡이 과정을 끝냈다. 아내는 이 과정의 동료들과 각각 일주일에 두 번씩 산야를 찾아다니며 행복해 했다. 제주도에 온 다음해에는 제주대학교 대학원 중문학과에 입학하여 학구열을 불태우기도 하였다.

젊은이들을 따라잡기 위하여 밤을 지새우고 틈틈이 야생화의 이름을 외는 아내를 물끄러미 바라보며 이런 열정을 가진 아내를 보잘 것 없는 나의 그늘에 묻어두었다는 것에 미안함을 느꼈다.

그런데 아내가 대학원을 수료한 후, 어느 날 중국으로 건너가 어학연수를 하겠다는 어이없는 제안을 할 때 나는 어리벙벙했다. 70세를 바라보는 나이에 안락한 베이스캠프를 떠나 낯선 땅으로 떠나겠다는 그 무모함에 놀랐고 열악한 환경, 익숙지 않은 기후에 어떻게 적응할 것인지 아무런 대비도 없이 떠나겠다는 아내의 모험심에 입이 다물어지지 않았다.

그저 생각뿐일 거라고 나는 웃어넘겼다. 펄쩍 뛰지 않는 내 표정을 읽고 아내는 계획을 구체화시키고 있었다. 나도 기정사실화하기로 했다. 그 사이 나도 몰두할 일이 있기 때문이다. 그동안 구상한 소설을 끝내야 하는 것이다.

사실 아내는 내가 소설을 쓰는 동안 자신이 불쑥 말을 걸어 이야기의 맥을 끊고 하는 경우를 뒤늦게 깨닫고 미안해하기도 했다. 나로 말하면 혼자서 7년간 자취를 해온 터라 밥을 해 먹는 일은 걱정 안 해도 된다는 것을 아내는 잘 알고 있다.

외로움? 창조는 외로움에서 나오는 것이니 나는 어쩔 수 없이 외로움에 떨어야 하고 아내는 새로운 세계에 호기심의 커튼을 열어놓고 경험의 세계를 확장해 나갈 것이니 외로움을 뒷전에 밀어둘 것이리라.

그리움? 그리움이 한계에 다다르겠지. 그러나 서로 이메일로 편지를 나누다 보면 시큰둥하던 노년의 사랑이 새싹을 틔우겠지.

돌이켜보면 내가 소설가로 등단한 때가 67세, 첫 소설 『의녀 김만덕』을 발표한 때가 68세, 그리고 4년 만에 3권의 소설을 쓰지 않았던가. 현대에 들어서는 여자가 100세까지 사는 확률이 높아진다는데 그렇게 보면 68세쯤이야 인생의 또 다른 시작 아닌가. 그 배운 것을 써먹을 일이야 있겠냐마는 죽을 때까지 탐구하고 또 탐구하는 일은 값진 인생을 사는 방편일 수 있지 않은가.

아내는 중국의 우한武漢대학교 어학 코스에서 한 학기동안 연수를 하기로 하고 지난 2월 19일 서울을 떠났다. 나는 오직 아내가 무탈하게 지내다가 건강한 몸으로 내 품에 안기기를 바랄 뿐이다. (2014)

사색/詩

엉겨붙은 포말 속으로 분망히 끓어오르는 소용돌이
격정 속에 무겁게 자리한 하데스
부글거리는 신음과 절규
골을 꽝꽝 때리는 번뇌
온갖 방향으로부터 비가 쏟아졌으면…

울며 흐느끼며
음침한 준동을 짓누르려던
발톱이라도 키워보려던
그래서 간혹 장담을 해보던
가여운 비명이
혼미한 거리로
다시 망각 속으로 끌려가 버린다.

해괴한 꿈의 여운을 질질 끌고 다니며
누구를 만나 웃음을 허탈히 뿌릴 때면

섦도록 역겨운
낯설은 이방으로 떨어져
가린스런 반발을 움키고 만다.

언제던가
혈투의 대열에 서서
앙다짐으로 부수고 치고 아우성
전장의 피를 마시던 날이…
흑운이 하늘에 차고
다시 가슴으로 육박해 올 때
손짓도 발짓도 꺼져버린다.

창가에 빗방울 듣고…
바람이 구름을 흩을 때
아 역류하는 흥분 속에 용트림하는 환희
그렇게 두뇌는 맴돌고 상처의 저린 부분이 곪아터져
번지는 아픈 웃음
비로소 혈흔을 심판한다. (1966)

명상과 사색

법정스님은 명상의 경지에 이르기 위하여 사색으로부터의 자유를 얻고자 했다. 그러나 쇼펜하우어는 진정한 철학자의 길은 사색으로만 이루어진다고 했다.

요새 유행인지 전통인지 모르나 명상의 중요성이 건강생활의 방편으로 우리네의 뇌리에 꽉 심어져 있다. 나도 어설프게나마 명상을 체화하려고 무척 무지름을 써 왔다. 잠시 홀로인 내가 택할 수 있는 최선의 것이라 생각하면서 말이다.

그 자세가 어떻든, 그 호흡이 어떻든 명상의 길은 생각을 비우고 마음을 비우는 것이다. 그렇게 앉아서 내가 우주와 합일이 되는 것이다. 가끔 나는 이런 경지의 체험을 하기도 했다. 아무 생각도 않고 아무 일도 안하고 달도 일그러져버린 밤에 뜰에 앉아 있는 나, 과거도 회상하지 않고 미래도 꿈꾸지 않고 이냥 풀벌레 소리에 잦아드는 나의 영혼, 정적과 고요 그리고 마음의 평화.

그러나 내 비어있는 마음, 그 하얀 도화지에 다시 채워질 그림 즉 느낌과 생각은 무엇이었던가를 체험하며, 아직 이렇다 할 경지에 못

이른 나는 그것이 평화와 소망으로 이어질 경우도 있지만 불안과 절
망으로 또는 착각으로 이어질 수 있음을 부인하지 못한다. 마음을 오
랫동안 비어둘 수는 없는 노릇이다, 그러면 거기에 무슨 생각이나 감
정이 곧 밀려들 수밖에 없는 것이다. 그 비워둔 자리에 긍정과 소망
으로 얼른 채워야 하는 것이다. 어느 수도사가 평생의 명상이 단지
특정 여인에 대한 사람의 감정을 억제하기 위한 방편임을 임종에 이
르러 느끼고 그 헛됨을 깨달으며 죽어갔다고 하는 이야기가 있다.

명상은 사실 활동하면서 하기는 어렵다. 법정은 흔들리는 버스 안
에서 명상의 경지에 이르기도 하였다고 하지만 나 같은 범인은 자세
를 바로잡고 호흡을 조절하면서 해야 하는 것이다.

그래서 나는 명상보다는 사색의 길을 택하곤 한다. 앉아서나 누워
서나 또는 천천히 걸으며 사색하는 것이다. 그렇다고 머리에 떠오르
는 것 모두를 생각해선 안 된다. 지식과 체험이 전제되어야 하고 생
각을 고도로 정화시켜야 한다. 내 생각의 체에서 나온 가루는 몹시
고와야 하는 것이다.

명상의 열매는 내화하는 것이고 감추는 것이고 나만의 경지로 승
화하는 것이다. 그러나 사색의 열매는 외화하는 것이고 나타내는 것
이고 혼자 갖기 아까워 반포하는 것이다. 말하며 쓰는 것이다. (2006)

나의 기도

 나는 지금 편안하고 안정되고 평화로운 마음으로 주를 맞이합니다.

명경지수와 같은 마음으로, 텅 빈 마음으로, 호수처럼 맑고 잔잔한 마음으로 기도합니다.

잔잔한 호수에 소망의 물결이 일고 그 물결은 내 가슴으로 힘차게 밀려옴을 느낍니다. 긍정의 믿음이 가슴속으로 삼투함을 느낍니다.

주께서 임재하심을, 세상에 역사하심을 믿습니다. 나는 주 안에 있고 주는 내 안에 있습니다. 나는 손을 뻗어 당신의 능력의 팔을 잡으려하고 있습니다.

주여! 내가 이 땅에 태어나서 지금껏 거하게 하심에 감사드립니다. 내게 이해심이 많은 아내를 주시고 듬직한 자식들과 자손들을 주심에 감사드립니다.

내가 걸어온 길이 쭉쭉 뻗은 고속도로가 아니고 꾸불꾸불한 오솔길이며 그 길에 맹수와 독충과 장애물이 있었음에 감사합니다. 내가 살아오는 동안 겪은 고초는 주의 시험이며 내가 진 짐은 주께서 내게 준 숙제임을 내가 알며, 주는 내가 못 푸는 시험을 내주지 않으시며 내가 감당 못할 숙제를 내주지 않으심을 믿습니다. 이는 나를 연단하시어 큰 그릇으로 쓰고자 함입니다.

　내 삶의 주변에 내가 사랑하는 이들, 나를 사랑하는 이들을 넉넉히 주심에 감사하며 내가 힘들 때 내 벗의 손을 빌어 나를 어루만져 주심에 감사합니다.

　돌아온 탕자를 얼싸안고 모든 과거를 용서하시는 주님! 우선 내가 내 자신을 용서하는 마음을 주시고 내 맘에 남아있는 의심과 편견의 찌꺼기를 버리게 하소서. 시방 거짓과 미움과 두려움과 오만과 같은 부정적인 마음을 소제하고 정직과 성실과 관용과 겸손의 마음으로 거듭나게 하소서.

　주여! 내가 늙은 경주마처럼 지친 삶을 살지 않게 하여 주시고 지난날의 화려했던 추억에 매어 살지 않게 하소서. 내게 마음껏 달릴 초원을 허락해 주시고 지금부터 나의 앞에 새로운 지평을 열어 주소서.

　주여! 내가 하고자 했으나 못 다한 일을 나머지 인생에서 할 수 있게 하소서. 늘 사랑을 실천하고 검소하게 살면서 이웃을 돕고 상한 심령을 위로하며 남에게 봉사하는 삶을 살게 하소서.

　나의 나머지 인생에 평화와 행복을 주시고 육신에는 완전한 건강을, 마음에는 날마다 넘치는 기쁨을 주소서. (2004)

날마다 넘치는 기쁨

행복과 기쁨은 가끔 동의어로 쓰이지만 그 의미는 다르다. 행복은 외부에서 안으로 들어오는 것이고 기쁨은 안에서 밖으로 발산하는 것이다. 부와 명예, 성취와 만족, 주위의 여건이 역류함이 없어 순조롭고 편안함을 우리는 행복이라고 부를지도 모른다. 그러나 사람들은 늘 행복할 수가 없다. 부유에 도취해 있을 때 예기치 않은 불행의 인자가 옆구리를 찌르며 명예에 자만해 있을 때 작은 상처가 온몸에 퍼져 지치게 만들며 성공과 만족이 방만의 나락으로 빠지기도 한다. 무지개는 태양이 제 모습을 보이면 사라지며 그 강렬한 태양도 먹구름에 덮인다. 즉 행복은 그 환경이 조금만 변해도 쉽게 흔들리거나 바뀌어 버린다.

그러나 사람은 누구나 행복해지고 싶어 한다. 신은 사람에게 행복을 누릴 자유를 주었음에도 불구하고 사람은 지속적으로 그것을 향유하지 못한다.

철학자들은 행복을 논하곤 한다. 소크라테스는 덕을 논하는 삶을 행복이라고 했고 아리스토텔레스는 편하게 잘 사는 것을 행복이라고 했다. 아리스토텔레스는 부모가 준 미모와 잘 생김이 행복의 일부라고 하기도 했다. 쇼펜하우어는 역설적으로 지능은 행복에 반비례한다고 했으며 그는 세상의 모든 것은 한 가지 만족만 충족시키지만 돈은 여러 가지의 만족을 충족시킨다고 했다. 일리가 있는 말이다.

기쁨! 날마다 넘치는 기쁨!

나는 매일 아침, 잠에서 깨어 기쁜 하루를 맞고자 한다. 그냥 감각적으로 느끼기보다는 많은 수행과 노력이 필요함을 깨닫고는 나는 사색과 명상 속에서 이를 찾는 중이다. 다음의 조건이 있어야 한다.

첫째 감사하는 마음을 가져야 한다. 가진 것에 감사하고 못 가진 것에도 감사해야 한다. 마지막으로 남겨진 나의 조그만 부분에도 감사해야 한다. 재산을 다 잃어도 내 가족의 건강한 삶에 감사해야 하고 명예를 저버려도 남은 내 소박한 꿈에 감사해야 한다.

둘째 부러움을 버려야 한다. 부러움은 질투의 감정보다 못한, 잘난 자들의 번잡스런 자기도취와 부자들의 쩨쩨함을 부러운 눈으로 보며 자기비하의 수렁에 빠지게 한다. 나에게는 작을지라도 나만의 소중한 꿈이 있다.

셋째 옛것을 잊고 앞으로 나아가는 자세가 필요하다. 내가 실패했거나 남에게 속거나 당했다 해도 내가 돌부리에 채었지 산자락에 받쳤나 하는 마음으로 대범해야 한다.

넷째 나를 용서하는 마음을 가져야 한다. 나는 남을 용서하기에 앞서 나를 용서해야 하는 것이다. 예수가 인류의 죄짐을 지고 십자가에 못 박혔다 하나 이왕이면 내 지난 실수도 감당해달라며 기도하는 마음도 중요하다. 나를 용서하면 내 마음이 가볍다.

다섯째 주는 마음, 베푸는 마음을 체화하는 것이다. 움키고 있는 자보다 손을 펴는 자의 마음이 즐겁다. 내 창고의 보물은 도둑이 들거나 좀이 쏠지만 천국의 창고에 쌓은 보물은 빛난다.

여섯째 인생의 목표를 갖거나 소망을 갖는 것이다.

일곱째 마음의 평화와 관용과 겸손의 마음을 갖는 것이다. 이를 위해서는 끊임없는 명상과 자기 성찰이 필요한 것이다. (2007)

나는 외롭지 않다

제주도의 비 오는 밤, 사위는 칠흑같이 어두운
데, 주룩주룩 내리는 비는 마당을 쓸고 낙숫물은
창문을 듣는다. 찾아주는 이 없고 텔레비전 리모컨에도 손이 안 간
다. 하여 나는 멍하니 앉아 있다. 이런 날이면 특히 가족이 그립다.

서울의 손녀에게 전화를 건다.

"세영아, 보고 싶다. 할아버지는 너무 외로워요."

내 목소리는 칭얼대는 어린애 모양이었다.

"할아버지, 할아버지. 하나님이 곁에 계신데 뭐가 외로워요?"

나는 전차에 받친 듯 정신이 번쩍 들었다. 어른은 아이에게도 배우
는 수가 있고 격려를 받기도 한다. 나는 손녀의 말을 되뇐다. 하나님
이 곁에 계신데 뭐가 외로워….

요사이는 서울에 자주 못 가는 형편이다. 작년 초에는 아내가 한
달에 한 번 제주도에 오고 내가 한 번 서울에 가자며 떨어져 있음을
줄이자고 했는데 둘 다 이런 저런 사정으로 그 계획을 무너뜨리고 말

앉다. 워낙 돌출변수인 아내는 작년 이맘때 한문을 배운다며 훈장수 업을 하더니 한문 일급 및 사범을 따겠다고 매달렸다. 늦게 쓰잘데없 는 일을 하는가 싶더니 한술 더 떠 금년 초에는 방통대(중어중문과)에 등록하고 말았다. 말이 방통이지 일주일에 두 번은 참여수업을 한다 니 나 보러 여기 제주도에 올 일은 거의 없어졌다. 나로 말하면 늘 온 다는 이들을 기다리며 여기서 움직거리지 못하고 사는 형편이다.

제주도 인심에 묻혀 산다지만 뜻 통하는 이 찾을 수 없고 허허대며 농민 사이에 끼어들지만 마음 한 구석은 늘 허전하다.

나는 자연에 심취한다. 밭두렁에 멍하니 앉아 아무런 생각 없이 한 참을 보내다가 주위의 풀과 이름 모르는 꽃을 들여다본다. 벌렁 누워 하늘에 떠다니는 구름의 흐름을 바라본다.

무언가 할 일이 있어야 하지 않는가? 책에서 읽었는지 텔레비전에 서 봤는지 모르겠는데 92세 노인이 한탄을 하며 내가 이 나이까지 살 줄 알았더라면 60세에 뭔가 새로운 일을 시작했을 텐데 라고 했 다 한다.

고독은 많은 일을 만들어 낼 마음의 공간 아닌가? 소설가 정소성, 나의 친구 중의 하나인 그는 내게 소설 쓰기를 강력 권한다. 그래 소 설쓰기에 매달렸다. 그런데 이건 노동이다. 그러나 소설 중의 인물과 대화하는 그 상상의 시간은 매우 즐겁고 나를 몰입의 경지로 몰아댄 다. 소설가는 이래서 미친 듯 글을 쓰고 있는 것이리라.

내가 무엇을 얘기하고 있는가? 주제를 벗어난 글을, 그리고 말을 지껄이고 있지 않는가? 글은 잘 쓰면 명문, 못 쓰면 잡문이라더니 난 언제까지 잡문 나부랭이를 쓰면서 허릴 없이 시간을 보내는 못난 인 간으로 살 것인가? 그런 나를 바라보는 내가 한심스럽다. 더욱이 가족을 떠나 사는 귀중한 시간을 낭비하는 나로서는.

손녀의 말이 맞다. 하나님은 홀로 있는 자와 대화하기를 원한다. 그도 홀로 있으니까. 우주는 홀로 있는 자의 전유물이다. 홀로 있는 그도 우주이니까. 그래서 생각하는 나는 외롭지 않다. (2005)

소설 같은 이야기

지난 8월 소설가 정소성이 제주에 왔을 때 그는 3일간을 끝없이 물고 늘어졌다.

"너는 소설을 써야 해. 써야 해!"

"아닌 밤중에 무슨 꿩 궈먹는 소리냐? 40년 전에 했어야 할 소리를 이미 머리가 석회석같이 굳은 지금 하는 거냐?"

제주에 온 다른 이들은 노후의 멋진 삶을 내가 살고 있다며 감격하고 부러워하던데 그는 나의 이런 삶과 꿈을 부질없는 것이라며 무대보로 소설쓰기만을 강요하고 있었다. 나는 고개를 가로저어댔다. 그러나 그는 나의 뇌리에 결코 뺄 수 없는 대못을 박아놓고 갔다.

추석 전 서울에 간 나는 소성의 연구실을 찾았다. 소설작법 같은 책을 추천해 줄 수 없느냐고 하니,

"그냥 써. 니가 대학생이냐? 혼을 실으면 되는 거야."

하는 것이었다.

제주에 내려와서 소설의 주제, 소재를 생각하면서 걷고 자고 하지만 머리는 유리병에 갇힌 파리처럼 어수선하고, 막상 컴퓨터 앞에 앉

아 자판을 두들겨 보면 유치한 문구만 개발새발 화면에 옮겨져 다 지워버리고 잠을 청한다. 그러나 잠은 안 오고 몸은 땅바닥에 놓인 잉어처럼 뒤척일 뿐이다.

"혼을 실으라고…?"

아침에 일어나 마당에 나가니 참새들이 한바탕 웃어대고 강아지는 '너 범 무서운 줄 모르냐' 하며 고개를 갸우뚱하는 것 같다.

생각해 보니 내 머리는 석고처럼 굳은 것이 아니라 녹슬어 있는 것이다.

어제 저녁 제 할미를 따라 김포공항에 나온 손녀를 한 달 만에 얼싸안은 나는 첫마디를 던졌다.

"너 이 담에 소설가가 되어라." (2005)

바닷가 바위에 앉아서

6월의 태양은 제주도 남쪽, 한낮의 바다에 은가루를 뿌려 놓는다. 내가 4년째 머물고 있는 곳은 제주도 서남쪽으로 뻗어있는 우리나라 최남단이다. 나는 틈나는 대로 산이물이라는 바닷가마을 언덕의 한 바위를 찾아, 밤이나 낮이나 앉아 있곤 한다. 벙거지모자 모양을 한 산방산이 왼쪽으로 비켜 보이고 눈앞에는 형제섬이 선명하게 눈에 들어온다. 멀리 한라산이 하늘을 겨루고 서귀포 시내와 그 앞의 범섬이 아스라이 보인다. 오른쪽에는 송악산을 떠받치고 있는 바위절벽이 위용을 뽐낸다. 태평양전쟁의 막바지에 일본이 우리 양민을 동원하여 뚫어놓은 인공동굴 십 수 개가 그 바위절벽 밑으로 보인다.

내 벗들이 여기에 올 때면 눈앞에 펼쳐져 있는 넓은 바다와, 주위에 어우러진 경치를 보고 가슴을 열며 탄성을 지르지만 늘 보는 나에게는 이 바다가 그냥 정지된 화면일 뿐인 것이다.

그러나 나는 바다를 보기보다는 느끼고 싶어서 바다를 찾는 것이다. 오늘따라 파도를 타고 불어오는 마파람은 부드럽고 싱싱하기만

하다. 바위는 누군가 앉았다 간 자리인 양 온돌처럼 따뜻하다. 바다는 잔잔하게 일렁인다.

나는 눈을 감는다. 내 생각의 화폭에는 온갖 잡생각이 찢어진 마분지처럼 너덕너덕 붙어 있다. 한참을 눈을 감고 있노라면 내 안의 무엇인가가 내 생각의 화폭에서 마분지를 뜯어내고 있다. 내 화폭은 순백함으로 바뀌어 가고 다시 거울처럼 투명해지고 있다. 아무 생각도 안 난다. 아니 무슨 생각을 하기가 귀찮아진다. 이대로 시간은 정지되고 나는 무아의 경지로 빠져든다. 마음의 깊은 고요 속에 내 몸은 해체되고 영혼만이 허공에 떠서 작은 나를 내려다보고 있는 느낌이다. 아! 나는 하나님이 내 어깨를 어루만지며 내 곁에 앉아 나와 똑같은 시선으로 작은 나를 내려다보고 계심을 느낀다. 편안하다.

이윽고 나는 자연의 소리에 묻힌다. 나는 파도소리를 느낀다. 여태 나는 정적靜寂 속에 있었던 것이 아니다. 다만 내 마음이 정적을 만들어냈을 뿐이다. 이제 자연으로 돌아올 순서인 것 같다.

파도의 웅성거림이 먼 데서부터 다가온다. 가까이 다가올수록 웅성거림은 아이들의 왁자지껄하는 소리로 바뀐다. 이어 성채를 향하여 쇄도하는 병정들의 함성, 쾅 좌르르 성채가 무너지는 소리, 아우성, 쿵 하는 미완의 신음소리, 그리고 다시 웅성거림. 먼 바다는 고요하기만 한데 해안으로 다가서는 파도는 더욱 힘을 얻고 바위에 이르러서는 굉음을 내며 팽배澎湃하는 것이다.

만선을 알리며 귀항歸航하는 어선이 뚜우 하며 나를 깨운다. 나는 두어 시간을 이렇게 앉아 있었던 것이다. 바위에 앉아있는 한 떼의 갈매기가 보인다. 하얀 갈매기들이 까만 바위 위에 앉아 내 흉내를 내고 있었나 보다. 갈매기들의 몸짓을 내려다본다. 혹은 물 위로 냉큼 내려가 몸을 적셔보고 혹은 하늘 위로 날다가 이내 제 자리로 돌아온다. 한쪽 다리가 불편한 녀석이 바위 위에서 균형을 잡아보려고 무척이나 애쓰더니 물 위로 내려앉는다. 그 편이 훨씬 편한 모양이다. 바위 끝자락에서는 소라와 전복을 따는 해녀들이 물질을 한다. 태왁을 안고 숨을 고르다가 이내 몸을 솟구치더니 바다에 모로 꽂힌다. 하릴없이 나는 초침을 잰다. 해녀들이 물속으로 사라질 때마다 몇 번이고 초침을 본다. 60초, 90초, 120초….

그러다가 나는 한참이나 바위에 붙어 있는 몸을 결단이나 하듯이 뽑아 일으킨다. 산간수에 담갔다 나온 사람처럼 내 마음은 하얗게 맑아져 있음을 느낀다. 나는 깨끗한 영혼을 지향하느라 고독을 즐기는 모양이다. (2005)

밤의 공상

오늘 저녁 잊혀졌는가 싶던 친구에게서 전화를 받았습니다. "제주도에서 뭐하며 지내니?" "너는 뭐하며 지내니?" 내가 되물었습니다. 그는 초등학교 교장을 하고 정년퇴임한 지 오래니 오히려 궁금한 건 나였지요. 연금은 마누라가 채가고 마누라에게 손 벌리고 사는 인생이랍니다. 사정하면 모임에 나갈 때 체면유지를 시켜주는 마누라가 그나마 사랑스럽다나요. 나는 어떻게 지내냐구요? 이 나이에 꿈을 먹고 살지요. 그동안은 내가 질러놓은 가족을 위해 살았는데 지금은 우주 속의 나를 찾으며 살지요. 너무 거창한가요? 아니죠. 그냥 내 내면의 작은 공간으로 나를 축소해 놓고 사는 거니까 이 삶에 큰 의미를 부여하고 싶지는 않네요. 그냥 내 스스로 김치 담가 먹고 생선조림 해먹고 채소 키워 먹고…, 먹는다는 것은 그렇다 치고, 책 읽고 글 쓰고 그런 거지요. 책 읽고 글 쓴다는 것이 이 나이에 얼마나 힘든지 아세요. 나는 눈이 짓물렀답니다. 제주도 온 지 5년이 다 돼 갑니다. 그동안 왜 여기 있었는지 나도 모른답니다. 늦은 나이에 혈혈단신 제주도에 와 살면서 느끼는 외로움은 날이 갈수록 더해 갑니다. 그러나 텅 빈 마음으로 그 처절한 고독의 아픔을 견디며 나는 여기 산답니다. 내가 여기 사는 진정한 이유를 설명 안 했네요. 솔직히 말해서 자식에게 대한 독립선언입니다. 또 있다면 학력과 별 거 아닌 경륜으로 꿰어진 허상의 나를 백지로 돌리려는 몸부림이지요. 구멍가게에 앉아 막걸리 한 대접 마시고 허허롭게 웃으며 몸을 일으키는 나는 존재의 이유도 없는 나인가? 그러면서 혼자 껄껄 웃고 불 꺼진 창으로 향해 집으로 오지요. 요즘 친구들이 그립습니다. 못된 놈들, 전화도 한 통화 없어요. 그래도 내가 소중히 여기고 그들의 출세를 마음으로 빌어줬는데. 내가 하자니 외로움을 고백하는 것 같아서 나는 인내하지요. 뛰쳐나가고 싶은 골방에서 나는 참음을 익혔답니다. 나는 세상인심에 대한 끓어오르는 분노를 참을 줄 안답니다. 또 나는 보고 싶은 이들을 안 보고 사는 방법을 스스로 익혀 안답니다. 나를 잊은 이들의 밤을 폭격하여 나는 이 글을 씁니다. (2008)

캄캄한 밤 술 취한 밤

왜 지구가 흔들리는 거냐? 달과 별은 어디로 숨었느냐? 도대체 나는 어디 있느냐? 어디를 가는 거냐? 튼튼한 내 다리가 왜 흔들거리는 거냐? 내 다리가 흔들다리에 선 것이냐 내가 흔들바위에 앉은 것이냐?

오늘이 그믐밤이냐, 흐린 밤이냐? 내 똑똑한 머리가 오늘은 헷갈리기만 하는구나.

아! 제주의 이 외로운 밤, 술만이 내 친구로구나. 낮에는 허허 웃던 제주의 새로 사귄 친구들도 술좌석엔 까다롭구나. 밤에 나를 듣는 이 없고 나 혼자 이 칠흑의 오솔길을 걷는구나.

아침에 깨어 인사하러 밭에 들르면 내가 키우는 채소들이 방긋이 답례하건만 지금 그것들도 잠들었구나. (2008)

오월의 명상

아직도 이 세상에 나를 기다리고 있는 그 무엇인가를 위해 나는 오늘도 살고 기도한다. 내가 아니면 그려지지 않을 그림들, 내가 아니면 만들어지지 않을 작품들, 지금 내가 존재함으로써, 그리고 내가 아직 살아있음으로 인해 실현되어야 할 그 무언가를 위해서 나는 오늘을 산다. 따라서 나는 나이가 더해갈수록 쇄신하지 않으면 안 된다. 마커스 아우렐리우스는 말했다.

그러므로 우리는 서두르지 않으면 안 된다. 죽음에 가까워지기 때문이 아니라 사물을 파악하고 이해하는 능력이 제일 먼저 소멸하기 때문이다.

무화과는 익으면 터지고 올리브는 썩을 때야 그 독특한 아름다움을 선보이며 동백은 진 모습이 아름답다. 이들은 창조의 순간을 기다리며 그들로 인하여 새 생명이 탄생할 날을 기다린다.

아이들은 나무를 심을 줄을 모른다. 나이가 든 사람들이 나무를 심는다. 그러나 그 열매는 늘 아이들이 따 먹는다. 열매를 따는 이들이 있음에 나는 나무를 심어야 하는 것이다.

아직도 나에게는 할 일이 많다. 아니 나는 아직도 하지 못한 일이 많다. 좁은 내 방의 커튼을 걷고 창문을 열어젖히면 저 넓은 들이 보이고 드넓은 하늘이 보인다. 아직도 내가 보지 못한 곳, 내가 걷지 못한 곳, 내가 관심을 보이지 않은 곳이 구석구석 널려 있다. 바야흐로 내 안의 눈이 밖의 눈으로 바뀔 시점인 것이다. 오므린 손을 펴라. 방 안의 천정만 바라보던 눈을 더 크게 떠서 들판을, 하늘을 보아라. 내가 할 일이 얼마나 많은가? 나로 인해 실현되기를 기다리는 것들이 얼마나 많은가? (2007)

수평선은 없다

수평선은 없다. 항해사에게 물어봐라. 다만 그의 앞에는 망망대해만 있을 뿐이고 하늘은 늘 저 위에 있다. 바다에 나가보지 않고 해안에 앉아 있는 자들이 수평선을 만든 것에 불과하다.

지평선도 없다. 조종사에게 물어봐라. 그의 앞에는 넓게 펼쳐진 대지만 있을 뿐이며 더러 산맥이 보여도 그것을 넘으면 다시 대지가 펼쳐질 뿐이다.

자연의 세계에는 직선이란 없다. 따라서 각도 없다. 삼각형, 사각형은 인간세계에만 있다.

자세히 관찰해보면 자연에는 그런 것이 없다. 실제로 원도 없고 타원도 없다. 다만 곡선이 있을 뿐이다. 인간의 두뇌는 수평선을 창조하고 다시 직선을 그려 넣었다 자연은 곡선이다. 말을 하자면 그냥 둥근 것이다. 여기서 둥글다는 것은 원 또는 타원을 지칭하는 것과는 다르다.

나는 유리창에 붙은 파리처럼 내 과거에 붙은 온갖 잡념, 그것을 떨쳐 버리며 명상하고 우주의 한 복판으로 나를 내던진다. 내 마음이 우주를 향해 향해하는데, 나는 바다를 가르며 가는 것이 아니고 바다 위를 나르는 것인데, 정녕 내게 수평선이란 있을 수 없다.

자연에 묻혀 살고 느끼다 보면 풀잎과 꽃과 이파리들에서, 또 바위에서 곡선의 아름다움을 느낀다. 그림을 그리는 사람은 곡선을 사랑해야 한다. 피카소는 곡선을 직선화하면서 보는 이에게 직선에서 곡선을 상상하게 했다는 점에서 독특했다. (2006)

여름날의 수상 隨想

장마가 물러간 제주도의 여름은 뜨겁기만 하다. 태양은 마치 포탄처럼 대지 위에 사정없이 불볕을 쏟아 붓는다. 농촌의 들판에도 거리에도 사람이 보이지 않는다. 모두 집안에 숨어들었거나 물가에서 찬물에 발을 담그고 있는 것 같다.

토요일 오후 혼자서 방안에 앉아 독서를 하는데도 땀이 절로 난다. 방바닥과 벽, 가구까지도 대장간처럼 손과 발이 닿으면 열을 발산한다. 선풍기마저도 후덥지근한 바람을 토해낸다.

뜰 앞의 감귤나무 잎은 화폭의 그림처럼 움쩍도 안 하고 뒷밭의 참깻잎은 시들은 듯 쳐져있다. 바람 한 점 없다. 장마 때 바다를 쓸어 올리던, 한라산을 휘돌아 불던 바람은 도대체 어디에 숨었는가?

이번엔 가족을 떠나온 지 한 달이 넘었다. 온다는 사람들이 차일피일 미루더니 드디어는 찬바람이 불면 오겠다고 한다. 기다리는 시간은 기대와 체념을 내 머릿속에 넘나들게 한다. 방안에 앉아, 읽다가 졸다가 하며 혹 전화벨이라도 울리면 잠깐 들뜨고, 뭔가 선전하는 여인들의 목소리임에 다 듣기 전에 수화기를 내려놓는다.

좁은 집안에서나마 나는 이 방 저 방 서성거리며 의자에 앉았다가 소파에 앉았다가 누웠다가 섰다가 하며 긴 시간을 보낸다. 내가 사색하는 버릇이다. 어느 순간에는 한자리에 눌러 앉아 사념 속에 묻혀 저녁식사시간을 놓쳐 버린다. 어느 때는 감귤밭 사이로 난 오솔길을 걷다가 팽나무 그늘에 앉아 한라산을 바라보고 하늘의 구름을 보며 내 마음을 하늘로 띄운다.

나는 대부분의 시간을 홀로 지내는 것이 심신에 좋다고 생각한다. 아무리 좋은 사람이라도 같이 있으면 곧 싫증이 나고 주의가 산만해진다. 나는 고독만큼 친해지기 쉬운 것을 찾아내지 못했다. 우리는 대개 방 안에 홀로 있을 때보다 밖에 나가 사람들 사이를 돌아다닐 때 더 고독하다. 사색하는 사람이나 일하는 사람은 어디에 있던지 항상 혼자이다. 고독은 한 사람과 그의 친구를 사이에 놓인 거리로 잴 수 있는 것이 아니다. 하버드의 혼잡한 교실에서도 정말 공부에 몰두해 있는 학생은 사막의 수도승만큼이나 홀로인 것이다. (소로우)

고독은 권태라든가 지루함과는 다르다. 고독은 창조와 성장의 기틀을 마련하며 무한한 상상의 세계를 달릴 수 있게 한다. 고독은 천애고아의, 사고무친四顧無親의 고통이 아니다. 오히려 사색 또는 명상하는 이에게 광대무변한 예지의 세계를 체화하게 하며 삶에의 완전한 평화를 약속한다. 고독은 고민이라든가 불안 등 무리한 상념을 떨쳐버리고 마음을 자유세계로 인도한다. 폰 그링거의 말처럼 고독을 사랑하는 것은 조용한 정신의 발전을 위해서나 진실한 행복을 위해서 절대로 필요한 것이다. 고독은 사색을 즐기는 사람에게 꼭 필요한 마음의 공간이다.

> 사색하는 사람의 가장 아름다운 행복은 탐구할 수 있는 것은 탐구하고, 탐구할 수 없는 것은 조용히 바라보며 존경하는 것이다. (괴테)

이쯤 글을 쓰고 있는 시각 한 부부가 찾아왔다. 나는 외롭지 않은데 자기네들 생각으로는 내가 무척 외로운 사람으로 보이는 모양이다. 술을 마셨다. (2010)

한 해를 보내며

기다리는 시간이었다. 내 가는 길이 너무 조급한 듯하여 하나님의 속도에 나를 조절해가는 시간들이었다. 그 지루했던 시간들도 하나님의 시계로 보면 천년이 하루 같을 뿐인 것이리라.

요새는 왠지 등어리가 시리다. 가슴 속에 내연內燃하는 열기도 등어리까지 미치지 못한다. 내가 늙고 있는가? 내 육체는 그럴지 몰라도 내 정서는 늘 푸르다. 나는 그렇게 자위한다.

뜨는 태양과 지는 해, 총총한 별들과 온갖 형상의 그림자를 만들어내는 달을 벗 삼으며 나는 결코 혼자이지 않았고 늦은 밤 가겟방에서 맥주 한잔에 취하며 상념에 잠기는 나는 소년의 꿈에 사로잡힌다….

나는 나를 버리러 여기 제주도에 온 것이 아니라 나를 찾으러 온 사람이다. 나는 미친 듯이 즐거운 꿈을 꾸다가 새벽에 깨어서 떠오르는 태양을 향해서 새벽을 달린다. 지루한 하루를 보내며 기다림을 배운다. 내 마지막 인생을 수놓을 청사진이 그려지는 모습을 기다리는 것이다.

바로 지난 한 해의 삶이었다.

새해엔 새 나이를 더할 뿐이겠지만 나를 그리는 내 그림은 더 완숙해 갈 것이다. 땅따먹기 놀이를 하는 아이처럼 나는 내 삶의 진실을 한 뼘 더 그릴 것이다. (2007)

푸념
-권무일의 미친 짓 하기

 왜 나는 늦은 나이에 이렇게 사는가? 진작 정신 차렸으면 지금쯤 차려놓은 밥상을 물리고 은퇴할 땐데.

나는 오늘도 글을 쓰고 있다. 미친 짓을 하고 있는 것이다. 남들은 이 나이에 펜을 놓고 관조의 시간을 보내고 있는데 나는 아직도 목말라 글을 쓰고 있다. 밤을 지새우며 글을 쓰고 있는 것이다. 술에 취하건 맨 정신이건 상관없다.

벗들이 볼 때 얼마나 따분한 짓을 하고 있는 것일까? 작가도 늙으면 붓을 놓는다는데 나는 나이 들어 붓을 세웠다. 얼마나 무모한 짓인가?

나는 밤을 지새운다. 글에 미쳐서 안 쓰고는 못 배기는 고질병을 나는 앓고 있는 것이다.

나는 장편소설 하나를 2012년 7월 31일 11시 58분에 탈고를 했다. 내가 스스로 정해놓은 시간이기 때문에 내가 내 약속을 지켰다. 얼마나 졸속인가?

써 놓고 보니 맘에 안 든다. 버릴까 하다가 일단 갈무리하기로 했다. 나중에 꺼내 보면 회심의 미소를 지을 수 있을지 모르기 때문이다.

나는 또 다른 글을, 소설을 써야 한다. 나는 미쳤다. 미친 건 소설에 대한 열정만은 아니다. 나는 자연에 미쳤고 제주의 풍광에 미쳤다.

나는 제주도를 사랑한다. 그래서 봄이면 꽃을 눈여겨보고 여름이면 숲을 찾아 서늘한 공기를 마신다. 가을이면 산에 올라 큰 소리로 노래를 부른다. 겨울에는 눈 속에 파묻혀 나를 잊는다.

냉장고에 먼저 먹던 돼지 삼겹살이 남아 있다기에 나는 아내를 협박해서 이웃의 벗들을 불러냈다. 늘 그렇듯이 그들은 소주병을 매달고 찾아든다. 나야 술 실력이 약해서 한두 병에 취하지만 늘 마음에는 절제요 절주다.

내 아내는 욕심이 많다. 8년 동안 쌓은 제주도의 내 살림을 빼앗아 가고 내 차도 자기 차인 양, 몰고 내뺀다. 늦은 나이에 석사과정에 입학하여 학교를 들락거리고 유명한 강좌는 모두 검색해 쫓아다니고 길 생태 해설사 과정을 끝내더니 요즘엔 오름 길라잡이 과정에 합류했다.

나는 집을 지킨다. 글을 써야 하니 우선 궁둥이를 안전하게 모셔야 한다. 글을 쓰자면 더위를 잊는다. 작년 여름에는 고장 난 에어컨의 헛바람을 쐬면서 글을 쓰느라 여름을 시원하게 보냈다. 에어컨이 고장 났다는 사실은 여름이 지나서 누군가가 알려주어 알았다.

정녕 나는 자연과 글 외에 욕심이 없다. 그러나 나에게는 무한히

갈구하는 사랑의 감정이 있다. 그 사랑을 탓할 필요는 없다. 내 가슴
은 아직도 정념으로 꿈틀거리고 고백하지 못한 사랑의 아쉬움으로
달떠 있다. 그래서 나는 글로, 소설로 나를 달래고 있는 것이다.

아니 나는 사명감으로 글을 쓴다. 알고 있는 것, 경험한 것, 읽은
것, 그리고 분하고 억울한 역사를 질책하면서 나는 글로써 울부짖는
다. (2011)

목가적 삶을 향하여 · 1

희붐한 새벽 눈을 뜨기가 바쁘게 의자로 자리를 옮겨 명상을 한다. 대략 30분간 나는 졸린 잠을 더 자는 건지 비몽사몽인지 무념의 경지에 들어간다.

창문을 통해 후원을 내다보면 돌담에 넝쿨진 호박꽃이 만개하여 뜨는 태양을 기다린다. 커다란 꽃잎을 벌리고 있는 수십 송이의 노란 호박꽃은 화려하기만 하다. 벌써 호박벌이 찾아와 호박꽃의 굴 안을 들락거린다. 꽃대를 높여 화려함을 자랑하는 꽃은 수꽃이고 암꽃은 잎 사이에서 수줍게 피어있다. 태양이 중천에 오르면 꽃은 시들어 버린다.

나는 뒤뜰에 너덧 포기 호박을 심고 여름내 호박잎을 따거나 어린 호박을 따서 먹고, 호박잎이 마르고 줄기가 드러나는 늦가을에는 누런 호박을 수확한다.

내가 담 밑에 심는 것은 호박만이 아니다. 들깨를 심고 콩을 심는다. 들깻잎과 콩잎은 따도, 따도 새 순이 나온다. 날로 먹고 장아찌를 해서 먹는다. 몇 해 전만 해도 무 · 오이 · 고추 · 가지 · 상추들을 심었지만 지금은 글을 쓰는데 몰두해 있어 귀찮은 일은 접었다.

어제 저녁 이웃집에서 어른 머리통만 한 배추를 두어 포기 보내왔다. 썩썩 썰어 소금에 절여 놓았다. 김치 담그는 일만큼 쉬운 것은 없다. 숨죽은 배추에 젓갈·마늘·생강·고춧가루·파 등을 넣고 버무리면 되는 것이다.

마늘을 깐다. 나는 며칠 먹을 양만 깐다. 많이 까서 냉동시키면 신선도가 떨어지기 때문이다. 마늘 까는 시간은 명상시간이어서 좋다.

아침에 성터에 나가 각종 질병에 약효가 뛰어나다는 비담풀을 한 소쿠리 뜯고 있었다. 산보하던 할망이 비담풀을 젖풀이라고 부르기도 한다고 가르쳐 준다. 풀대를 꺾으면 흰 진액이 나오기 때문이다.

두 권짜리 장편소설을 첨삭하고 교정하느라 올여름을 제주도에서 보냈다. 이제 지쳤다. 더 보기도 싫다. 원고를 출판사에 넘기니 할 일이 없고 쓸데없는 고민이 고개를 든다.

미적거리다 망태를 걸머메고 집을 나선다. 막걸리 한 병과 삶은 계란 두 개면 족하다. 산록도로에서 좁은 길로 접어드니 목장의 소들이 한가롭게 풀을 뜯는 모습이 눈에 들어온다. 조금 지나니 말들이 뛰어논다. 숲속에서 초원으로 노루 몇 마리가 뛰어나오더니 컹컹 짖으며 이내 사라진다.

바리메 오름을 오른다. 표고 150m이지만 가파르다. 정상에 오르니 사방으로 넓은 초원이 펼쳐져 있고 북쪽으로는 제주시내, 서쪽에는 비양도, 남쪽으로는 산방산이 보이고 동쪽으로는 한라산이 구름을 이고 있다. 산 정상에는 깊이 70m, 둘레 150m의 분화구가 패어 있다. 분화구가 바릿대를 닮아서 바리메오름이다.

나는 산길 옆에 자라고 있는 조릿대 잎을 가위로 끊어 망태에 담는다. 조릿대는 암·당뇨·동맥경화·관절염 등에 좋다고 한다. 차를 끓여서 먹으면 되는 것이다. 아내에게서 전화가 왔다. 아내는 깔깔 웃으며 '백년만년 사시구려' 한다.

멀리 바다를 내려다보며 막걸리 잔을 기울인다. 지나치는 이도 없고 대작할 이도 없다. 불현듯 가족이 그립다.

아내는 며느리를 도와 세 손주를 돌보며 방통대에서 중국어를 공부하는데 빠져있다. 같은 스터디그룹에서 최고령이라 왕언니라고 불린단다. 서울에서 직장에 다니는 큰아들은 가끔 전화를 해서 아버지의 외로움을 달래준다. 며칠 전 미국에 있는 작은아들이 논문이 통과되었다고 연락을 했다. 왜 그 녀석은 아버지가 중간에 접은 철학을 공부하는지 모르겠다. 더군다나 며느리까지 그러고 있다.

나는 아무 연고도 없고 당시에는 아는 이가 한 사람도 없는 제주도엘 6년 3개월 전에 왔다. 어찌 텃세가 없었으련마는 내가 다가가니 지금은 많은 사람들과 격의 없이 어울린다. 농부·어부·해녀들이다. 대화는 통하게 마련이다. 무슨 대화를 하느냐가 중요하다. 그러니까 나는 촌사람이 다 된 것이다. 이렇게 사니 과거의 행적이 무슨 소용이 있으며 배운 것을 써 먹을 일도 없다.

처음에는 서울의 친구들이 자신의 환갑여행을, 아내의 환갑여행을 제주도로 오기도 하며 골프채를 메고 나타나는 이들도 있더니 근래는 뜸하다. 바닷가 횟집에서 파도소리를 들으며, 한 잔 하면서 담소하던 벗들이 그립다.

봄에 하얀 꽃을 털어내고 콩알만 한 얼굴을 내밀던 귤이 시퍼렇게 자라고 있다. 가을이 깊어지면 노란 모습으로 덩이덩이 매달려 있겠지. 이렇듯 나는 자연을 벗으로 삼는다. (2011)

목가 · 2
- 더 낮춤

 초승달은 동쪽 하늘에 떠 있는가? 서쪽 하늘에
떠 있는가?

도시사람들은 관심을 가져본 적이 없을 것이다. 가을 하늘에 떠 있
는 초승달은 밝다 못해 붉다. 청정제주의 하늘에 뜬 달은 초승달 시
절에도 선명한 빛을 발한다.

혼자서 밤길을 걷는다. 밤에 걷는 길은 집에서 서쪽으로 뻗은 호젓
한 오솔길이다. 6년여 이 길을 걸었으니 눈을 두리번거리지 않아도
된다. 오늘은 서쪽 하늘에 뜬 초승달이 나를 멀리서 인도한다.

가을 하늘의 별들은 하늘이라는 그림책에 그려진 화려한 그림이
다. 도시의 하늘은 그림책에 회칠한 것처럼 뿌연 하늘이라 수많은 작
은 별들이 숨겨져 있다. 그러나 여기의 하늘은 온통 별들로 수놓아졌
고 은하수도 하늘을 가로질러 한라산에 매어져 있다. 은하수를 매달
고 있다 하여 한라산이라 부른다.

별을 보고 있노라면 구태여 시를 쓸 필요가 없다. 별이 시이고 별
을 보는 내가 시 속에 있다.

대개 한 시간쯤 걷는다. 어느 때는 하늘을 바라보고 바위에 누워 시간을 정지시킨다. 명상에 빠지다 보면 잠이 들 때도 있다. 훌훌 털고 일어나 집에 이르면 불 꺼진 창이 낯설다. 루소는 골방에서 면벽하고 명상을 하기보다는 걸으면서 명상을 하는 것이 좋다고 했다. 그러나 하릴없는 나는 앉아서도 걸으면서도 명상을 한다. 잠도 명상이다. 가끔 오줌 마려워서 악몽을 꾸면 다시 잠을 청해서 꿈을 환희에 찬 정경으로 바꿔놓곤 한다.

아침에 눈을 뜨면 소파에 앉아 조는 듯 꿈꾸는 듯 한참을 그렇게 있다가 몸을 일으킨다. 농로를 걷는다. 밤의 오솔길과 다른 행로이다. 벌써 농부들이 씨앗을 심으며 앉은걸음을 한다.

나는 여럿 둘러앉아 밥을 먹고 있는 자리를 지나치려 한다. 누군가 손짓하여 부른다. 7시 반경이다.

"막걸리 한 잔 하고 가시지요."

"아침부터 말입니까? 아침밥을 들에서 드십니까?"

"새참이랍니다. 일을 시작한 지 두어 시간 지났는걸요."

농부는 이렇듯 부지런해야 살아갈 수가 있다.

나는 은둔한 외톨이가 아니다. 내가 매양 고독을 씹으면서 사는 것만은 아니다. 그래가지고야 인생의 사는 맛이 나겠는가?

가끔은 추렴을 했다며 고기를 들고 찾아오는 이들이 있다. 한 떼의 사람들이 낚시로 잡은 싱싱한 생선을 들고 내 부엌에 함부로 침입하여 비린내를 풍긴다. 또 별식을 했다며 내 손을 잡아끄는 이웃들이 있다. 제주도 특유의 사투리로 시끌벅적하다. 그들끼리 하는 이야기는 아직도 알아듣지 못하는 구석이 있어 줄거리를 놓치기도 한다. 흔히 이웃의 살아가는 이야기이고 농사 이야기이다. 서울에서 사람들을 만나면 주로 정치 이야기이고 이야기를 바꾸자던 사람들이 다시 정치 이야기로 돌아가지만 여기 사람들은 정치에 관심이 없다. 신문 배달원이 휑하니 오토바이를 타고 와서는 우리 집에 신문을 던져놓고 한참을 가다가 농협에 신문을 밀어 넣는다. 신문 보는 집이 가뭄 밭의 콩인데 정치 이야기가 무슨 아랑곳 있는가?

내가 입을 열면 쓰는 용어가 고급(?)이라서 자주 오해를 받는다. 가끔 타박하는 소리를 듣는다. 내가 어렸을 적 도회에 나가 살던 아이들이 방학 때 와서 하는 도회 말이 아니꼬왔던 기억이 난다. 나는 아직도 젠 체하고 아는 체하고 잘난 체하고 있다. 그럴 때마다 걸으면서 내가 나를 때린다. 더 낮추어야 한다.

나는 추석을 전후해서 보름간 서울에 머물렀다. 아내의 푸근한 정도 좋았고 아들며느리와의 대화도 즐거웠고 손녀, 손자의 재롱이 나를 즐겁게 해주었다. 그러나 시간이 갈수록 가슴이 조여 오는 것 같았다. 매연, 자동차의 홍수, 바쁘게 돌아가는 인파, 청문회장에 나타난, 출세를 지향하는 비뚤어진 군상들, 그들을 비아냥거리는 술자리의 대화들….

제주도에 돌아오니 뒤란의 호박이 누렇게 익어가고 있고 돌담 밑의 콩이 영글어가고 있다. 내 귤밭에는 귤이 노란 물감을 머금어가고 있다. 밭에는 감자꽃이 하얗게 피어있다.

나는 서울로 되돌아갈 수 없는 몸이 되었음을 느낀다. 아들며느리에게 말한 적이 있다.

"너희는 제주도에 별장이 있는 셈이구나. 아버지가 제주도에 있으니 찾아오면 별장이요, 아버지가 죽어도 제주도에 집을 남길 테니 너희 별장 아니냐? 나는 제주도에 묻히고 싶다. 꼭 명절 때 말고라도 아무 때나 와서 인사하고 가거라."

나는 이냥 제주도에 눌러 살고 싶다. 아내도 내후년쯤이면 제주도에 내려와 합류하는데 동의했다. 산에 오르면 비탈에 구르고 싶고 저 초원을 향해 날고 싶다. 저 초원에서 뒹굴고 싶다. 바닷가에서는 물새가 되는 꿈을 꾼다. 일렁이는 파도를 타기도 하고 멀리 날아가 어부들이 끌어올리는 그물을 내려다보며 물고기를 세고 싶다. 더 멀리 날아 태평양 상공을 휘젓고 싶다.

나는 여기서 힘닿는 데까지 글을 쓰고 싶다. 지난 달 두 권으로 된 장편소설을 출판사에 넘기니 할 일이 없어 입에 가시가 돋는 것 같다. 그래서 다시 자판을 두드린다. 이번에는 내가 아니면 할 수 없는 조상의 명맥을 찾아 쓴다. 조선시대 멸족위기에서 살아나 자손을 남긴 그 뿌리를 찾아 쓴다. 빨리 끝내고 다시 소설로 돌아와야 한다.

내가 제주도에 살면서 조그만 글재주라도 발견한 것이 큰 수확이다. 그렇지 않았다면 나는 은퇴 후의 이 긴 세월을 허송세월할 뻔했다. 도심의 경마장에서 뛰던 늙은 경주마가 말의 고향인 제주도에 내려와 초원을 달린다. 늦게나마 호기심과 관심의 창문을 활짝 열고 인생의 새 지평을 탐구한다. (2011)

월든
– 책을 보낸 이에게

집에 들어오니 소포가 와 있다. 보통으로는 보낸 이가 이러이러한 것을 보낸다고 사전에 알려오지만 이건 뜻밖의 일인 것이다. 책을 보낸 이의 이름을 여기 밝히지 않음을 이해해주기 바란다. 헨리 소로우의 『월든』(Henry Thoreau, *Walden*) 원전을 내게 보낸 것이다. 아마도 전에 내가 쓴 글에서 소로우의 글을 인용한 것을 알고 보낸 것 같다. 솔직히 말하자면 나는 근래 국역판을 읽었고 대학교재용으로 발간된 간추린 영어문장을 약간 더듬었다.

소로우의 불후의 명작 『월든』은 일면 내 삶과 통하는 데가 있어 내가 요사이 많은 시간을 할애하여 읽고 또 읽었던 것이다. 나는 감히 이 책의 독후감을 쓴다거나 평을 할 수가 없다. 표현하기에는 내 문장이 딸리고 평하기에는 내 지적 능력이 모자란다.

소로우는 하버드를 졸업하고 얼마 안 있어 보스턴 교외의 월든 호숫가에서 생활한다. 스스로 자기 집을 짓고 농사를 하여 자급자족한다. 그는 콩과 옥수수 등을 심어 자기의 식량을 마련하고 월든호수에서 낚시를 하여 영양분을 보충한다. 그는 주위의 모든 동물과 나무와 자연을 사랑하고 관찰하며 틈 나는 대로 고전을 읽으며 생활했고 또 글을 썼다. 이런 삶으로 그는 자연 그대로의 인간을, 그리고 그 정신을 꿰뚫어보는 혜안을 갖게 됐다. 그의 고독한 삶 속에 진실이 묻어 있고 순결한 정신이 살아 있다.

신의 축복인가? 나는 요새 눈이 좋아졌다. 하루 종일 작은 글씨를 읽어도 될 만큼 내 눈은 작은 도깨비의 눈동자처럼 빛난다. 십년 전에는 내 주위에 (집에, 주머니에, 직장의 책상에) 돋보기가 뒹굴었는데 지금은 작은 글도 그냥 읽는다. 그래서 내게 보내진 원전 『월든』을 눈으로 보는 데는 문제가 없을 것 같다. 그러나 그 글의 지루함을 감내하기에는 내 인내심의 한계가 있다.

내가 제주도에서 새 삶을 살면서, 사색하면서 걷고 느끼는 것은 첫째 나는 나와 관련되지 않은 일에 간섭하지 않는 마음, 둘째 나보다 나은 이를 부러워하지 않는 마음, 그러나 사회적 인간으로서 내가 사회의 부조리에 공분하는 마음을 체화하는 일이 내 인생의 참 도리임을 느낀다.

인류역사상 보기 드문 형인 소로우는 짧은 인생이나마 그런 삶을 산 것 같다. 책을 보낸 이에게 거듭 감사를 드린다. 그러나 나는 그 책을 읽다가 말 수도 있다 시쳇말로 내 가방끈이 짧으니까. (2007)

북극성

젊은이는 유성 같아서 밝고 강렬한 빛을 발하며 하늘에 온통 낙서를 한다. 그러나 늙은이는 북극성 같아서 그윽한 빛을 온 하늘에 조용히 비친다. 북극성은 그다지 밝은 별은 아니지만 그 좌우에 더 밝은 북두칠성과 가시오피아를 거느리고 있다. 공해로 찌들은 하늘에서 더러 이 별자리들이 모습을 감춰도 북극성은 그 은은한 빛을 발하고 있다.

유성이 힘차게 선을 긋고 지나갈 때 북극성은 그것도 한때란다, 다 해본 짓이지 하며 담담해한다. 북극성은 항해하는 배에게 방향을 알려주고 길 잃은 사람들에게 길잡이가 되어 준다.

젊은이여! 그대들은 우리 노인이 다져놓은 반석 위에 서 있다. 그대들은 여기에 튼튼한 집을 지어라. 노인이여! 아무쪼록 그 반석 위에 더 머물러 젊은이가 집을 짓는 일들을 지켜보자. 그 집이 완성될 때까지는 아니라도 기초가 제대로 되었는지 기둥이 잘 섰는지는 보아야 하지 않겠는가? 젊은이여, 그대들은 이 말없는 감독자를 귀찮아하지 마라.

요새 아이들이 나이를 가벼이 보는 모양인데 그럴수록 우리는 오늘을 기념하자. 그들은 초근목피로 연명하던 우리를 아는가? 공장에서 밤샘하며 야근수당에 목매던 우리를, 중동의 땡볕에서 땀 흘리던 우리를, 포항의, 울산의 아니 고속도로의 현장에서 잘 살아보자고 다짐하던 우리의 포효를 아는가? 누가 키운 이 나라인데. 오륙도, 사오정, 삼팔선이란 말을 왜 만들어내는가? 왜 우리는 저 설익은 아이들에게 자리를 물려주고 뒷땅에 몽땅 물러앉아야 하는가?

헨리 포드는 이 세상에서 50세 이상의 사람들이 모두 은퇴한다면 인류문명은 정지될 것이라고 했다. 조셉 머피는 '당신이 60이건 70이건 80이건, 당신의 마음이 새로운 사상이나 관심을 향하여 개방되어 있을 때, 마음의 커튼을 열고 인생과 우주의 빛나는 진리와 영감을 받아들일 때, 당신은 늙지 않을뿐더러 활력이 샘솟고 젊어진다.'고 했다.

고래로 우리의 전통에는, 노인이 된다는 것은 대접받는 것이 아니라 사회의 리딩 그룹에 우뚝 서 호령을 하는 위치에 이름을 뜻했다. 환갑은 인생에 있어 최고의 영예의 자리에 입문하고 인생의 새로운 경지로 나아감을 뜻한다. 우리 사회에는 웃어른을 받드는 예절이 최고의 덕목이었다.

70이면 고희古稀(人生七十古來稀-杜甫) 또는 종심從心(從心所欲不踰矩-孔子)이라 하여 이웃과 더불어 자축했고 70을 한해 넘기니 80까지 너끈히 사시라 망팔望八이라 잔치했고 77세면 희수喜壽(七七), 80세면 산수傘壽(八十)라 했다. 시경詩經에서는 질수耋壽라 했는데 이는 인간이 보편적으로 바라는 지고의 나이라는 의미에서다. 81세면 반수半壽(八十一) 또는 망구望九라 했다.

88세면 미수米壽(八十八), 90세면 졸수卒壽(九十)라 했는데 시경에서는 모수耄壽라 했다. 90이면 검은 머리가 새로 나고 체모까지도 새로 난다 하여 붙여진 한자어이다. 91세면 망백望百이라 했다. 자식들이 부모가 100세까지 사시기를 진정으로 바래서다. 물론 다 동네 어른들을 모시고 잔치를 하였다. 99세면 백수白壽, 100세면 백수百壽.

늙은이여! 제자리걸음하는 군인처럼 뒤로도 앞으로도 나가지 않는 사람이 되지 말자. 마음의 커튼을 열고는 새로운 관심과 흥미를 갖고 새로운 지평을 내다보자. (2004)

우리는 이런 세상에 살고 있다

세탁소가 다림질을 마다하는 세상, 웨이터가 서비스를 기피하는 세상, 젊은 주부가 아이를 하나도 안 낳겠다는 세상. 우리는 이런 세상에 살고 있다.

노동자가 돈은 받되 일은 안 하겠다는 세상, 농부가 땅은 소유하되 농사는 안 짓겠다는 세상, 대통령이 대통령을 못해 먹겠다는 세상.

범법자가 떼거지로 거리를 활보하고 목소리 큰 사람이 이기는 세상, 민주국가에서 선생님이 이데올로기를 주입시키는 세상.

성직자가 황금의 정원을 기웃거리는 세상, 쓰잘데없는 나, 그 나의 정자에서 싹튼 아들을 목양의 후계자로 삼는 성직자와 권력자들이 우후죽순으로 생겨나는 세상.

정치인에게 불법자금을 달래는 대로 주어야 재벌이 살고 재벌에게서 차떼기로 돈을 받아야 정치가 되는 세상, 겨 묻은 돼지가 똥 묻은 돼지를 비웃고 질타하면서 자기도 똥더미로 향하는 세상. 우리는 이런 세상에 살고 있다.

돈은 적은 것보다 많은 것이 좋다. 종속변수보다는 독립변수가 좋고 복종하는 것보다는 거느리는 삶이 좋다. 좁은 공간보다는 넓은 공간에 사는 것이 좋다. 그러나 마음의 자유의 공간은 육체가 노니는 공간보다는 넓고 광대무변하다. 크면 좋고 많으면 좋고 오늘이 즐거우면 좋은 일이지만 본분을 지키는 삶, 직분에 충실한 삶이 중요하다.

보잘 것 없는 나, 나, 나(ego)보다는 소우주로서의 나, 세계관을 품은 '나'가 중요하다. 째깍거리는 시계의 시간(chronos)보다는 영원의 시간(kairos)을 느끼며 사는 것이 좋다. 조급하게 살지 말고 여유있게 살자. 긁어모으지만 말고 마당에 펼쳐라. 보잘 것 없고 하잘 것 없고, 쓰잘 데 없는 나, 그 나의 자손들만을 위해 쌓인 곡간은 곧 쥐가 쏠고 좀이 먹는다. 헤라클레이토스는 만물은 유전流轉한다고 했다. (2004)

간월사 이야기

경상남도 언양의 가지산 밑 1000고지에 석남사가 있는데 그 뒷곁에는 싸리나무 밥통이 있다. 지름이 1m가량 되고 길이가 20m쯤 되는 둥근 통나무에 길게 홈을 파서 만든 나무밥통이다. 한 번에 수백 명이 먹을 만한 나무그릇이다. 자세히 살펴보면 한 쪽 면에 '看月寺 贈'(간월사 증)이란 작은 글씨가 쓰여 있음을 발견하게 된다. 옛날에 아름드리 싸리나무가 있었다는 사실과 그렇게 큰 밥통이 있었다는 사실이 불가지한 것이다.

사연인즉 이렇다. 가지산 또 다른 줄기에 옛날에 간월사란 절이 있었다. 이 절은 신라 진덕여왕 때 자장법사가 지었던 절로 알려져 있는데 지금은 폐허가 되어 버렸다. 꽤나 깊고 좁은 계곡에는 물줄기가 내닿는다. 이 계곡 건너편에 넓은 평지가 있다. 여기 간월사 터에는 주춧돌이 아직 남아있고 깨진 돌들이 여기저기 흩어져 있다. 주춧돌로 짐작컨대 꽤나 큰 절이었던 것 같다. 계곡을 끼고 있다하여 澗月寺라고 쓰기도 하고 초승달을 연상하여 肝月寺라고 쓰기도 한다.

이 절을 찾는 사람들을 위하여 계곡을 가로지르는 큰 통나무 두개를 묶은 다리가 놓여 있었다고 한다. 이 절에는 천년을 하루같이 늘 찾아오는 신도가 구름 같았다고 한다. 예나 지금이나 아낙네들의 발걸음이 잦았던 모양이다. 그래서 원래 간월사에 그 큰 밥통이 있었던 것이다.

조선 중엽쯤인가, 한 고승이 이 절을 찾았다.

고승이 주지스님에게 말을 건넸다.

"신도가 많구만. 그런데 자네는 무슨 고민이 있어 마음이 편치 않은가?"

주지스님이 짜증스러운 듯 말했다.

"신도가 많아서 고민입니다. 도대체 장터 같아서 좌선을 할 수가 없고 도를 닦을 마음을 가질 수가 없군요."

고승은 지그시 눈을 감고는 한참을 앉아 있었다. 그러더니 다음과 같이 한마디 하고는 훌쩍 그 절을 떠났다.

"저 계곡의 통나무 두 개 중 하나를 치우게"

그 후 외나무다리를 건너야 하는 간월사에는 찾아오는 발길이 점점 줄어들고 그 많던 스님들도 하나하나 떠나버렸다. 반면에 석남사에는 신도가 끝없이 늘어만 갔다. 나중에는 이 주지스님도 그 밥통을 석남사에 기증하고는 어디론가 떠나 버렸다.

우리에게 무엇인가 많은 생각을 하게 하는 고사이다.

나만 득도하면 뭣 하는가? 남의 영혼도 구제해야지. 나만 평안하면 뭣 하는가? 남에게도 평화를 주어야지. 나 혼자 고고하면 뭣 하는가? 더불어 인생을 구가하면서 살아야지. 나 혼자 잘 살면 뭣 하는가? 나눔의 삶을 살아야지.

아닌 밤중에 술병을 들고 찾아오는 친구들을 귀찮아하지 말자. 꾸역꾸역 모여드는 자식친구들이 라면 끓여 먹는다며 부엌을 어질러도 좋은 낯빛을 하자. 그것이 다 내 마음의 훈훈함 때문이니까.

나이 들어 모임에 자주 얼굴을 내보이자. 남의 살아온 역정을 들어보고 한때 성공했던 이들의 뻐김도 사랑하자. 인심 쓰는 이들의 술도 편안한 마음으로 얻어먹자. (1985)

착각

 오래전, 전경련 창설자 이원순 옹의 100세 축하
연에서 있었던 이야기.

정주영 회장이 축배를 올렸다.

"백수百壽하십시오"

이 옹이 말을 받았다.

"나 보고 금년에 죽으라는 말인가?"

머쓱해진 정 회장이 물었다.

"장수의 비결을 들려주시지요?"

"장수하고자 하면 여자를 끊게. 허기야 나는 90세에 끊었지만."

이원순 옹은 108세까지 수를 누리셨다.

90세의 노학자가 50세의 막내딸에게 말했다.

"내 나이 90이 되니 여자를 봐도 여자로 보이지 않는구나."

딸이 대답했다.

"저는 50임에도 불구하고 남자를 봐도 남자로 보이지 않는데요."

아버지는 혀를 끌끌 차며 말했다.

"마음을 속이고 있구나."

남자는 아무리 나이가 들어도 자신은 여성에게 어필한다고 생각한다. 이 착각은 절대로 깨져선 안 된다. 이 착각이 깨지는 순간 남자는 자신감을 잃고 무기력해지며 열등감에 빠진다.

젊은 여인과 이야기를 나눌 때 나는 그 여인을 여자로 보고 있는데, 그 여인이 나를 '어르신'으로만 본다는 걸 깨달을 때 마음이 서늘해진다. 우리는 늘 착각 속에 살지만 결국 자기도취 속에 살아야 행복하다. (2009)

몸과 병

– '몸과 병, 의학을 성찰하다'를 듣고

의료협의 휘장에는 뱀 두 마리가 칭칭 감고 있는 지팡이가 상징이 되고 있다. 이는 그리스 신화에서 상업을 상징하는 헤르메스신의 지팡이다. 원래 의신醫神 아스클레피오스는 한 마리의 뱀이 감고 있는 지팡이를 들고 있다. 박애, 봉사, 평화를 상징한다. 즉 의료의 신이요 인술의 신이다. 그래선지 우리나라의 의술이 인술보다는 상술에 가까운 면이 있음을 부정하지 못하는지도 모른다. 근래 피부미용, 성형, 비만 내지 체형관리의 프로그램이 의료서비스의 한 영역을 차지했고 우리는 고가의 의료상품을 사고 있다.

도대체 건강이 뭐길래? WHO는 건강을 육체적·정신적·사회적 안녕상태라 정의한다. 여기에 영적 안녕을 추가하기도 한다. 단순히 질병이 없는 상태가 아니다. 그러나 강신익 교수는 '차라리 건강은 없다고 느껴라'고 일갈한다.

프랑스 의철학자醫哲學者 깡길렘은 질병은 건강의 부족이 아니라 생명의 새로운 차원이며 유기체가 새로운 질서를 찾아가는 과정이라고 말한다. 건강은 생명체와 환경의 끊임없는 상호작용에서 나타나는 일시적인 균형이지 도달해야 할 목표는 아니다. 우리 몸은 완전한 것이 아니라 허점투성이의 유기물이기 때문이다. 건강이 몸과 환경의 상호작용이라면 우리의 몸 또한 자연과 동시에 시대와 문화의 산물이다. 건강은 자연과 문화를 엮어 우리가 만들어가는 것이다.

건강 또는 치유의 모습은 주술과 종교의 단계, 자연으로 돌아가라는 고전적 자연주의의 단계를 거쳐 과학의 단계로 진화해 왔다. 과학의 단계에 이르러서는 해부학과 세균의 발견, 항생제와 첨단설비의 발명을 거치면서 건강을 단순히 병의 부재로 인식해 왔고 생물통계학적 평균치로 건강을 정의했다. 바로 인체를 기계로 인식하고 있는 것이다.

그러나 유전자, 면역체, 기능과 환경 등에 따라서 인체는 다양한 차이를 보이는 것이다. 말하자면 혈압의 수치, 혈당의 양, 콜레스테롤 수치의 평균값으로 건강을 말할 수는 없는 것이다.

생체현상의 다양한 차이에 주목하여 그 패턴을 연구하는 분야가 복잡성의 의학이고 그 패턴이 유구한 생명의 역사를 거치면서 진화한 과정을 근거로 질병과 치유를 설명하는 분야가 진화의학이다. 한 개체의 유전인자는 다양한 항원에 반응하여 다양한 변이를 보이며 면역체 또한 질병−치유의 과정에서 다양하게 적응한다. 진화는 자연이 벌이는 거대한 실험이며 질병은 여기에 이용되는 실험재료이고 인간은 그 실험재료인 질병을 통해서 치유의 문화를 시험한다. 기계적 사유방식이 인류의 생존에 크게 기여해 왔지만 영양상태의 호전과 생명의 연장에 따른 21세기에의 의학은 새로운 선택의 길을 찾지 않으면 안 된다.

진화의학은 우리 몸이 만들어지고 변화해 온 생명의 역사를 통해 질병을 이해하고 그 과정에서 발생한 흠결을 추적하여 신개념의 치료법을 개발하자는 것이다. 예를 들어 비만의 원인은 원시시대에 음식을 먹던 버릇(폭식)에서 생긴 유전자 때문이라는 것은 상식이 되었고 어렸을 때 생존에 유리했던 유전자가 나중에 만성병의 원인이 되기도 한다. 어려서 흙을 만지며 자란 아이는 아토피에 걸리지 않는다고 한다. 진화의학에서는 우리의 몸이 허점투성이이고 누더기에 지나지 않는다는 인식에서 출발한다. 건강이란 완벽을 추구하는 근대문명이 만들어낸 허구이다. 건강은 없다.

병원은 우리에게 진실을 말해주고 있는가? 고정된 상태의 건강은 없고 다만 우리의 몸이 다른 요소와 끊임없이 상호작용하는 가운데 스스로 만들어가는 최적의 상태라는 진실을 병원은 말하지 않는다.

사람의 몸은 조화와 균형을 유지하여야 하고 항상성과 이상성을 따진다. 사람의 몸이 기계이고 의학은 그 기계의 작동원리를 찾아내고 그 원리에 따라 고장난 기계(이상성)를 고치는 수리공의 역할이다. 즉 생물의학이다.

그러나 인체는 다양한 인자들이 자기 스스로를 조직화하여 새로운 질서를 만들어내고 그 인자들이 다양한 시스템을 만들어 상호 간섭하는 복잡한 비선형관계이다. 건강이란 몸의 살림살이이다. 몸이 복잡한 방식으로 움직이는 열린 시스템이라면 그 몸이 몸담고 있는 생태계 역시 복잡한 관계망 속에서 요동치는 자연의 살림살이이다. 이 두 살림살이가 되먹임구조로 서로 연결되어 물질과 에너지를 주고받으며 연결되어 있다. 몸과 자연의 살림살이를 탐구하는 것이 건강생태학이다.

정자와 난자가 만나 만들어진 수정란이 세포분열을 거듭하면서 복잡하고 신비로운 생명체를 만들어내듯이 몸은 자기조직화하고 나아가서 전에 없던 새로운 속성이 창발創發된다. 몸은 만든 몸이 아니고 만들어가는 몸인 것이다. 여기에 모든 인자들과 시스템들이 관여한다. 각 시스템들이 자율과 관계의 균형을 만들어가는 것이 치유이고 우리의 몸은 자기조직화하는 동시에 균형을 잃으면 스스로 자기치유력을 갖게 된다.

근래에 들어 사람이 오래 사니까 만성질환이 생긴다고 한다. 예전에 보기 드문 현상이 생기니까 몸이 당장은 자기치유력을 발휘하지 못한다. 더구나 20세기의 기계적 사고로는 만성질병을 고칠 수가 없다. 21세기에는 기계안경을 벗고 생태안경을 쓰자.

생물의학 그리고 기계적 사유방식은 플라시보효과를 인정하면서도 설명하지 못한다. 따라서 그것은 전파에 끼어드는 일시적인 잡음 정도로 치부한다. 과학이 도외시하는 신념과 가치가 몸에 작용하고 있기 때문이다. 강 교수는 여기에 주목한다.

여인의 히스테리는 히포크라테스가 언급한 병이지만 2천년 이상의 역사를 거치면서 중세에는 여인의 욕정을 유발하는 사탄의 짓이라고 여겨 10만 명의 여인을 마녀의 누명을 씌워 불태워 죽였다. 해부학이 발달하면서 몸에서 히스테리의 징후를 발견하고자 하는 시도도 있었으나 실패하였다. 그리하여 히스테리를 단순히 생리적 잡음으로 취급하여 왔다. 이제 히스테리는 사실과 가치가 혼합된 의미반응으로 해석할 단계에 이른 것이다. 여기에 또 윤리학에서 다루는 가치의 문제가 등장한다.

근래에 유전자 분석을 통하여 인간의 생애를 예측하고 난치병을 치료할 수 있다는 실험이 진행되었으나 다양한 변수에 의하여 유전자의 변이가 일어나는 사실 앞에서 유전자 연구를 통하여 병을 고친다는 것은 실효를 거두지 못했다.

면역이론은 진화의학의 단초가 되고 있다. 면역은 인간의 전생애를 통하여 스스로 이야기를 써가는 이야기꾼이고 몸은 그 이야기를 오롯이 담고 있으며 변화하고 솟아오르는 의미를 담고 있다.

뇌는 면역세포와 한가지로 내가 살아온 세상과 경험을 신경세포 연결망 형태로 내 몸속에 기록한 역사책이고 나를 끊임없이 새로 쓰는 이야기꾼이다.

여기서 강 교수는 모험적인 학문적 시도를 감행한다. 나는 뇌도 아니고 마음도 아닌 몸속에 있다고 전제한다. 나는 몸이고 마음은 우주와 같은 몸속에 녹아있다. 나의 뇌를 통하여 신호를 보내는 마음이 나의 몸 밖에 따로 있을 이유는 없다. 몸은 스스로의 마음을 가지고 있고 마음은 몸으로 말을 한다. 소위 몸 일원론이며 비물질적 유신론 唯身論의 입장이다.

이제 건강과 병, 그리고 치유의 문제가 슬슬 풀려간다.

나의 몸은 부모로부터 물려받은 몸이지만 순간순간 의미를 부여하며 새로 만들어가는 것이고 나는 몸을 떠나서는 존재하지 않으며 내가 몸이고 몸이 나다. 몸인 나는 세상을 써내려가며 세상의 모든 관계 속에서 새로운 내가 되며 세상의 일부가 된다. 몸은 사실과 가치가 혼합이 되어 이야기를 만들어가는 시공간이다.

여기서 내러티브(narrative) 의학이 비롯된다. 환자의 몸이 써나가는 이야기를 중심에 두고 과학적인 사실과 그것이 환자의 몸에 드러내는 현상과 의미의 상호작용인 질병경험을 다루는 의학체계인 것이다. 탄생에서 죽음까지의 생애과정(life course)을 추적하는 종단면 연구(longitudinal study)이다. 이때 의학의 대상은 질병이 아니라 그 질병을 경험한 몸이다.

내러티브 의학은 몸이 스스로 이야기를 하게 하고 그 이야기에 귀를 기울이며 그 과정에서 환자와 치유자가 공유하는 새로운 이야기 즉 치유를 만들어가는 것이다. 부모의 뱃속에 있을 때 어머니의 이야기, 생장과정에서의 기쁨과 슬픔, 환희와 충격, 획득과 상실 그리고 의미와 가치관을 추적하여 새로운 세계로 몸을 이끌어가는 몸 공부이다. 몸 공부는 몸에 대한 공부가 아니라 몸을 통한 몸을 위한 공부인 셈이다. 몸 공부는 질병의 치료뿐만 아니라 삶 자체를 치유하는 큰 그림이다.

인제대 강신익 교수는 치과대학을 나와 치과의사를 하던 중 크게 느낀 바 있어 인문의학 내지 의철학의 길로 들어섰다. 그의 길이 아무도 가지 않는 길이었지만 그는 기쁜 마음으로 탐구의 길, 개척의 길을 걸어왔다. 그는 의술이 상술이 되고 있는 현실을 개탄했고 병원이라는 강대국이 사람의 몸을 식민지화하는 현재의 의료시스템을 비판하고 있다. 그는 의학을 몸 살림살이로 개념화하는 새로운 패러다임을 짜고 있다. 이것이 21세기의 의학이 나아갈 길이다.

필자는 의학에 대하여 문외한이고 천학비재라 이 글이 강 교수의 논지에 빗나간 것이 아닌가 우려된다. (2009)

수십만 년 전부터 반도의 남쪽 먼 바다에서
폭발하듯 불길이 솟더니,
어느 순간 그 불길이 식으면서 쏟아져 내려와
바다에 큰 섬이 생겼고,
다시 섬 가운데에서 간헐적으로
불이 뿜어져 나오면서
한라산은 더욱 더욱 높아졌다.

제 3부

제주의 자연

한라산

청명한 날, 멀리서 바라보는 한라산은 손에 닿을 듯 가깝게 느껴지고, 자애로운 어머니의 가슴처럼 포근하다. 그러나 별이 총총한 밤, 희뿌연 한라산을 올려다보면 은하수의 한 줄기를 잡아당기고 있는 듯 저 높은 하늘에 닿아 있다.

바람이 분다. 제주도에 바람이 분다. 바다에 너울을 일으키던 바람이 한라산으로 몰려간다. 금세 하늘이 구름으로 가려지고 거세진 바람은 풀과 나무를 흔들어놓는다. 조금 전만 해도 포근하게 느껴지던 한라산이 갑자기 표독스런 여인의 모습으로 바뀌어 버린다. 귀곡성 같은 바람소리가 천지를 흔들더니 다음날 새벽이 되면 언제 그랬냐는 듯 잔잔한 바람으로 바뀌어 있다.

한라산은 남태평양에서 불어오는 태풍의 매를 정면으로 맞는다. 한라산이 되받아친 태풍이 동쪽의 성산포로 비켜 가면 일본을 때리고 서쪽의 모슬포로 방향을 돌리면 반도의 서해안을 친다. 한라산이 있어 반도가 안전하다. 그러나 반도에 사는 사람들은 한라산의 고마움을 모른다.

한라산을 오르자면 멀고 길고 지루하고 때로는 가팔라 오를수록 높아지고, 오르다가 정상을 우러르면 우러를수록 까마득하고 경이롭다.

한라산 정상에 둥글게 파인 백록담은 털빛이 눈처럼 흰 백록이 물을 마시고자 이 연못을 찾아 다녀가곤 한다고 해서 붙여진 이름이다. 그러나 전해 내려오는 이야기에 의하면 털빛이 푸른 듯 흰 용마도 더러 백록담을 찾아든다고 한다.

옛 중국 문헌에 이르기를 중국 동쪽에 삼신산三神山이 있는데 영주산, 봉래산 그리고 발해에 있다는 방장산을 말함이다. 영주산은 곧 한라산이요 봉래산은 금강산의 다른 이름이다. 특히 한라산에는 신선이 살고 있고 신선이 먹는 불로초가 있다고 전해져 왔다.

제주설화에서는 한라산을 설문대할망이 만들었다는 거대담론을 담고 있다. 한라산의 창조여신 설문대할망은 옥황상제의 셋째 딸로 몸집이, 높은 산만큼이나 컸다. 무슨 연유론가 그녀는 지상에 내려와 살게 되었는데, 흙을 날라다 한라산을 만들었고, 나르다 흘린 흙덩이가 수백 개의 오름이 되었다. 그녀는 한쪽 다리를 오조리 식산봉에, 다른 한쪽 다리를 성산일출봉에 걸쳐놓고 오줌을 누곤 했는데 그 오줌이 바다를 이루어 우도가 저만치 밀려 나갔고, 그 거센 오줌발로 인해 성산포와 우도 사이의 물결이 세다고 한다. 그녀는 오백 아들을 낳았는데 그 아들들은 다 장군이 되었고 한라산 산록의 윗세오름을 떠받치는 장군바위로 남아있다고 한다.

한라산에 올라 멀리 사방을 둘러보면 하늘과 맞닿아 어디까지가 바다인지 구별이 되지 않는 무변대해가 시원하게 눈에 들어온다. 한라산에서 올려다보는 하늘은 땅과 바다가 아울러 받치고 있어 과연 크고 넓다.

한라산에서 북쪽으로 눈을 돌리면 바다 건너 월출산이 그림처럼 희미하게 보이고, 그 뒤로 지리산, 금강산, 그리고 백두산이 마음의 눈에 아른거린다. 한라산에 오르는 이는 문득 천하를 호령하고픈 기개가 가슴으로부터 벅차게 솟아오른다.

백록담을 두른 둔덕에서 아래로 내려다보면 남북으로 천야만야한 절벽이 매달려 있고 절벽 아래로 길고 완만한 능선이 주름져 있다. 절벽 아래로, 높다란 능선의 비탈을 따라 울창한 숲이 산을 두르고 그 아래에는 드넓은 평원이 드리워진다. 능선을 따라, 그리고 평원 여기저기에는 올망졸망한 오름들이 어미닭의 품속에서 빠져나온 병아리들처럼 봉긋봉긋 솟아 있다.

수십만 년 전부터 반도의 남쪽 먼 바다에서 폭발하듯 불길이 솟더니, 어느 순간 그 불길이 식으면서 쏟아져 내려와 바다에 큰 섬이 생겼고, 다시 섬 가운데에서 간헐적으로 불이 뿜어져 나오면서 한라산은 더욱 더욱 높아졌다.

한라산에서 불을 뿜던 불구덩이가 백록담이다. 이 불구덩이에서 하늘 높이 솟아오른 용암이 떨어지면서 식어, 분화구를 막아버리자 지하에서 부글부글 끓으며 용트림하던 용암이 고름 터지듯 넓은 평원 여기저기로 삐죽삐죽 뚫고 나오는 바람에 섬 전체가 불꽃놀이의 현장이 되었다. 그때 이 장엄한 불꽃놀이는 하늘에 떠있는 별들만이 보고 있었으리라.

이때 생긴 368개의 기생화산을 제주도 사람들은 오름이라고 부른다. 오름은 한라산을 닮아 산정에 둥근 분화구를 가지고 있거나, 뜨거운 용암이 오름의 어느 한쪽 변두리를 무너뜨리고 내리닫다가 말굽 같이 생긴 분화구를 형성하기도 한다.

백록담에서 강물처럼 쏟아져 내려오던 용암은 능선과 계곡을 만들고 지하로 뚫고 흐르던 용암은 천연동굴을 만들었다. 계곡은 계곡이 되 물이 줄기차게 흐르지 않고 지하로 스며든다. 다만 비가 억수같이 쏟아질 때면 계곡은 천둥 같은 소리를 내고 빗물은 하류로 치닫는다.

오름이 생길 때 하늘로 치솟던 용암이 식으면서 비 오듯 떨어져 사방에 흩어진 돌멩이와 바위덩어리는 송이석이 되기도 하고 화산탄과 화산공이 되어 오름 주변에 황무지를 만들었고 여기에 나무와 덩굴 따위가 우거진 곳이 곶자왈이다. 곶자왈은 태고의 신비를 간직한 곳으로 지질과 식생의 보고寶庫이다.

한라산을 두른 드넓은 평원은 완만한 경사를 타고 바다로 이어지는데 산록의 고원과 중산간의 평원에는 황무지나 다름없는 곶자왈이 깔려 있는가 하면 푸른 초원도 펼쳐져 있다. 곶자왈의 군데군데에 화전민들이 떠난 자리에는 잡초가 우거지고, 달걀처럼 둥그스름한 오름의 분화구에는 풀들이 싹을 틔우고 온갖 야생화가 꽃을 피운다. 한라산이 제주도이고 제주도가 한라산이다. 한라산은 민족의 영산이다. (『말, 헌마공신 김만일과 말 이야기』에서 인용)

제주의 봄

4월이 되니 제주도가 온통 꽃동네로 변했다. 제주시의 정실길, 전농로, 종합운동장 주변에 왕벚꽃이 흐드러지게 피어 있다. 거기에만 있는 것이 아니다. 제주도의 모든 거리에 피어 있다. 대로변에도, 소로변에도, 공원에도, 가정집 담장 안에도 피어 있다. 왕벚꽃은 송이가 크고 화사하고 탐스럽다. 왕벚꽃은 제주도가 원산지이고 천연기념물이다. 왕벚꽃 거리를 걷노라면 완연한 봄을 느낀다. 겨우내 움츠렸던 어깨가 활짝 펴지고 심호흡이 절로 나온다.

남녘의 해안가에는 노란 유채꽃이 아직도 눈부시게 피어있다. 유채꽃은 일부러 심은 밭에도, 밭두렁에도 피어있다. 밭두렁에는 연보라색의 갯무꽃과 어우러져 더욱 환상적이다.

아침, 나는 아내와 더불어 집을 나섰다. 봄의 태양이 대지를 포근하게 애무하여 새싹을 어루만지고 있었다.

항파두리 주변의 장전리 마을에 우리 오름해설사들 남녀, 15명이 차에서 우르르 내린다. 우리 부부까지 합쳐 17명이 집합한 것이다.

179

모두 미소를 머금은 화사한 얼굴들이다.

우리는 걷는다. 해발 100m의 장전리에서 출발하여 해발 834m의 노꼬메오름에 이르는, 길고 긴 노꼬메길을 걸을 작정이다. 직선거리로 따지면 7km, 왕복 14km다. 목적지까지 오르막의 아스팔트길이다. 우리가 말랑말랑한 오솔길을 버려두고 오늘 굳이 이 딱딱한 길을 선택한 것은 농촌과 산촌의 사람 사는 모습을 느끼기 위한 이유도 있기 때문이다.

길을 걷노라면 길섶에는 자주색의 개불알꽃이 무리지어 피고 있고 노란 민들레가 길섶에 수를 놓는다. 자줏빛 광대나물꽃이 다닥다닥 피어있다. 자주괴불주머니꽃이 다복다복 피어 있고 주홍색 살갈퀴꽃이 사이사이 얼굴을 내민다.

길가에 나지막한 돌담을 쌓은 마당 넓은 집을 살짝 엿보니 툇마루에는 중년의 부부가 앉아서 자신의 정원에 취해있다. 담장 안에는 복사꽃, 살구꽃이 만발하다.

마을마다 어귀에는 아름드리 팽나무가 수호신처럼 서 있고 팽나무 그늘에는 새(풀의 일종)로 이엉을 얹고 가로세로 밧줄로 묶은 전통초가집이 게딱지처럼 웅크려 있다. 집집마다 동백나무가 빽빽하고 즐비하게 울타리를 이룬다.

우리는 계속해서 걷는다. 오르막인데도 앞서가는 여인들의 뒷모습이 경쾌하다. 삼삼오오 짝을 지어 걸으며 오손도손 대화하는 옆얼굴에 행복이 가득하다. 세상근심이 없는 사람들 같다. 걷는 걸음걸음, 올려다보면 한라산이 어서 오라 손짓하고, 내려다보면 봄꽃들이 활짝 웃는다.

하늘을 찌를듯한 삼나무숲을 지나니 말목장이 나온다. 말들이 한가롭게 오수를 즐긴다.

우리는 노꼬메오름의 초입으로 접어든다. 다리가 뻐근하다. 궷물 오름으로 접어든다. 길섶에 핀 하얀 남산제비꽃이 눈부시다. 밋밋한 등성마루에는 때죽나무 한 그루가 모진 바람으로 인해 한 쪽으로 실그러져 외롭게 서있다. 궷물오름 언덕에서 큰 노꼬뫼, 작은 노꼬뫼를 배경으로 사진만 찍고 발길을 돌린다. 딴 볼 일 있는 사람도 있으니 여기서 마냥 시간을 보낼 수는 없기 때문이다.

내려오는 길, 우리는 〈진시황〉이라 이름 지은 중국집 뜰에서 걸음을 멈춘다. 화단에는 상사화의 시푸른 잎사귀가 무성하다. 이 잎사귀가 다 져서야 꽃이 피는 상사화는 잎도, 꽃도 서로를 만날 수 없어 상사화다. 바위 사이로 진달래가 탐스럽게 피어있다. 중국식 뷔페는 맛깔스럽고 푸짐하다.

바쁜 사람들은 먼저 가라 하고 옆길로 새는 사람들이 있어 우리 부부도 합류한다. 옛날 소가 다녔다는 쉐질(쇠길)은 중산간 마을 사람들의 살아왔던 이야기, 사는 이야기를 담은 길이다. 길 양쪽으로 돌담을 쌓은 좁은 길의 바닥에는 송이가루가 깔려 있고 마을마다 옛날이야기가 서려 있다. 총 12km라지만 우리는 반쯤 걸었다.

오늘 모처럼 합류한 아내는 사람들 면면이 활짝 핀 꽃 같아, 같이 어울린 자신도 너무 행복했단다. 하루 종일 20km를 걸었지만 우리는 피곤한 줄 몰랐다.

아! 이렇듯 아름다운 봄을 앞으로 몇 해나 더 맞이할까? 70살이건 40살이건 누구나 자문할 수 있는 말이다. 다만 해마다 봄을 얼마나 경이로운 마음으로 맞이하느냐가 문제이다.

나는 어제 새벽, 볼가심을 하고 귤과수원으로 나갔다. 전정剪定을 끝내지 않은 나무들이 나를 기다리기 때문이다. 굵고 곧게 뻗은 가지를 톱으로 자르다 보니 팔뚝에 젖 먹은 힘까지 동원해야 한다. 과일 나무의 경우 다른 수목과 달라서 곧게 자라 잘생긴 가지는 쓸모가 없다. 늘어지고 비틀어진 가지라야 살아남을 수 있다. 인생 또한 그렇지 아니한가?

  그리고 나른한 오후, 아내와 나는 오수를 즐길 겨를도 없이 알뜨르 비행장터로 나가 쑥을 뜯었다. 알맞게 자란, 연한 쑥을 한 보따리씩 뜯어왔다. 유채꽃밭 이랑에 주저앉아 꽃가지 사이로 바다를 내다보며 막걸리도 한 잔 했다. 아내의 얼굴이 유채꽃보다 아름답다고 너스레를 떨다가 꼬집히고 말았다. 저녁에 쑥국을 끓여 먹었다. 나머지는 쑥떡을 하겠단다. 아내는 이렇게 사는 전원생활이 익숙하진 않지만 나하고 동락한다면 더 바랄 것이 없단다. 암, 그렇지. 우리, 더불어 여기 제주도, 별유천지에서 나머지 인생을 근심 없는 나날, 평화로운 마음, 날마다 넘치는 기쁨으로 산다면 더 바랄 것이 무엇인가! (2011)

밭을 갈며

에머슨은 이렇게 말했다. 농부에게 주어지는 영광은 그 창조적 역할 때문이다. 그들은 먹을 수 없었던 것을 먹을 수 있게 만든다. 인류최초의 인간은 농부였다. 그리하여 역사적으로 최고의 가치는 인간이 땅을 소유하고 이용함에 있다고 했다.

시끄럽다. 조용히 좀 해다오, 주말이라 늦잠 좀 자려니 새들이 온통 집 주위를 둘러싸고 시끄럽게 지저귄다. 우리 집은 참새의 소굴이다. 추녀의 기와 밑에는 그들의 보금자리가 자리하고 있다. 이 집이 내 집이 아니고 그들의 집인 듯 착각을 일으킨다. 허기야 새들의 입장에서 보면 그들의 집일 수도 있다는 생각이 든다.

새벽부터 수백 마리의 새가 우리 집 지붕에서, 동백나무에서, 사철나무 울타리에서, 전깃줄에서, 잔디 정원에서 지저귄다.

이젠 친구가 된 이들에게 나 먹기도 아까운 쌀을, 그리고 먹다 남은 밥을 슬쩍 놓아준다. 참새뿐만이 아니다. 이름 모를 새들도 찾아

들고 산비둘기도 기웃거리고 놀러왔던 꿩들도 내 인기척에 놀라 꿩
꿩 하고 날아가 버린다.

  새들 등살에 일찍 깬 나는 밭을 갈았다. 쟁기로가 아니고 삽과 괭
이로 갈 수밖에 없었다. 하루 종일 일군 밭은 50평쯤 되는 것 같다.
마른 땅을 일구기가 그리 쉬운 건 아니다. 땀이 등어리를 적시고 목
이 컬컬하고…… 내가 여기 제주도에 와서 체력을 키운 덕택에 그래
도 지금 피곤을 모르고 이 글을 쓰고 있는 것이다. (2005)

고사리 꺾기

때는 좀 늦었으나 연휴라 별로 할 일도 없어 오늘은 고사리 꺾기에 나섰다. 여기의 내 벗, 키다리 송 씨와 한문선생과 더불어 어제 우리 집에서 막걸리 파티를 하면서 작정한 일이다.

우리는 새벽 다섯 시에 집을 나섰다. 계란도 삶고 막걸리도 준비하였다. 내가 금년 들어 여러 번 다니던 고사리의 보고를 오늘은 그들에게 공개하기로 한 것이다. 어차피 금년의 고사리 꺾기는 막을 내리는 것이니 무슨 상관이랴.

우리는 남송이 오름을 40여 분간 넘어 고사리밭에 당도했다. 왜 일찍 나섰는가 하면 고사리는 새벽이면 얼굴을 드러내 웃고 낮이면 햇빛에 찡그리는 모습을 보이기에 이왕이면 웃는 얼굴을 보고 싶어서다. 돌이켜보면 작년에는 글 쓰느라, 그리고 글 쓰다 쓰러져 철을 놓쳤었다. 그러나 금년에는 내가 고사리를 따러 가시밭을 뒤진 것이 오늘로 다섯 번째다. 고사리를 꺾어 한 짐 지고 다시 오름을 되짚어 오자면 힘들긴 하지만 수확의 보람으로 흐뭇했다. 결과적으로 냉장고에 삶은 고사리가 켜켜로 쌓여 있다. 육지 사람들은 말린 고사리를 물에 불려 먹지만 제주도 사람들은 고사리를 삶아 냉동시키고 그걸 풀어 요리를 하기도 한다.

나는 고사리를 적당한 양으로 나눠 냉장고에 넣고 하나씩 꺼내 해동시킨 후, 소고기를 참기름에 달달 볶은 후 고사릿국을 끓여 먹는다. 해장에 최고의 식품이다. 그래서 나는 고사리 꺾는 욕심에 주말이면 망태기 메고 나선다. 고생해서 꺾은 고사리라 며느리 주기도 아깝다. 더욱이 아내가 친구들을 불러 남편 자랑을 하며 내가 딴 고사리를 내놓는 것도 아까운 생각이 든다. 사람의 욕심이란 여기에서도 여실하다. 죽을 때는 두고 갈 것인데 살아 있을 때는 작은 것조차 왜 이렇게 욕심이 나는지 모르겠다.

고사리를 꺾자면 가시에 찔리고 허리가 두 동강 나듯 아프고, 고사리를 따라 가다보면 길을 잃는 수가 허다하다. 고사리는 앉으면 보이고 서면 안 보인다. 그래서 앉은걸음으로 걷다보면 무릎이 시리다.

고사리를 꺾을 때는 세상 시름을 잊는다. 나의 몸과 마음이 하나 더 있으면 좋겠다며 정신없이 바쁜 내가 그 귀중한 시간을 죽이며 이 짓을 하는 것이 한심한 일이지만 가끔 무념의 세계로 빠져 듦이 좋은 것인지도 모른다. 이번 말고는 그간 고사리를 꺾으러 혼자 다녔다. 꺾다 쉬고 쉬다 꺾으며 한 나절을 보낸다. 새소리만 들리는 숲속에서 들꽃을 마주하여 막걸리잔을 드는 나는 신선인가 착각한다.

오늘 도중에 비가 억수같이 쏟아진다. 산야에서 맞는 비는 달뜬 연인의 땀방울처럼 내 가슴에 야릇한 흥분을 안긴다. (2010)

오월을 보내며

동백꽃은 생애를 다하면 시듦이 없이 생채기 하나 없이 자기의 꽃집을 가만히 땅 위에 내려놓는다. 그 후에 시들거나 밟힌다. 동백꽃이 있어 동박새가 있다. 자연의 오묘함이다.

일찍 피는 개나리와 산수유와 진달래에게는 누가 수정을 도와줄까? 바람이다. 벌과 나비가 넘나드는 5월이라지만 그 쬐그만 벌나비가 어찌 산야 그리고 정원의 그 많은 꽃을 다 찾아다닐 수 있을까? 바람이 더 많은 일을 한다. 그래서 바람은 3월 말과 4월 하순에 찾아와 꽃가루를 휘날린다. 금년 봄 내내 자연을 뜯어보면서 자연에 대하여 소년 같은 질문을 하면서 지내왔다.

작년까지는 쫓기며 살았다. 지금 자연이나 논하면서 한가롭게 살 만큼 나에게 모아놓은 돈이 있는 것은 아니다. 뭐 한 가지 추진하는 게 있기는 한데 내 때가 아직 안 이른 것 같다. 아무래도 신의 속도를 맞춰야 될 것 같다.

동분서주하는 나날 속에서도 금년에는 평화로운 마음을 몸에 익히는 시간을 가졌고 그러니까 길섶의 꽃들도 보였고 새소리도 예사롭지 않게 들렸고 글도 써졌다. 금년부터는 죽을 때까지 자연을 향해 눈을 뜨고 살 테니 정말 이건 신의 축복이다.

전에 비해 산을 더 많이 오른 것도 아니고 봄나들이를 더 자주한 것도 아닌데 내 눈은 자연에 훤히 열려 있다. 들꽃과 산중화의 이름도 많이 외웠다. 산중에 핀 진달래꽃을 한 닢 따서 입에 넣어보기도 하였다. 옛날의 진달래는 발에 채이듯 나지막했는데 지금은 내 키보다 배는 크다. 나는 길섶의 눈곱만한 꽃들의 아름다움에 문득 발을 멈추곤 한다. 나로 인해 덩달아 자연에 취한 아내는 때죽나무와 산딸나무의 꽃에 너무 반해 자꾸 산에 가자고 내 팔을 이끈다. (2004)

머체왓의 신록

6월 8일 아침, 제주시 체육관에서 출발한 우리는 5·16도로를 넘어 달린다. 길가에는 수많은 종을 매단 듯 조롱조롱 피어있는 때죽나무(종낭)꽃과 하늘을 향해 꽃 흥내를 내는 산딸나무의 위화僞花가 화려한 모습을 드러낸다.

우리는 서성로로 방향을 바꿔 달리다 한남리의 머체왓 숲길주차장에 차를 멈춘다. 머체왓. 머체는 돌을 뜻하고 왓은 밭을 이른다. 말하자면 돌밭이다. 옛날 화전민들이 일구던 땅에 풀과 나무가 자라 숲을 이룬 곳이다.

한라산을 향하여 펼쳐진 목장, 왼편에는 소들이 되새김질하면서 멀뚱히 서 있고 오른편에는 말들이 풀을 뜯느라 고개를 풀밭에 박고 있다.

우리는 목장 주변의 오솔길을 걷는다. 편백나무가 울울창창 하늘을 덮고 숲길은 컴컴한 그늘로 이어져 있다. 언덕을 오르니 길 양편에는 동백나무들이 무리를 이룬다. 더러는 조록나무가 보이고 아름드리 제밤나무(구실잣밤나무)는 사람들의 기도처이고 휴식처이다.

동백나무길을 지나니 야생화길이 굽어 있다. 떡쑥, 노루발꽃이 눈에 띄고 구철초는 제 때를 기다리며 석송은 줄기를 늘어뜨리고 있다. 펑퍼짐한 등성마루에서는 바다가 보임직하지만 흐리고 가끔 가랑비가 내려 상상의 눈으로만 볼 수 있다.

우리는 삼나무길을 걷는다. 하늘로 뻗어오른 나뭇가지는 태양을 가리고 나무들이 내뿜는 피톤치드는 우리의 가슴을 뚫어준다. 삼나무 사이로 대나무숲이 보이는가 싶더니 3기의 집터가 나타난다. 안거리, 밖거리, 통시(뒷간)의 흔적이 뚜렷하다. 옛날 화전민들이 밭을 일구며 살았고 다시 그 자리에서 마소를 키우며 살던 곳인데 4·3 때 소개疏開되고 대나무만 남아서 옛날을 증언하고 있다.

시멘트길로 접어드니 길가에는 흰빛의 가막살나무 꽃이 뭉실뭉실 피어 있고 백옥 같은 찔레꽃, 금색 은색의 금은화(인동초)가 담장을 넘나든다.

우리는 서중천 언덕빼기를 걸어내려온다. 저 아래 하천 바닥의 깊은 웅덩이에 고인 물은 명경지수明鏡止水인 양 맑고 고요하다. 언덕을 따라 펼쳐진 길바닥의 흙은 인절미처럼 말랑말랑하다. 참꽃의 신록이 군락을 이룬다. 한 달 전쯤인 5월 초에 왔더라면 화려한 참꽃의 향연을 즐겼을 텐데 내년을 기약하는 수밖에 없다. 느긋한 마음의 우리는 여유작작하게 걸어 3시간 만에 주차장에 닿았다.

차에 몸을 실은 우리 14명은 보목리를 향해 달린다. 어제부터 자리 축제가 벌어지고 있지 아니한가. 우리는 상에 둘러앉아 자리로 만든 여러 요리를 즐긴다. 막걸리를 곁들여 먹는 통통한 자리구이의 듬삭한 맛, 자리 물회의 시큼하고 배지근한 맛, 자리젓의 쫍조롬한 맛! 우리는 포만한 배를 두드리며 일어선다. (2012)

6월에 산에 가면

 봄의 자연은 작은 눈으로 微視的 보고, 여름의 자연은 큰 눈으로 巨視的 보아야 하리라.

봄에는 작은 싹을 눈여겨보고 새로 피어나는 꽃에 감격한다. 봄에는 산중화와 들풀이 아름답다. 더욱이 꽃 이름을 알면 꽃에 더 가까이 가게 마련이다. 그러나 여름! 녹음 속으로 들어가면 나뭇잎 하나하나, 나무 이름 하나하나에 관심을 둘 필요가 없어진다. 익어가는 파란 열매도 나뭇잎에 가려있다. 새와 곤충들도 익지 않은 과일은 거들떠보지 않는다. 미물들도 사람마냥 시고 떫은 맛은 좋아하지 않는다. 그보다는 잎이 더 맛이 있는 모양이다. 그래서 열매는 아무 방해도 받지 않고 익어간다. 물론 익었을 때는 다르다. 과일은 따먹는 놈이 임자니까 나무는 익은 자기의 소생을 누가 따먹어도 관계치 않는다. 사람만이 내 밭에서 난 것이니 내 거라고 고집을 부리고 욕심을 부린다.

봄의 부드러운 태양은 꽃과 새 잎을 어루만지나 여름의 작열하는 태양은 하늘로 향해 뻗은 나뭇가지와 풍성한 나뭇잎, 그리고 그 틈바구니에 볕을 사정없이 쏟아 붓는다. 봄비는 대부분 대지를 촉촉이 적시고 꽃잎을 열게 하며 풀잎에 닿아 또르르 굴러 내린다. 그러나 여름비는 풀들을 자빠뜨리고 나뭇가지를 휘젓고 사람의 가슴을 통쾌하게 쓸어내린다.

자, 이제는 여름이니 자연에 대한 관점을 바꾸고 산과 들로 나가야 하리라. 대관소찰大觀小察 아닌가!

나무를 보는 것이 아니라 숲을 보는 것이다. 산정에 올라 저 짙푸른 숲을 보는 것이다. 숲 속에 묻혀 산의 정기를 만끽하는 것이다. 졸졸졸 흐르는 시냇물에 젖어드는 게 아니라 쾅쾅쾅 바위를 치는 계곡 물소리에 빨려드는 것이다. 한 마리 작은 새의 독주곡을 듣는 것이 아니라 온갖 새들의 합창을 듣는 것이다.

들로 나가서는 꽃에, 또는 풀잎에 취하여 주저앉는 것이 아니고 논두렁을 걷고 갯둑을 달리는 것이다. 밭에는 온갖 채소가 무성하다.

여름에 산에 가면 맑은 공기를 가슴에 가득 담아오는데 그치지 말고 우리 마음에 낀 때- 미움과 거짓과 의심과 두려움과 오만-을 소제하고, 사랑과 관용과 겸손과 평화의 마음을 가슴 가득히 담아가지고 와야 하리라. 여름의 삼림욕은 정녕 산의 청정한 공기로 마음을 씻는 일인 것이다.

여름에 산에 가면 저 먼 산과 넓은 들을 바라보며 호연지기浩然之氣를 키우고는 더 넓은 마음으로, 과거의, 나와 남에 대한 용서의 마음을 가슴에 안고 내려오리라. (2009)

금비가 내려

올핸 가을 가뭄이 심했다. 여기 제주도에서는 지난 7월 초 이후 비다운 비를 만나지 못했다. 2년을 겪었지만 제주도엔 장마철에 습기만 진동하고 비는 한라산을 휘돌아 안개비를 뿌릴 뿐이었다.

일기예보엔 전국적으로 비가 온다고 했지만 제주도민은 그 전국적인 기준을 안 믿는 경향이 있다. 한라산엔 비가 오는데 해안은 멀쩡하고 동쪽엔 비가 온다는데 서쪽은 구름만 오락가락한다.

우리 집 옆 귤과수원엔 조생귤의 수확을 시작했다. 새벽 운동을 끝내고 집에 이르는 중(아마 8시인가?) 아즈망, 할망 인부들이 귤따기를 쉬고 옹기종기 앉아있다. 샛밥을 같이 하잔다. 여기 농촌에선 어둠이 가시기 전에 일을 시작하니 이 시간이면 아침나절 샛밥시간이다.

나는 샛밥을 얻어먹을 작정을 하고 집에 들러 엊그제 내가 담근 깍두기를 들고 나왔다.

"손은 씻고 담갔수까?"

낯익은 할망의 말이다.

"요즘은 남자도 손을 씻는대요."

나의 대꾸다. 큰 무 세 개를 썰어 담가 양도 많았고 추석에 소래에서 산 새우젓을 가져와, 넣어 담갔기에 제주도에선 특미라 달라는 이들에게 몇 플라스틱 통을 건넸다.

"마파람이 부네요, 이 바람이 샛바람(동풍)으로 곧 바뀌면서 비가 올 듯하네요."

나의 말이다. 아니나 다를까 한 시간쯤 후 비가 바람을 업고 와 호기롭게 쏟아진다. 일꾼들은 뛰고 밭주인은 그나마 딴 귤을 천막으로 덮기에 정신없다.

"오늘 헛일을 했지만 금비가 온 것이지요. 감자에도 마늘에도 오늘의 비는 황금 같은 단비지요."

오늘 큰 인건비 손실을 입었지만 아랑곳 않고 막걸리 병을 들고 내게 찾아온 과수원주인은 너그러운 마음을 간직하고 있다.

지붕 기왓장을 요란하게 때리던 비는 멎을 듯 붓고 부을 듯 멎었다. 온종일 방을 지키며 읽다 졸다 하던 나는 오후 늦게 바닷가로 향했다. 아까와 달리 바다는 잔잔하고 파도는 해안을 가볍게 핥는다. 바닷가의, 내가 가끔 들르는 해녀의 집에 좌정하니 내가 나타났다는 소문을 어느새 듣고 오늘 날씨관계로 집에서 빈둥거릴 수밖에 없는 농부들이 찾아든다. 다 한 마디씩 하는 걸 잊지 않는다.

"금비가 왔네요."

우리는 막걸리잔을 높이 들었다. (2006)

올레길 바닷가에서

제주도 서남단 산방산과 송악산 사이의 해안은 환상적인 경치를 자랑한다. 바닷가를 걷노라면 형제섬이 아름다운 자태로 눈앞에 아른거리고 멀리 범섬과 새섬이 바다에 둥둥 떠 있다. 저기 하늘과 맞닿은 한라산 영봉 위에서 피어오르는 뭉게구름은 푸른 하늘에 그림을 그린다.

왼쪽의 벙거지를 닮은 산방산은 오늘 따라 청초한 모습으로 우뚝 서 있다. 산방산 옆으로 보이는 단산簞山은 보는 쪽에 따라 형상이 달라진다. 어찌 보면 박쥐 날개 같고 어찌 보면 바구니 같다. 제주도 말로 박쥐도 바구니도 바굼지라 이름한다. 그래선지 단산은 바구니를 뜻하는 한자 이름을 얻었다. 어떤 사람들은 단산을 브라자산이라고 말한다. 봉곳이 오른 두 봉우리 때문이다. 언젠가 나를 만나러 온 이에게 그 이야기를 했더니 그는 다음에 부인을 대동하고 와서 '여보, 저 산이 유방산이래'라고 했다. 그래서 나는 우스갯소리로 산방산 옆에 유방산이 있다며 사람들을 웃긴다.

오른쪽의 송악산에는 제주도 최남단으로, 깊이 100m, 둘레 500m

의 분화구가 가운데에 움푹 패어있다. 송악산 저편으로 가파도와 마라도가 물결 따라 춤춘다. 송악산을 받치는 높은 언덕 밑에는 일제가 어뢰정을 숨기기 위해 뚫어 놓은 인공동굴이 17개나 있다. 이 동굴의 일부는 일제가 중국을 치기 위해 만든 알뜨르 비행장의 격납고와 땅굴로 연결되어 있다고 한다. 약 60만 평의 알뜨르 비행장에는 아직도 19개의 격납고가 고스라니 남아있다.

대정고을 나의 벗들, 열댓 명이 오늘 형제섬이 바라다 보이는 해안가로 나들이를 했다. 그들은 대충 나보다 열댓 살 아래지만 내가 좋아하는 여기의 내 벗들이다. 앞으로는 쪽빛의 바다가 출렁이고 괴암기석이 바다 주변을 장식한다. 마라도로 떠나는 유람선이 기적을 울린다.

여기는 올레길 중에서 가장 경관이 좋다는 제10코스이고 20여 올레길 중에서 가장 아름다운 곳이기도 하다. 누구는 이곳의 경치가 시드니와 나폴리를 능가한다고 말한다.

여럿이 돌들을 쌓아 솥을 걸고 취사도구와 반찬들을 늘어놓는다. 또 몇 사람은 잔디밭에 텐트를 친다. 두 사나이가 거친 물결에도 불구하고 튜브를 들고 바다에 뛰어든다. 그들은 튜브를 닻으로 고정시키고 낚시를 한다. 튜브에서 낚시하는 모습은 생전 처음 보는 광경이다. 서너 사람이 바위를 안고 돌며 보말(소라 종류의 작은 조개)과 성게를 건져 올린다.

낚시의 수확이 푸짐하여 우리는 회와 막걸리로 점심을 하며 바다에 취하고 대화에 취한다.

올레길을 걷는 사람들이 지나간다.

"싱싱한 회 한 점 드시고 가시지요."

"시원한 막걸리 한 잔 드시지요."

그들은 웃으며 사양한다.

취한 김에 어떤 이는 오수를 즐긴다. 어떤 이는 바다에 발을 담그고 어떤 이는 돌에 매료되어 수석을 찾는다.

따로 마련한 토종닭이 솥에서 물러지고 있을 때 나를 만나러 제주시에서 달려온 손님이 함박꽃 같은 웃음을 안고 차에서 내린다. 판소리의 명창인 권미숙 선생이다. 나와 두터운 교분을 가지고 있어 그녀는 나를 보러 온 것이다.

그녀가 부르는 판소리가 오늘을 더욱 흥겹게 했다. 그녀는 판소리 춘향가 중에서 춘향과 이도령이 이별하는 장면, 그리고 흥보가 중에서 흥부가 형수에게 매 맞는 장면을 신명나게 불렀다. 또 자진육자배기를 불러 좌중의 흥을 돋았다.

"얼쑤, 얼쑤, 지화자."

여기저기서 추임새가 절로 나온다.

온천지가 찜통더위라는데, 그래선지 나는 문만 열어놓으면 시원한 바람이 방으로 몰려들어오는 제주도에서 여름을 보낸다. 나무그늘에 있으면 시원하고 바닷가로 가면 해풍이 싱그럽다.

금년에는 매년 오던 가족이 오지를 못한다. 셋째가 태어난 지 달포인데 아들, 며느리가 어찌 나들이를 할 수 있겠는가? 내 아내 또한 나 몰라라 하고 집을 비울 수는 없는 노릇이다. 그러면 내가 가서 가족과 더불어 있어야 하는데, 나는 두 달여 가족에게 가지를 못했다. 출판을 앞둔 원고를 손질하면서 이 여름을 불태우기 때문이다. 그러나 가끔은 나 자신을 회의한다. 글을 쓰자니 길을 가다가 낭떠러지에 이르기가 일쑤이고 다시 길을 열면 그 길이 가시밭길인 형국이다. 머리는 텅 비고 어귀조차 생각이 나지 않아 방황한다.

그러나 나는 쓰고 또 쓴다.

나는 여기 제주도를 밟고 또 밟는다. 제주도의 바람과 공기, 그리고 때 묻지 않은 인심을 좋아하기 때문이다. 오늘처럼 원주민들의 사투리에 젖어들며 제주도의 풍광을 즐기고 가끔은 그들과 어울리는 재미도 쏠쏠하다. (2010)

춤추는 비

 하늘이 울렁거리고 구름이 춤춘다. 나무도 춤추고 풀들도 덩달아 춤춘다. 비도 춤추듯 모든 방향에서 때린다. 앞 창문을 때리더니 동창을 때린다. 돌려차기나 하듯 다시 북창을 두드린다. 서창은 열어둘 수가 없어서 거기도 비가 때리는지 잘 모른다. 서창 밖은 대로이고 나는 웃통을 벗고 있기에 어쩔 수 없는 노릇이다.

지금 한반도는 이 비에 정신들이 나간 것 같다. 국지성 폭우라느니 게릴라성 폭우라느니 말들도 많다. 나는 이 비를 춤추는 비, 무우舞雨라고 부르는 것이다. 특히 제주도에서 맞는 비는 분명 춤추는 비다.

남쪽 하늘은 이윽고 하늘빛이 짙어지고 서쪽 하늘엔 방금 뭉게구름이 피어오르는데 한라산 쪽에서 검은 구름들이 작당모의를 끝내고 데모에 나서는 군중들처럼 쏟아져 나온다. 아무 일 없는 듯 귀가하던 서쪽의 구름들이 합류하여 갑자기 하늘을 어둠의 세상으로 만든다. 그리고는 한라산 남쪽을 휘돌아 오는 바람은 남쪽 문을 때리고 북쪽을 휘돌아 오는 바람은 북창을 때린다. 다시 이들이 세를 합쳐 동창을 부순다.

바람소리는 귀신들의 통곡처럼 괴괴하고 문틀은 덜컥거린다. 가끔 번개가 앞마당을 휩쓰는 듯 작렬음을 내더니 잠시 후 천둥소리가 떡메 치는 소리를 내며 지나간다. 이윽고 비는 멎고 바람도 숨어버린다. 그리고는 작전을 다시 짜고 전열을 재정비한 저 검은 구름들은 다시 무서운 기세로 달려든다. 어젯밤부터 만 하루 동안 이 지랄이다.

비야 그러다 말겠지만 내 마음은 심란하기만 하다. 주말 평온한 마음을 가지려던 나는 온통 갈피를 못 잡고 있다. 난 지 한 달이 조금 모자라는 강아지 때문에 더 그렇다. 인간의 집도 바람에 들썩거리는데 개집이야 안전할 리가 있겠는가? 우리의 암캐는 개답지 않게 달랑 외아들을 낳았다. 이 비에 담벼락에 기대어 어미는 비바람을 다 맞고 제 새끼만은 품속에 숨긴다. 모성애의 극치다. 그래서 도와줄 양으로 강아지만 집안에 들이면 어미는 문가에서 비바람을 무릅쓴다.

밖에는 가로등불 사이로 팽나무가지가 춤춘다. 바람은 싸 하며 비를 한 줌씩 창가에 던진다. 대문은 급한 방문객이라도 온 듯 문을 두드리는 소리로 쾅쾅거린다. 비는 그냥 쏟아 부어대는 게 아니라 캄캄한 허공에서 도깨비춤을 추는 것이다. 밖에 무언가 엎어지는 소리, 부서지는 소리, 뒹구는 소리가 들린다. 이 밤도 무사하길 빈다.

(2009)

카멜리아 힐

제주도 남쪽 바다가 훤하게 내려다보이는 안덕 면 상창리에 자리 잡은 카멜리아 힐(Camellia Hill, 동백꽃언덕)에는 동백나무들이 그 수를 헤아릴 수 없이 많고 종류도 다양하다.

양언보 님은 23년 전 황무지인 곶자왈 약 5만 평을 개간하여 동백나무를 심어 가꾸기 시작했고 세계 각국을 헤매며 동백을 수집하여 왔다. 그의 말에 의하면 여기에서 자라고 있는 동백이 약 400여 종이나 되며 일만여 그루를 능가한다고 한다. 사실 우리나라의 각지에서 서식하고 있는 동백은 서너 종류에 지나지 않는다고 한다.

동백의 사계四季는 초겨울부터 시작한다. 11월 초에 피는 동백은 향기 나는 동백이다. 원래 동백은 겨울에 피는 꽃이기에 향기가 없는 것인데, 여기 동백숲길을 따라 핀 분홍색의 동백은 진한 향기를 쏟아낸다. 곧 이어 가지각색의 꽃들이 겨우내 연달아 봉오리를 터트린다. 종류에 따라 꽃피는 시기가 달라 초겨울 만개한 동백 곁에는 제때를 기다리며 연분홍 봉오리를 선보이는 것들도 있게 마련이다. 그래서 여기서는 11월부터 다음 해 4월까지 동백꽃을 볼 수가 있다. 크기와 색깔도 다양하다. 여인네 얼굴만 한 꽃이 있는가 하면 손톱만 한 꽃도 있고 붉은 색, 흰색, 자주색, 분홍색, 노란 색 그리고 한 송이에 총천연색이 어우러진 알록달록한 꽃도 있다. 하늘거리는 여인의 연분홍치마와 같은 꽃잎을 가진 홑꽃, 구중궁궐 왕비의 화려한 옷을 닮은 겹꽃도 있다. 동백꽃은 제 운명이 다하면 송이채 사뿐히 내려앉아 동백나무 밑에 꽃방석을 장식한다. 진 꽃도 핀 꽃만큼이나 아름답다.

동백꽃이 피면 어디선가에서 동박새가 찾아온다. 꼭 밤톨만한 동박새는 휙휙 나뭇가지 사이를 옮겨 다니며 꽃가루를 운반한다. 동박새는 은쟁반에 방울 굴러가는 소리처럼 운다. 아니 꾀꼬리 소리 같기도 하다. 동백꽃이 지면 이 동백새들은 어디서 무얼 먹고 살까 궁금해진다.

4월의 경치가 단연 압권이다. 동백꽃은 흰색의 벚꽃을 이고 자주색의 꽃잔디를 밟고 화사하게 피어 지고至高의 아름다움을 뽐낸다. 벚꽃이 지고 나면 동백 턱밑에서 수줍은 듯 서 있던 참꽃이 꽃망울을 터뜨려 또다시 미의 조화를 이룬다.

늦게 깨어난 동백꽃 잔화殘花들이 나뭇가지 사이로 그 모습을 감추는 5월이면, 작은 연못들과 그 사이로 졸졸 흐르는 시냇물을 끼고 도는 꽃길을 따라 야생화들이 생색을 낼 차례다. 그 이름도 알 수 없는 야생화들은 초가을까지 형형색색 피고 진다. 할미꽃밭의 할미꽃은 꽃필 때는 고개를 숙이다가도 늙으면 허리를 꼿꼿이 편다.

6월이면 오솔길을 따라 심어진 치자의 그 진한 향기가 코를 자극하고 뜰 앞의 너른 밭에서는 누런 보리이삭이 이랑이랑 너울거린다. 벼이삭은 영글수록 고개를 숙인다지만 누런 보리이삭은 하늘을 향해 머리를 곧게 세우고 바람결에 따라 몸 전체로 춤을 춘다.

7월부터는 금강산을 닮은 천연의 바위를 가운데 두고 조성된, 연못에 피어있는 연꽃이 황금잉어들이 노니는 모습에 취해 있다.

9월이면 봄내 여름내 발에 밟히고 채이던 털머위가 기지개를 펴며 자주색 꽃들을 피어낸다. 저 앞뜰의 메밀꽃이 가을바람에 하늘거리는 모습을 볼 수 있는 시기도 이때쯤이다.

카멜리아 힐은 내가 철에 관계없이 자주 걷곤 하며 나를 찾는 이들에게 보여주는 나만의 관광코스이기도 하다. 이 정원 주인은 내가 좀 뜸하면 무슨 무슨 꽃이 피었다며 얼른 오라고 나를 부른다. 나와 더불어 오솔길을 걷는 벗들에게 나는 입에 침이 마르도록 너스레를 떤다. 동백꽃언덕의 사계는 언제나 꽃의 계절인 것이다. (2008)

송악산 이야기

오늘은 토요일. 대지를 불태울 듯 뜨거웠던 날씨가 한풀 꺾이었다. 나는 제주도에 정착한 지 2개월여 만에 큰맘 먹고 송악산 구석구석을 섭렵하기로 했다. 아침 6시 새벽밥을 지어먹고 주전부리도 준비했다.

송악산은 제주도 서남단에 위치한 해발 104m의 낮은 산(오름)이지만 오름의 시작은 해발 0m에서이니까 육지의 산 높이와 비교하긴 그렇다.

나는 산보 삼아 차로를 따라 전망대까지는 자주 오르곤 했지만 정상에는 오르질 않았던 것이다. 먼저 일제가 태평양전쟁 시 주민들을 강제 동원하여 뚫었다는 절벽 밑의 인공동굴을 돌아보았다. 17개의 동굴은 그 폭은 3-4m, 길이는 수십m나 된다. 이 동굴은 미군이 한반도를 향해 진격해 올 것을 예상하여 어뢰정을 숨기고자 했던 장소이다. 주민들은 여기서 강제노역을 하면서 무수히 매질을 당했고 죽은 사람도 많았다고 한다.

나는 다시 해안을 따라 이어지는 언덕길을 걷는다. 산중턱에는 인간의 굴레를 벗어난 염소들이 산비탈을 곡예하듯 오르내리면서 끼릭 끼릭 울어댄다. 나는 길가에 두 개의 산봉우리가 천연의 문설주처럼 되어 있는 경주마목장으로 접어들었다. 이 길을 따라 들어가니 제비 만큼이나 큰 호랑나비들이 수없이 날아다닌다. 제비를 닮았다고 하여 산제비라 부르기도 한다. 양평 설매재의 나비전시장에서 본 그 긴 꼬리 호랑나비들이다. 산중에 큰 분지가 있고 말들이 한가로이 풀을 뜯는다.

산정으로 향했다. 송악산은 99개의 산봉우리가 있다 한다. 그 중 한 봉우리에 이르니 동북쪽에는 한라산이 아아라이 보이고 그 남쪽으로 서귀포의 컨벤션센터와 월드컵경기장이 보인다. 동쪽으로는 형제바위가 선명히 보인다. 형제바위는 일출장면이 성산포나 정동진만큼이나 장관인 곳이다. 바위 사이로 떠오르는 태양을 촬영한 사진은 널리 알려져 있다. 형제바위는 크고 작은 두 개의 바위라지만 보는 곳에 따라 7,8,9,10개의 바위가 보인다고 한다. 남쪽으로는 가파도(5.5km)가 파도에 아랑곳없이 납작하게 엎드려 있고 마라도(11km)가 항공모함인 양 떠 있다.

내가 지금 먼 경치나 보며 느긋해 할 계제가 아니다. 나는 엄청나게 큰 분화구의 끝자락에 서 있는 것이다. 깊이가 100m, 둘레가 500m인 분화구가 하늘을 향해 입을 벌리고 있다. 나는 분화구 바닥을 내려다 볼 자신이 없다. 그냥 저쪽 비알만 보아도 전신이 떨린다. 현기증이 나서 주저앉아 버렸다. 젊은 남녀 넷이서 벼랑 끝에 아슬아슬하게 서서 사진을 박고 야단들이다. 그들은 내게 분화구를 한 바퀴 돌자고 제안을 한다. 손을 내젓는 내게 그들은 은근히 손을 잡고 채근한다. 젊은이의 손길이 부드러워 나는 다리가 후들거려도 따라나섰다.

서쪽 끝에 이르니 드넓은 벌판이 눈 아래 깔린다. 일제 때의 알뜨르(낮은 들이라는 제주도말) 비행장터이다. 일제는 중국을 치기 위하여 여기 60만 평의 벌판에 비행장을 만들었다 한다. 지금은 농토로 변했지만 아직도 19기의 가미가제 격납고가 남아있다. 멀리 모슬포항이 보이고 그 앞의 바다에는 고기잡이배들이 한가롭게 떠 있다.

나는 마라도가 바라보이는 산중턱에 앉아서 마라도로 가는 유람선이 가물거릴 때까지 바라보고 있었다. 내 주위에는 말똥같이 생긴 용암부스러기가 널려있다. (2004)

오름의 꿩

봄이 기지개를 켠다. 한겨울 방안에만 눌러 붙어 앉아 글쓰기에 미쳐버렸던 나도 봄과 더불어 기지개를 켠다.

오늘 오르기로 한 원물 오름을 향하여 우리는 차를 몰았다. 남녀 합쳐 19명으로 제주문화포럼 오름꾼들이다. 여인들의 경우 새색시 같아 보이지만 그들의 대화를 엿들으니 중년이다.

비교적 완만한 비탈에는 나무는 없고 풀과 꽃이 누워있다. 바람에 못 견뎌 나무는 기어오를 엄두도 내지 못하는 모양이다. 반지꽃, 민들레 그리고 할미꽃이 알아서 키를 줄이고 땅에 착 붙어 있다.

높지 않은 정상이지만 사방을 휘 둘러보니 한라산을 향하여 물결 치는 오름들이 장관을 이룬다. 여인의 품 같은 한라산이 오름들을 보듬어 안고 있다. 멀리 가파도와 마라도가 바다 위에서 가물거리고 산방산이 비껴 보인다.

한 시간 남짓 오르내리자 또 다른 오름이 우리를 기다린다. 남송이 오름이다. 이름 그대로 소나무가 울울창창하고 가끔 가파른 길도 나

타난다. 여인들은 가시덤불로 들어가 고사리 꺾기에 바쁘다. 아직은
조금 이른 철이지만 꽤 실한 고사리를 한 줌씩 들고 나온다. 제주도
에서는 고사리를 반드시 제사상에 올린다. 한 가닥의 고사리를 꺾은
그 자리에서 아홉 가닥이 난다고 해서 다산을 상징하기 때문이다.

꿩들이 푸드득 날아오른다. 까투리가 놀라서 나르니 장끼도 난다.
그러고 보니 지금이 꿩들의 교미철이다. 인간이 새들의 연애를 방해
한 셈이다. 까투리는 20여 개의 알을 20일간 품는다. 알을 품고 있을
때 산불이 나면 꿩은 알을 품고 그 자리에서 타죽는다고 한다. 잔불
을 살피던 사람들이 불에 그슬린 꿩을 들어 올리면 알들이 오롯이 나
타난다. 어느 때는 갓 태어난 꺼벙이(꿩새끼)들이 쏜살같이 내뺀다고
한다. 꿩의 모성애는 눈물겨운 것이다. 꿩 먹고 알 먹는다는 속담이
여기서 나온 말인데 함부로 쓸 일은 아니다.

산정에는 분화구가 깊이 패어있고 바위가 둘러있다. 우리는 바다
를 내려다 보며 땀을 식히고 있었다. 이런 때 막걸리가 빠질소냐.

어떤 여인이 흥얼거리는 흥타령이 분위기를 돋운다.

> 창밖에 국화 심고 국화 밑에 술을 빚어 놓으니
> 술 익자 국화 피고 벗님 오자 달이 돋네
> 아희야 거문고 청 쳐라 밤새도록 놀아 보리라

우리는 껄껄 깔깔 웃으며 오름을 내려왔다. 다음다음 일요일에는
또 두 개의 오름을 오를 예정이다. 내 사는 동안 368개의 오름을 다
섭렵할지 나는 모른다. 오르고 오르다 보면 하늘로 오르는 날이 나를
기다리겠지. (2009)

귤꽃 필 무렵

5월 18일 우리(오름해설사)는 남원의 수망리 길섶에 차를 세우고 오솔길로 접어든다. 귤과수원 사잇길이다. 귤꽃이 만개하여 하얀 꽃잎을 드러내고 귤꽃 향기가 진동한다. 이때쯤이면 제주도 전체가 귤꽃 향기로 별천지를 이룬다. 귤꽃 향기는 아카시아 냄새와 비슷하지만 아카시아 향기의 툭 쏘는 강렬함과 달리 꽃향기가 부드럽고 은은하다.

귤밭을 지나니 정원수 농장이 드리워져 있고 농장 가운데 오롯이 솟은 나지막한 오름이 정원수 사이로 보인다. 남근을 닮았다고 해서 웅악雄岳 또는 숫오름이라 부르는 비고 33m의 낮은 오름이다. 웅악은 보통의 오름과 달리 원추형으로 솟아 있다. 원추형의 봉우리가 원래 분화구의 중심이었는데 외연이 풍화작용 등으로 무너져 내린 것이다.

오름을 오르면서 우리는 간간히 눈에 띄는 고사리를 꺾는다. 능선과 등성이에는 금색과 은색이 어우러진 금은화(인동초)와 백옥의 찔레꽃이 수를 놓는다.

갔던 길을 되짚어 온 우리 일행 7명을 실은 차는 신흥리로 달린다. 비고 50m의 오름인 여절악(여쩌리오름)으로 가는 길이다. 차에서 내려 걸어가는 농로의 길섶에는 산딸기(줄딸기)가 붉게 익어가고 있다. 딸기는 길가 여기저기에 떨기떨기 달려 있다. 모두가 달려들어 딸기를 한 주먹씩 따서 입에 넣으니 입술이 연지 찍은 듯 하고 손가락도 붉게 물들어 있다. 산딸기 떨기 사이로 찔레꽃이 만발하고 꽃향기가 코를 찌른다.

평퍼짐한 분화구를 지나면서 어떤 이는 솔순을 따고, 어떤 이는 고사리를 꺾고, 어떤 이는 쑥을 뜯고 나는 망개(청미래) 순을 딴다. 이 사람 저 사람이 건네준 덕에 내 배낭은 망개 순으로 차 버렸다.

하산길에는 때죽나무가 무수히 많은 종(꽃)을 주저리주저리 매달고 있고 산딸나무의 위화僞花는 하늘을 향해 얼굴을 드러내 보인다. 여절악은 우리가 단숨에 오른 낮은 오름이지만 정상에 서니 뜻밖에도 드넓은 평원이 한눈에 들어오고 멀리 서쪽에는 넉시오름, 동남쪽에는 가새오름, 토산봉이 보인다.

우리는 뒤이어 토산리의 소오름을 오른다. 소가 누워있는 모습이라 붙여진 오름으로 우악牛岳이라고도 부른다. 비고 42m의 낮은 오름이다. 초입에는 역시 산딸기가 농익어 있고 낮은 비탈길 곁으로 길쭉하고 살찐 고사리가 수줍어서 고개를 숙이고 있다. 등성마루는 온통 새(띠풀)가 우거져 있다.

우리는 가시리의 조랑말체험공원으로 향했다. 사실 나의 최근의 책『말, 헌마공신 김만일과 말 이야기』가 전시판매되고 있어 점심식사도 거기서 할 겸, 들른 것이다. 산딸기, 간식, 그리고 점심식사로 포만한 배를 안고도 우리는 무언가 아쉬워서 오는 길에 야트막한 오름 하나를 더 탔다. 까끄레기오름에는 각시족두리꽃이 피어 있었다.

비가 오나 눈이 오나, 바람이 부나 거르지 않고 매주 토요일이면 모여서 가는 우리 오르미들은 갈 때마다 가는 곳마다 재밌고 즐겁다. 더러는 가파른 오름을 오르기도 하고, 더러는 길고 지루한 길을 걷기도 하고, 더러는 길 아닌 길을 내가며 몇 개의 철조망을 뚫고 가기도 하고, 더러는 눈비에 젖기도 하지만, 오늘처럼 산야초도 캐고 열매도 따먹으며 한가롭게 설렁설렁 걷기도 한다. 이 길이 세상근심 떨쳐버리고 사는 호연지기의 길이리라. (2013)

초겨울의 영천악

영천악을 오른다. 서귀포 효돈천을 끼고 있는 야
트막한 오름(비고97m)이다. 입구에 이르니 길섶
에 철 모르는 꽃들이 초겨울인데도 꽃망울을 터뜨리고 있다. 주홍서
나물, 개망초, 방가지똥…….

다소 경사가 있는 고갯길을 걸어 숲으로 접어드니 사스레피나무가
군락을 이루고 그 사이로 황칠나무의 황금색 잎이 하늘거린다. 나뭇
가지를 돌돌 말고 올라간 마의 연노란 잎이 바람 따라 춤춘다. 길섶
에는 백량금의 빨간 열매가 시푸른 잎 사이로 얼굴을 내민다. 백량금
에 뒤질세라 자금우도 열매를 달고 있다. 둘 다 열매가 빨갛고 동글
동글하여 분간하기가 쉽지 않다. 그러나 백량금은 잎사귀의 가장자
리에 물결 모양의 톱니가 있어 잎을 살피면 구별이 간다.

자세히 살펴보니 지나는 길마다 빨간 열매들이 서로 경쟁하듯 뽐
낸다. 배풍등, 청미래덩굴, 심지어 찔레 열매도 빨갛다. 아마도 새들
은 빨간 열매를 좋아하는 모양이다. 씨앗을 퍼뜨리려면 '날 따먹어
주소' 하고 예쁘게 치장을 할 수 밖에 없지 않은가.

사약의 원료로 쓰였다던 천남성도 빨간 저고리를 입고 있다. 천남성 열매를 먹은 새들은 우선 목구멍이 막혀 죽는다고 한다. 그러나 자기는 천남성 열매를 먹고 목구멍이 닫혀 죽는다는 유언도 못 남기니 다른 새도 전철을 밟을 수밖에 없는 것이다.

굼부리로 형성된 정상에 올라 긴 호흡을 하고 우리는 둘레길을 둘레둘레 걸어서 내려온다. 각양각색의 낙엽이 지천으로 깔린 길. 양탄자를 깐 듯 부드럽고 발걸음소리가 사각사각 들린다. 예덕나무의 노란 단풍과 검양옻나무의 빨간 단풍이 어우러져 물감을 풀어놓은 듯 화려하다.

길 양쪽에 온통 귤과수원. 노란 귤이 덩이덩이 매달려 있다. 귤밭 울타리로 심겨진 관목들은 으아리, 그리고 사위질빵의 하얀 열매들을 화관처럼 쓰고 있다. 황금색의 계요등도 나뭇가지를 칭칭 감고 있다. 더러는 귤나무 가지에도 얹혀 있다. 이들 으아리, 사위질빵, 계요등은 내 과수원의 귤나무 가지를 옭매고 있어 내가 이를 제거하느라 진땀을 빼곤 했는데 남의 밭에 있으니 보기가 아름답다. 야생화는 본래 잡초인 것을, 우리는 지금 이들을 사랑한다.

억새밭을 끼고 도니 피라칸다가 빨간 열매를 다복다복 매달고 있다. 이윽고 동백꽃이 송이송이 피어있는 언덕을 오른다. 떨어진 꽃잎이 매달린 꽃보다 화려하다.

우리는 다시 칡오름(비고 47m)을 오른다. 경사가 제법 심한 비탈에 귤과수원이 등성이에 이르도록 일구어 있다. 칡오름이라는데 칡은 눈을 씻고 봐도 보이질 않는다. 아마도 칡을 걷어내고 귤을 심어서일 게다.

나무계단을 올라 등성마루에 올라 한라산을 바라보니 비가 갠 뒤라 무지개가 영롱하게 떠 있다. 무지개의 한 자락은 한라산 자락을 머금어 오색의 수를 놓은 듯하다. 모두 감탄사를 연발한다.

제주도는 대한민국에서도 별천지요 세계에서도 별천지다. 제주도에 사는 사람들은 행복한 사람들이다. 더욱이 오름에 오르는 이들은 세상의 모든 굴레를 벗어나 청산에 사는 신선이 됨직한 사람들이다. 이태백의 시가 생각난다.

問爾何事棲碧山(문이하사서벽산)
笑而不答心自閑(소이부답심자한)
桃花流水杳然去(도화유수묘연거)
別有天地非人間(별유천지비인간)

묻노니 그대는 왜 청산에 사는가
그저 웃을 뿐 답은 없고 마음은 한가롭네
복사꽃 따라 물은 하염없이 흘러가나니
별천지 따로 있어 인간 세상이 아니네 (2011)

우보악의 겨울

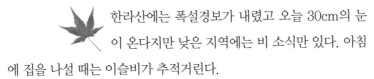 한라산에는 폭설경보가 내렸고 오늘 30cm의 눈
이 온다지만 낮은 지역에는 비 소식만 있다. 아침
에 집을 나설 때는 이슬비가 추적거린다.

중문 상예리에 위치한 더대오름은 비고가 47m 정도인 낮은 오름
으로 분화구가 메워지거나 침식되어 원추형으로 남아 있다. 오르면
오름이 또 있고 또 오르면 오름이 더 있어 더더오름, 발음이 변하여
더대오름이 되었고 한자 표기로 가가악加加岳이라고 한다.

우리는 중산간도로의 철책을 넘어 길 없는 길을 걸어 오른다. 등산
로가 없고 별로 알려지지 않은 곳이기 때문이다. 빨간 열매를 매단
백량금이 발에 채이고 가는 나뭇가지가 아무렇게나 뻗어 얼굴을 때
린다. 별로 크지도 않은 소나무 사이로 천선과나무와 말오줌때의 노
란 단풍잎이 하늘거린다. 말오줌때는 빨간 열매를 반쯤 열고 까만 속
을 드러낸다. 작살나무의 열매는 자줏빛으로 반짝인다. 산정의 뾰족
한 바위에 서니 소나무 가지 사이로 바다가 희끗희끗 보인다. 우리는
아쉬운 듯 비탈을 휘돌다 언덕배기에서 뛰어내린다. 그리고 귤나무

사이를 걸어 되짚어온다.

다시 차를 달려 우리가 도착한 곳은 색달동의 초원 승마장 주차장이다. 목장 건너에는 우보악(비고 98m)이 넓은 품을 펼치고 우리를 기다린다. 초원으로 형성된 비탈길을 걸어 오르자니 참나무 조림지가 나타난다.

산정에 가까이 이르자 볼레(보리수의 제주어)가 둥글고 빨간 열매를 선보인다. 여럿이 가지에 달려들어 열매를 훑어 입에 넣는다. 약간 달면서 떫은맛이 난다. 보리수나무는 보리밥나무 및 보리장나무와 다르다. 이 두 나무의 열매는 여름에 익으며 타원형의 열매를 맺는다. 보리장나무는 잎 가장자리에 물결모양의 톱니가 있지만 보리밥나무는 가장자리가 밋밋하다. 알려고 하면 보이고, 보면 안다.

등성마루에 이르니 흐리던 하늘이 구름을 흩어, 광명한 천지가 펼쳐진다. 그러나 한라산은 신비로운 모습을 드러내지 않고 안개에 싸여 있다. 남쪽으로는 태평양의 망망대해가 보이고 서쪽에는 송악산, 산방산, 군산이 표표히 눈에 들어오고 남동쪽에는 범섬, 새섬, 문섬이 바다에 떠 흔들거린다. 월드컵 경기장의 지붕도 보인다. 북쪽으로는 모라이악, 녹하지악, 법정악, 시오름이 한라산을 등지고 서 있고 동쪽으로는 고군산과 각시바위의 모습이 뚜렷하다.

우리는, 용암의 거센 힘을 견디지 못하여 한 쪽이 터진, 말굽형 분화구로 내려온다. 목장의 경계인 철조망을, 다리가 긴 사람은 다리를 올려 넘고, 어떤 이는 철조망 사이를 비집고 또 어떤 이는 낮은 포복으로 기어서 철조망을 통과한다.

남쪽 기슭에 꿩마농(달래)이 더북더북 군락을 이룬다. 우리는 미리 준비해간 골갱이로 달래를 캐어 보따리 보따리 담는다. 한겨울에 웬

달래냐고요? 그래서 여기가 별유천지지요. 억새 숲을 헤치며 건너편 등성이에 오르니 등성이는 큰 엉덩이처럼 펑퍼짐한데 갑자기 눈보라가 휘날려 휴식을 허락하지 않는다.

우리는 중문관광단지와 컨벤션센터 사이에 깊이 파인 베릿내의 계단을 오른다. 양쪽이 절벽이어서 베릿내, 별이 쏟아지는 내라 해서 별내(星川)라고 부르기도 한다. 계단을 따라 언덕에 핀 노란 산국과 빨간 피라칸다가 조화를 이뤄 아름답다. 아치를 이룬 후추등의 포도송이를 닮은 빨간 꽃송이가 신비롭다. 천제연폭포의 상단 줄기인 제3의 폭포수가 우리의 가슴을 시원하게 뚫어 준다. 우리는 전망대에 올라 바다를 긴 호흡으로 만끽하고 행복에 겨워 돌아섰다. (2011)

당산봉의 산국

제주도 서쪽 끝자락에 매달린 당산봉! 능선을 따라 오르는 길섶에는 아직도 시푸른 풀들이 바닥을 긴다. 등성이에는 노란 산국이 햇볕에 반짝이고 바위 틈에는 자줏빛 쑥부쟁이가 겨울을 비웃는다. 느릅나무의 샛노란 단풍이 바람에 하늘거린다.

남쪽으로는 깎아지른 절벽이고 북쪽으로는 깊이 파인 말굽형 굼부리가 가파르게 내리꽂는다. 칼바위, 그리고 정상에 우뚝 솟은 거북바위는 놀랍게도 현무암이 아닌 퇴적암이다. 옛날 어느 땐가 용암이 바다를 뚫고 하늘로 치솟을 때 바다에 퇴적된 바위가 하늘 높이 치솟아 용암 위를 뒤덮은 것이다. 그래서 당산봉은 지질학의 보고이다. 저 아래 보이는 알오름은 굼부리가 식어갈 무렵 지하에서 내연內燃하는 용암이 뒤늦게 뚫고 나온 작은 오름이다.

당산봉에 오르니 우선 눈에 들어오는 것은 차귀도와 눈섬이다. 옛날 중국의 고종달이 제주도에 와서 왕후장상이 태어날 징후가 있는 혈맥을 끊고 돌아가던 중 오백장군의 막내가 홀연히 나타나 그의 귀

218

국을 차단했다는 차귀도遮歸島(다른 여러 설이 있다)가 바다 가운데서 용트림하고 있고, 와도臥島는 신선이 바다 위에서 하늘을 올려다보며 한가롭게 누워있는 형국이다. 그래서 누운 섬, 줄여서 눈섬이라고도 부른다.

차귀도 주변, 에메랄드빛 바다에는 낚싯배들이 맴돈다. 차귀도 주변의 바다와 해변은 낚시터로 알려진 곳이다. 나는 저 바다에서 팔뚝만한 고기를 열댓 마리 끌어올린 기억이 있고 아들, 손자, 며느리와 더불어 어랭이, 자리돔, 쥐치, 우럭을 잡아 회쳐먹은 추억을 간직하고 있다.

눈을 들어 멀리 서쪽 바다를 바라보니 활처럼 휜 수평선이 하늘에 닿아 있다. 수평선까지는 거리가 얼마나 될까? 약 80km 정도라는 이야기를 들은 적이 있다. 돌이켜 동쪽을 바라보니 드넓은 평원 저쪽에 저지오름, 금오름, 당오름, 새별오름, 바리메오름, 노꼬메오름이 겹겹이 쌓여 있고 저 멀리에 흰 두건을 쓴 한라산이 위용을 자랑한다.

등성마루에서 긴 호흡을 하고 막걸리를 마시며 우리는 호연지기에 취한다. 우리는 알오름, 그리고 바닷가를 걸쳐 길게 연결된 외륜外輪을 따라 하산한다.

곧이어 우리는 신석기시대 유적지를 비껴보며 수월봉에 오른다. 야트막한 봉우리지만 제주도 최서단의 봉우리다. 원래 여기의 분화구는 바다 가운데 있으며 차귀도와 눈섬이 외륜이었던 것이 오랜 세월 파도에 쓸려 긴 둑이 무너져 바다가 된 곳이라고 한다. 수월봉에서 내려다보는 고산과 신도리의 평원에는 마늘이 푸릇하게 자라고 있다. 남쪽으로 멀리 가파도와 마라도가 눈에 들어오고 서남쪽으로 모슬봉, 송악산, 단산, 산방산, 월라봉, 군산이 줄을 서고 있다.

우리는 녹낭(녹나무)이 식생하여 녹남봉, 보름달을 닮아서 또는 보름달을 맞이하던 곳이라서 보름이오름을 돌아보는 일을 빼놓지 않았다.

모슬포에 이르러 방어회에 초장을 듬뿍 찍어 술을 곁들여 먹으니 남녀 무론하고 혈색 좋고, 열어놓은 가슴은 뿌듯했다. (2012)

대병악 소병악의 곡선

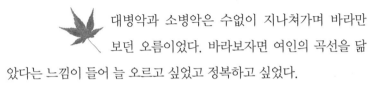대병악과 소병악은 수없이 지나쳐가며 바라만
보던 오름이었다. 바라보자면 여인의 곡선을 닮
았다는 느낌이 들어 늘 오르고 싶었고 정복하고 싶었다.

안덕면 상창리 목장 주변에 차를 세운 우리 오름꾼들은 우선 펑퍼
진 야산을 걷는다. 고사리의 잔해가 깔린 걸 보면 봄에는 고사리가
수줍은 얼굴을 많이도 내밀 것 같다. 소병악을 오른다. 중턱까지 쑥
대낭(삼나무)이 빽빽하게 열병하고 있다. 4·3 때 몽땅 불을 질러 초
토화된 땅이 보기에 안타까워 모든 주민들이 남녀노소 가릴 것 없이
식목을 한 작품이 이 삼나무 밭이다. 제주도 중산간 지역에는 어디를
가나 볼 수 있는 현상이다. 삼나무 밑에는 풀과 나무들이 자라지 못
한다. 성급하게 푸르름을 갖고 싶었겠지만 그냥 자연에 맡겨두었더
라면 시간이 걸릴지라도 온갖 식물들이 뿌리를 내리고 꽃을 피웠을
것인데 천편일률적으로 조림한 인간의 서두름이 좋은 것은 아닐지도
모른다. 인간이 체 친 가루는 거칠지만 자연이 만든 가루는 곱고 섬
세하다.

중턱을 지나니 자연이 만든 숲이 나타난다. 각종 나무들 사이에 가시덩굴이 얼기설기 뻗어있고 어떤 것들은 나무를 휘감고 있다. 과연 나무들의 보고이다. 꾸지뽕나무, 산뽕, 굴거리, 팥배, 참식나무, 서어나무, 상수리, 떡갈나무, 비목, 윤노리, 야생탱자, 산딸, 때죽, 가막살, 비자, 자귀, 예덕, 송악, 두릅, 아왜, 종가시나무⋯ 내가 어찌 다 외우랴. 비자나무는 파란 침엽을 드리우고 종가시나무는 늘 푸른 잎을 하늘거린다. 송악은 나목의 줄기를 휘감고는 하늘을 향해 푸른 잎을 자랑한다.

소병악의 정상은 쇠똥 범벅이다. 저 아래 목장의 소들이 여기까지 올라와 한라산을 바라보며, 그리고 바다를 내려다보며 집회를 연 모양이다. 그러고 보니 흰 눈에 덮인 한라산 영봉이 이마에 다가온다. 쇠똥을 피해 빙 둘러 앉자 간식보따리가 풀어헤쳐진다. 떡, 빵, 머리고기, 말린 과일, 귤 등과 각종 차와 뜨거운 커피⋯ 아뿔사! 막걸리가 빠졌다.

우리는 깊은 계곡, 아니 터진 분화구를 내려다보며 소병악을 내려와 다시 대병악을 오른다. 가파른 진흙길은 줄을 잡고서야 오를 수 있다. 대병악 정상에서 심호흡하고 길 없는 길을, 가시덤불을 헤치며, 찔리며, 긁히며 서쪽 끝자락으로 내려온다. 목장길 따라 걷자니 방목하는 수십 마리의 소들이 행동을 멈추고, 우리를 향해 미동도 하지 않고 눈을 껌뻑이며 바라본다. 우리 인간들이 그들에게는 구경거리인 모양이다. 목장의 넓은 초원에서 바라본, 우리가 방금 오른 두 오름은 여인의 가슴을 닮았다. (2012)

비치미오름

우리 16명이 나누어 탄 3대의 차가 번영로를 달린다. 대천동 사거리에서 한 명이 합류하여 17명이 된 우리는 비치미오름을 향한다. 전에는 성불오름 앞에서 왼쪽 길로 접어들었고, 용도 폐기된 낡은 다리를 끼고 개울을 건넌 다음 부성원목장의 철조망을 넘어 비치미에 올랐으나 지금은 철조망이 보강되어 그럴 수가 없다. 조금 지나 버스정류장을 끼고 성읍목장 쪽으로 들어가야 한다.

우리는 보리밭을 가로질러 철조망을 가볍게 넘는다. 질척한 잔설을 밟으며 우리는 삼나무 사잇길로 오른다. 삼나무 숲을 벗어나 활처럼 곡선을 이룬 밋밋한 능선을 오른다. 길게 뻗은 산마루는 나무 한 그루 없이 번번하고 편편하다. 지난 가을에 올랐을 때는 섬잔대가 가을바람에 하늘거리고 잔디 사이로 등골나물과 물매화가 간간히 눈에 띄었었다.

눈을 들어 주위를 둘러보니 사방에 넓은 평원이 드리워져 있다. 조선 중기 이후 김만일과 그 후손들이 말을 방목하던 산마장이고 지금은 많은 목장과 초원이 펼쳐진 곳이다. 여기저기 오름들이 솟아있다. 남서쪽 코앞에 성불오름이 오금을 펴고 있다. 그 생김새가 옥문형玉門形이고 계곡 가운데 마르지 않는 샘물이 솟는다고 한다. 저 멀리 큰 사슴이, 족은사슴이오름이 보인다. 동쪽으로는 도리미오름이 비치미오름과 닿아있는 듯 누워있고 북쪽으로는 민오름이 동글게 자리하고 있다. 동쪽으로 멀리 백약이오름, 좌보미오름, 그리고 높은오름이 보인다. 드넓은 평원과 아기자기한 오름들을 바라보니 가슴이 펑 뚫리는 듯하다. 두 날개를 드리운 능선 사이에 터진 굼부리가 아늑하고 산담을 두른 산소가 군데군데 자리를 잡고 있다.

비치미오름 남쪽 기슭에는 부종휴(1926~1980)선생이 잠들어있는 유택이 있다. 그는 평범한 교사이면서도 누구의 도움도 없이 어떤 지원이나 보상을 받은 바 없이 제주도의 산야를 찾아다니면서 수백 종의 미기록 식물을 찾아냈다. 그는 흰진달래를 발견하고 뛸 듯이 기뻐했으며 일본의 벚꽃이 제주도의 왕벚꽃에서 비롯되었음을 밝히기도 했다. 그는 만장굴과 빌레못동굴을 발견하기도 한 사람이다. 그는 말년에 빈한한 삶을 살다가 눈 속에서 시신으로 발견되었다. 그의 순백한 영혼이 기념비조차 없이 여기 잠든 것이다.

우리는 이어서 비치미오름 건너편 개오름을 오른다. 개오름은 웅크린 개를 닮았다고 해서 또는 제기의 뚜껑蓋을 닮았다고 해서 붙여졌다는 두 개의 설이 있다. 초입의 목장에서 풀을 뜯던 서너 마리의 말들이 우리를 쳐다보고 있다. 꼭대기까지 소나무가 자라고 있고 청미래 덩굴이 몸에 스친다. 개오름 정상에서 바라본 비치미오름은 햇살을 받아 눈부시게 아름답다. (2012)

어승생악의 백설

모처럼 화창한 날이다. 버스의 차창에서 바라보는 한라산과 화구벽이 은빛을 띠며 가깝게 보인다. 차 안은 바늘조차도 더 꽂을 수 없을 정도로 만원이다. 이 많은 사람들이 한라산 자락으로 눈을 밟으러 가는 것이다.

어승생악은 표고 1,169m, 비고 350m로 이 골짜기에서 조선시대에 임금이 타는 어승마를 키웠기 때문에 붙여진 이름이라고 한다. 밟는 걸음마다 뽀드득 소리가 난다. 먼저 오르고 하산하는 사람들이 옷깃을 스친다. 나목이었을 앙상한 가지들이 무거운 꽃눈을 잔뜩 이고 있다. 비자나무는 그 무게를 견디지 못하여 눈덩이를 한 짐 지고 등을 구부리고 있다. 우리는 오르다 멈춰 서고, 걷다가 눈의 천지에 감탄사를 연발한다. 문득 시를 짓고 싶다. 즉흥시가 입에 맴돈다. 이렇게.

눈은 희다

은백이다. 순백이다.

흰 떡가루처럼 희다.

파도의 비늘처럼 희게 반짝인다.

새색시의 백옥 같은 이처럼 희고 맑다.

숫처녀의 속살처럼 희고 뽀얗다.

선녀의 옷자락처럼 희고 신비롭다.

눈은 백자처럼 시리도록 희다.

　정상에 오르니 하늘은 파랗고 멀리 보이는 바다는 오히려 검다. 북쪽으로 제주 시내가 한 눈에 들어온다. 한라산을 바라보니 눈 덮인 영봉이 윗세오름 위로 고개를 쳐들고 있고 화구벽까지도 허옇게 눈이 묻어 있다. 주름치마처럼 드리운 아흔아홉 골의 주름이 눈을 이고 있다.

　간식을 꺼내니 까마귀 한 놈이 난간에 앉아 침을 흘린다. 음식을 조금 나누어주니 동료 하나를 데리고 왔다. 다시 두 놈이 합세했다. 누군가 공중으로 던져주니 농구선수처럼 받아 챈다. 하산길에 마음이 들떠 우리는 일부러 미끄러지며 웃고 뒹굴면서 행복해 했다. 고등학교 때 배운 김진섭의 수필 「백설부」가 생각난다.

　보라! 우리가 절망 속에서 기다리고 동경하던 계시는 참으로 여기 우리 앞에 와서 있지는 않는가? 어제까지 침울한 암흑 속에 잠겨 있던 모든 것이, 이제는 백설의 은총에 의하여 문득 빛나고 번쩍이고 약동하고 웃음치기를 시작하고 있기 때문이다. 말라붙은 풀포기, 앙상한 나뭇가지들조차 백화百花를 달고 있음은 물론이요, 괴 벗은 전야田野는 성자의 영지가 되고, 공허한 정원은 아름다운 선물로 가득하다. 모든 것은 성화聖化되어 새롭고 정결하고 젊고 정숙한 가운데 소생되는데, 그 질서, 그 정밀은 우리에게 안식을 주며 영원한 해조諧調에 대하여 말한다. 이때 우리의 회의는 사라지고, 우리의 두 눈은 빛나며, 우리의 가슴은 말할 수 없는 무엇을 느끼면서, 위에서 온 축복을 향하여 오직 감사와 찬탄을 노래할 뿐이다. (2013)

서영아리오름

나는 안덕면 광평리의 꼭대기 마을에 차를 세우고 완만한 경사의 아스팔트길을 걷는다. 다리를 지나 오른쪽으로 접어들어 폭신한 흙길을 걷는다. 더러는 길 가운데 빗물이 고여, 길섶을 밟으며 걷는다. 길가에 대나무 숲이 줄지어 있다. 산간에 대나무 숲이 있다면 이곳에는 필경 사람이 살았던 곳이리라. 그러나 안타깝게도 4·3 때 불에 타 폐촌이 되어 이제는 아픈 역사만 간직한 곳이다.

둔덕에 조성된 나인브릿지 골프장의 그린을 비껴 서영아리오름으로 접어든다. 내창(개울)의 바위틈에는 맑디맑은 석간수石澗水가 고여 있다. 파란 이끼로 장식한 징검다리를 나는 가볍게 건너 비탈길을 오른다. 중턱에 봄의 전령사인 복수초가 몇 송이 노랗게 피어있다. 백설을 비집고 얼굴을 내민다는 복수초지만 지금은 눈이 주변의 눈이 녹아있다.

북쪽의 등성마루에 오르니 억새가 무성하다. 동쪽으로 돌오름이 보이고 북서쪽으로 한대오름, 삼형제오름, 노루오름이 눈에 들어오고 그 위로 한라산의 암벽이 이마에 닿는다.

말안장 같은 능선을 걸어 서쪽 정상에 이르니 집채만 한 화산탄들이 여기저기 구르듯 버티고 서서 위용을 자랑한다. 태초에 여기 오름의 기생화산이 불을 뿜을 때 하늘 높이 솟구쳤던 용암이 식으면서 폭탄처럼 떨어져 내린 바위가 화산탄이다.

조릿대 숲을 헤치고, 다시 서로 팔짱을 끼고 있는 빽빽한 나목들 사이를 미끄러지듯 내려가니 작은 호수가 나를 반기고 호숫가에는 습지가 질펀하다. 여기 작은 연못에서 방금 선녀들이 목욕을 끝내고 훌쩍 떠난 듯하다.

다시 산정으로 오르는 행로는 뇌석磊石의 돌계단이다. 화산탄이 비탈로 우르르 쏟아져 내려 계단을 만든 것이다. 돌 사이에 나무가 뿌리를 내리고 가지를 뻗고 있어, 바위와 나뭇가지를 잡고 오르니 유격훈련을 하는 느낌이다.

나는 다시 정상에 오르고 길을 바꿔 동쪽의 임도를 거쳐 한가로운 마음으로 하산했다. 하산길에 만나는 사람들의 면면을 살펴보니 만면에 화색이 돈다. 식당에서 산채비빔밥을 먹으니 이 또한 제격이다. 나는 두어 잔의 막걸리에 취하여 화담 서경덕의 시를 머릿속에 떠올린다.

讀書當日志經綸(독서당일지경륜)

晩歲還甘顔氏貧(만세환감한씨빈)

富貴有爭難下手(당귀유쟁난하수)

林泉無禁可安身(임천무금가안신)

菜山釣水堪充腹(채산조수감충복)

詠月吟風足暢神(영월음풍족창신)

學到不疑知快活(학도불의지쾌활)

免敎虛作百年人(면교허작백년인)

젊어서 공부할 때는 세상경륜을 뜻하였으나

늙고 보니 빈한함이 좋구나

부귀를 다투는 건 별 볼 일 없는 일

자연에는 막을 자 없으니 도리어 편안하도다

나물 캐고 고기 낚아 배를 채우고

음풍영월하며 살아가니 정신이 맑아지네

애써 더 배울 일도 없으니 마음이 즐겁도다

이렇듯 사는 백년인생 헛되지 않도다 (2012)

성불오름 모지오름

나는 여기 탐라의 한라산이라는 별유천지에서 신선이 되어 있는 착각에 사로잡혀 있다. 나는 하늘에 둥둥 떠 한라산을 감싸고 있는 숲을 내려다본다. 그리고 가까이 다가간다.

신선이 된 또 하나의 나는 성불오름 상공에서 내려다본다. 동쪽으로 비치미오름, 개오름이 턱에 닿을 듯하고 그 뒤로 백약이오름, 좌보미오름, 그 너머로 동거문이오름이 솟아있다. 남쪽으로는 대록산, 따라비오름, 모지오름이 줄을 잇고, 서쪽으로 시선을 옮기면 드넓은 목장이 끝나는 곳에 붉은오름, 궤팽이오름이 한라산을 등지고 있다. 북쪽으로는 크고 작은 오름군들이 첩첩이 쌓여 있다.

나는 목장길을 따라 걷는다. 목장에는 여러 마리의 말들이 건초더미에 주둥이를 박고는 지나는 사람들을 아랑곳하지 않는다.

나는 왼쪽 비탈길로 성불오름을 오른다. 삼나무, 그리고 편백나무가 등성이까지 빼곡하다. 정상을 중심으로 두 개의 산줄기가 밋밋한 곡선미를 자랑하며 드리워져 있고, 산줄기 사이로 터진 분화구는 여곡女谷을 닮았다. 그 중심부의 볼록한 둔덕 밑으로는 마르지 않는 샘이 있고 샘물은 둔덕의 밑에 뚫린 천연의 관管을 통하여 흘러내린다. 샘가를 두른 돌멩이에는 물냉이가 보송보송 돋아있다.

나는 이어서 모지오름으로 향한다. 활처럼 휘어진 등성이에는 사람의 키만 한 갈대숲이 바람을 따라 춤을 춘다. 내려다보이는 분화구에는 알오름이 나지막하게 솟아있고 그 주변으로 밭이 일궈져 있다. 모지오름은 흡사 어머니가 아이를 안고 있는 모습이다.

오늘 모지오름의 탐방이 나에게는 큰 의미가 있다. 내가 쓰는 소설의 주인공이 종마 한 마리를 끌고 고향을 떠나 여기 모지오름 분화구에서 새 삶을 펼쳐나가며 나중에는 저 넓은 초원에 일만여 마리의 말을 방목하는 구상을 나는 하고 있었다. 그의 처음은 작으나 나중은 창대할 것임을 예고하는 단초인 것이다. 내일부터 이 대목을 쓸 작정이었으니 얼마나 기가 막힌 우연인가?

성읍의 한 식당에서 점심을 때우고 학생문화회관을 둘러 동양란 전시회를 둘러본 나는 별로 바쁘지 않고 아직 힘이 남아도는 터라 다시 열안지 오름을 오른다. 제주시의 앞산이지만 별로 알려지지 않은 오름이다. 나는 방선문 계곡을 따라 오라골프장 옆을 지나 왼쪽으로 접어든다.

넓게 펼쳐진 억새밭은 환상적이다. 비탈길을 오르니 아름드리 편백나무가 울울창창하다. 정상의 산지기는 수필가 이창식 선생이다. 남쪽으로는 한라산이 흐르고 북쪽으로는 제주 시내가 그림처럼 내려다보인다. 이 넓은 세상이 있는데 우리는 왜 저 아래 눈에 들어오지도 않는 작은 집에서 아등바등 사는지 모르겠다. 자연을 품은 마음이 호연지기 아닌가? (2012)

구드리오름, 감은이오름의 봄

에머슨의 말처럼 우리의 어떤 종교도 신성한 자연 앞에서는 부끄러워하리라. 어떤 웅변가도 자연 앞에서는 입을 닫아야 하리라. 시인도, 수필가도 자연을 못 다 읊고 필을 놓아야 하리라. 어떤 수채화도 자연이 그리는 아름다움을 흉내 내지 못하리라.

봄이 왔다. 생명이 있는 모든 것들이 부스스 잠을 깨고 기지개를 켠다. 인간만이 자신들이 만들어 놓은 장난감을 가지고 전쟁놀이를 하면서 아직도 미몽에서 깨어나지 못하고 있다. 인간이여! 얼른 깨어나 자연의 경내로 발을 들이자. 습관의 짐을 벗어 던지고 등에 배낭을 걸머메자. 그리고 루소의 말대로 자연으로 돌아가자.

청정 제주는 바람이 있어 온갖 오물들을 날려버리고 바위 밑에서 길어낸 순수의 물이 있어 뱃속의 오물을 정화한다. 푸른 숲이 있어 산소를 뿜어내고 천만년 거기에 그대로 있는 바위가 세세만년 유산을 지구에 남긴다.

3월의 한라산은 꼭대기에 아직도 잔설을 이고 있는데 산록의 상록

수는 오히려 시푸르다. 드넓은 초원에는 어린 풀이 돋아나고 아랫녘 산과 들에는 들꽃들이 봄을 부른다.

우리는 오름을 오른다. 남녀 합쳐 모두 15명이다. 남자들의 모습이 청청하고 여인들의 얼굴이 청초하고 고아하다.

남조로를 낀 경주마목장은 푸르고 끝없이 넓다. 말들이 누워 사색에 잠겨 있다. 우리는 목장길을 걷다가 구드리오름으로 철책을 넘는다. 별로 높지 않은 오름. 오르는 길에는 나목들이 즐비하고 나무 밑에는 고사리삼이 보인다. 고사리삼은 나무들이 잎을 떨어 햇빛이 지면에 닿는 겨울에 싹을 틔운다. 제주고사리삼은 제주도에만 있는 특이식물이다.

여기저기 박새가 삐죽이 돋아나 이파리를 펼치려 한다. 박새는 이파리가 넓은 백합과 식물이며 독초다. 이것을 산채로 착각하고 채취하여 먹는 일은 매우 위험하다. 바람꽃과 새우난이 등성마루의 지면을 덮는다. 능선을 쫓아 산딸나무가 유난히 많다.

정상에서 바라보니 서쪽으로 붉은오름이 이마에 와 닿고 그 위로 한라산이 손짓한다. 서쪽으로는 제동목장 저쪽에 대록산, 소록산이 보인다. 능선을 걷다가 우리는 굼부리로 내려간다. 상산나무의 회초리 같은 가지와 청미래덩굴이 얼굴을 때린다. 우리는 오르던 길로 다시 내려와 목장길을 한가롭게 걷는다. 누군가가 하모니카를 구성지게 불어대니 우리의 발걸음도 신난다. 서너 마리의 말들이 혹은 서서, 혹은 앉아서 하모니카 소리로 인해 향수에 젖어 있는 듯하다.

우리는 다시 감은이오름의 가파른 고갯길을 오른다. 오르는 길목에는 바람에 쓰러진 가지에 버섯들이 다닥다닥 붙어 있다. 다시 우리는 가파른 비탈길을 내리달아 굼부리로 내려간다. 굼부리(분화구)로 이어진 사면과 넓게 펼쳐진 굼부리에는 아름드리 삼나무가 하늘을 간지린다. 거기에는 노란 복수초가 활짝 피어 군락을 이룬다. 흰 노루귀, 분홍색 노루귀가 햇빛을 받아 반짝인다. 여기저기 내동댕이쳐진 돌들에는 연녹색 이끼가 덮여 있고 다람쥐꼬리를 닮은 석송石松이 훨씬 자라 바위틈에서 얼굴을 내민다. (2012)

대록산에 이는 바람

한라산 동쪽으로 끝없이 펼쳐진 평원에 우뚝 선 대록산(큰사슴이오름), 소록산(족은사슴이오름)은 사슴을 닮아서 붙여진 이름이란다. 그래서 그런지 멀리서 보는 대록산은 한라산을 빠져나와 들판을 달리던 사슴이 한라산이 못내 그리워 되돌아보는 사슴의 형상이다. 아니 멀리 떠나는 신하가 임금을 돌이켜보며 읍하는 형상이다.

바람 불어 좋은 날이다. 오늘의 선선한 바람은 폐부를 시원하게 뚫어주어 좋다. 출발점에서 바라본 대록산은 나무가 없어 번번하고 소록산은 나무가 빽빽하여 청청하다. 우리는 이 두 오름의 사이로 난 갑마장길을 걷는다. 옛날 '갑종합격'을 받은 말들이 지나가던 길이다. 길은 넓고 평평하다. 바닥은 부드럽고 양쪽으로 보리수나무가 휘청거린다.

우리는 소록산으로 난 넓고 완만한 길로 접어든다. 삼나무 숲을 지나 낮은 해송이 빽곡하게 자라는 숲 사잇길을 오른다. 길바닥은 붉은 송이가 깔려 있고 간혹 이끼가 덮여 있어 걸음마다 경쾌하다. 걷는 이들의 표정에 미소가 담겨 있고 서로를 보는 눈빛에 사랑이 담겨 있다. 정상에 오르니 정석비행장이 한눈에 들어온다.

편백나무 숲을 거쳐 내리닫이길을 뛰듯이 내려온 우리는 눈앞에 우뚝 선 대록산을 다시 오르려 한다. 우리들 마음속에는 오르는 오름도 기다려지지만, 보고 싶은 끈끈한 정이 있어, 우리는 만나고 오르는 것이다.

우리는 나무계단을 밟으며 대록산을 오른다. 바람이 분다. 바람은 온 산을 때리며 요동친다. 억새가 바람을 이기지 못하여 바닥으로 눕고 나뭇가지가 춤춘다. 바람은 사람마저도 밀어낸다. 무언가 누군가 잡지 않으면 저 낭떠러지로 날아갈 판이다. 우리는 곡예를 하듯 바람에 흔들거리며 계단을 오른다. 우리는 천신만고 끝에 정상에 올랐다. 모자 말고는 날아간 이는 아무도 없었다.

사방에 드넓은 평원이 시원하게 펼쳐져 있다. 아마도 제주도의 넓은 평원은 대록산에 와야 제대로 볼 것 같다. 서쪽에 사라오름, 성널오름을 가슴에 안은 한라산이 넓은 들판을 내려다보며 인자한 웃음을 웃고 있고, 가까이에 따라비, 모지오름이 턱 밑에 닿고, 목장 건너에 구두리, 감은이, 쳇망, 여믄영아리, 물영아리오름이 줄지어 이마에 닿는다. 북쪽으로는 올망졸망한 오름군들 가운데서 민오름과 바농오름이 얼굴을 내민다. 서남쪽으로는 가시리, 수산평의 넓은 평원이 바다까지 이어진다.

약 300년 전(1702) 이형상 목사는 여기 대록산에 좌정하고 이곳, 녹산장, 상장, 침장의 말들을 점검하여 준마들을 골라 갑마장으로 옮겼다. 그때 점검한 말이 4,000여 마리를 넘었고 울을 넘어 도망간 말도 부지기수라 한다. 여기 산마목장은 모두 합하여 2,000만 평에 이르렀고 목장의 경계는 남동쪽으로 국영목장 10소장의 북단인 영주산, 백약이, 좌보미, 동검은이 오름에 이르고 북쪽으로는 바농오름에 이르며 서쪽으로는 성널오름에 이르렀다고 한다.

산마목장의 창시자는 400년 전 의귀리의 김만일 공이었다. 그는 준마인 수말 한 마리와 그 말의 힘 있고 준걸한 자태에 반하여 그를 쫓아, 살던 집(목장), 살던 서방을 버리고 뛰쳐나온 암말 100마리를 가지고 10,000여 마리의 준마를 만들었다. 그는 제주도 동쪽의 높은 평원을 아우르는 거대한 목장을 조성하여 이 말들을 방목하였다. 그는 선조 때의 임진왜란, 광해군 때의 만주원정, 인조 때의 정묘호란, 병자호란에 자신이 키운 말을 보내 싸우게 했다. 그의 공적이 인정되어 그 후 200여 년간 그의 자손들이 이 산마목장을 세습하였다. 나는 이 광활한 대지에 심은 그의 웅혼한 꿈을 흠모하여 여기 대록산을 오늘 다섯 번째 오른 것이다. 그러나 용렬하고 천학비재인 나는 그의 이야기를 감히 글로 옮기기에 두려움을 느낀다.

오늘 제주도의 산야에 몰아닥쳐 산천초목을 흔들어 놓은 춤추는 바람舞風은 오름에 미쳐 바람난 이들의 가슴을 더욱 부풀게 했다. 가시리에서 먹은 시원한 몸국은 뻥 뚫린 가슴을 쓸어내려 우리의 흥분을 가라 앉혀주었다. (2012)

닭 잡아먹는 날

"오-, 올로리 졸로리"

동백나무 울타리에서 동박새가 새벽이면 나를 깨운다. 동박새의 울음은 덩치에 어울리지 않게 꾀꼬리 울음처럼 톤이 강하다. 동녘이 밝아오면 동박새는 천지가 다 제 세상인 줄 안다.

나는 오늘 오름을 오르기 위하여 서둘러 집을 나섰다. 집결지인 〈제주아트센터〉 앞마당에 20여 남녀가 모여 있다. 제주시를 출발한 우리는 5 · 16도로를 달려 성판악을 넘고 도로변에 차들을 세우고 보리악오름을 오른다. 무더운 여름이라 숲길을 택한 것이다. 이름 모를 나무들을 헤치며 오른다. 나무들이 태양을 가려 밤길을 걷는 느낌이다. 매미소리가 요란하다. 멀리서 구렁이 우는 소리도 들린다.

숲길을 걷다가 마른 내를 따라 오른다. 집채만 한 바위들이 굴러 내려와 내를 메우고 있다. 돌을 징검다리 삼기도 하고 바위에 기어오르고 돌 사이를 거쳐 상류로, 상류로 오른다. 도중에 맑은 물이 고인 웅덩이는 명경지수다. 정상에 오르니 넓은 평원 저쪽에 바다가 출렁인다. 제주도는 넓다.

제주도는 서울의 3.5배 넓이인데 인구는 서울의 20분의 1도 안 된다. 제주도의 바다는 더 넓다. 하늘은 높고 크다. 제주도와 바다가 떠받치고 있으니 얼마나 광활한가?

보리악을 내려오니 출출하다. 우리는 예약해 놓은 닭집에서 토종 닭을 뜯었다. 어제가 제주도에서 〈닭 잡아먹는 날〉인데 하루 늦었지만 어떠랴.

육지에서는 복날 보신탕을 먹는다지만 제주도에는 음력 6월 20일에 닭을 잡아먹는 풍습이 내려오고 있다. 옛날부터 식구수대로 닭을 키워서, 보리수확을 끝내고 다른 작물을 심고 나면 한가롭게 가족들이 모여 닭을 먹는 것이다. 남자는 암탉을, 여자는 수탉을 먹었다고 한다. 얼마나 아름다운 풍습인가? 개보다 닭이니 듣기도 먹기도 즐거운 것이다.

포만한 배를 두드리며 우리는 돈내코 계곡으로 달려갔다. 인적이 드문 계곡의 웅덩이에 발을 담그다가 누군가가 옷을 입은 채로 물속으로 뛰어든다. 너나 나나 할 것 없이 남녀 무론하고 우리는 등산복 차림으로 물속으로 따라 들어간다. 동심의 세계로 돌아가 물장난을 한다. 남자들은 웃통을 벗어 제킨다.

나는 아침저녁으로 한 시간씩 걷고 아령체조도 매일 하지만 뱃살은 수박 근筋을 면치 못한다. 아마도 식탐 때문일 것이다. 그렇다고 나만이 물가에 쪼그리고 앉아있을 수는 없지 않은가 모처럼의 즐거운 하루였다.

좌보미오름, 백약이오름

좌보미오름은 다섯 개의 봉우리로 형성되어 있고 각 봉우리들이 가족처럼 옹기종기 모여 있는 형상이다. 오름들 사이의 말굽형 분화구에는 용암이 땅속으로 흐르다가 뽀글뽀글 튀어나온 흔적이 역력하다.

우리는 제1봉을 오른다. 경사가 급하진 않으나 오르면 숨이 차다. 길은 넉넉하게 넓고, 오르다 뒤로 몸을 돌리면 넓은 목장이 시야를 넓혀 준다. 길섶에 핀 할미꽃이 빨간 꽃잎을 새초름히 내민다. 잔디가 깔린 내리막길에는 양지꽃이 바닥을 수놓는다.

우리는 뾰족하게 솟은 제2봉을 오른다. 가파르게 하늘로 솟은 좁다란 길이라 숨이 차다. 그러나 일행 모두가 단련된 몸이라 이 정도는 식은 죽 먹기다.

제3봉은 알오름이다. 쪽박을 엎어놓은 듯 둥글다. 여기서 우리는 잠시 쉬어간다. 간식 보따리들이 열린다. 각자 한 가지씩 꺼내놓은 음식들은 아직 꺼지지 않은 배를 다시 채운다. 노란 양지꽃이 무리지어 주변을 장식한다.

제4봉으로 오르는 길은 편백이 하늘을 가린다. 길고 긴 능선으로 이루어진 등성이에도 편백과 소나무가 그늘을 드리운다.

제5봉! 오형제 중 제일 높아 맏형이다. 정상의 바위에서 사방을 둘러보니 넓은 평원이 드리워져 있다. 평원을 지나 서쪽으로 궁대악이 손에 잡힐 듯하고 남쪽으로 영주산이 외롭게 서 있다. 동쪽으로는 비치미오름과 개오름이 나란히 서 있고 그 사이로 성불오름이 얼굴을 내민다. 북쪽으로는 높은오름과 동거믄이오름이 손짓한다.

여기 좌보미오름의 다섯 개의 봉우리들은 저마다의 독특한 운치를 느낄 수 있어 오르는 맛이 쏠쏠하다. 더욱이 넓은 평원을 내려다보며 호연지기를 느낄 수 있어 다녀온 이들의 가슴에 행복감을 선사한다.

우리는 이어서 백약이오름을 오른다. 목초지 사이로, 그리고 푸른 풀이 돋아나는 언덕으로 꾸불꾸불 휘도는 계단을 오른다. 길섶에 자주색 제비꽃, 하얀 남산제비꽃, 또 하얗고 작은 애기낚시제비꽃이 피어 있다. 제비꽃은 반지꽃이라 부르기도 한다. 다섯 개의 꽃잎 중 밑으로 처진 꽃잎은 주머니 모양이다. 어릴 적 꽃대를 그 주머니에 꽂아 반지를 만들어 끼던 생각이 난다.

정상에는 백록담을 닮은 분화구가 하늘을 향해 큰 입을 벌리고 있다. 이 분화구에는 백 가지 약초가 자생한다는 이야기가 전해 내려온다. 밑바닥에 작은 연못이 있고 노루 한 마리가 물을 마시다가 주변의 풀을 뜯는다.

등성이를 한 바퀴 돈다. 언덕에, 길섶에 양지꽃, 각종 제비꽃, 산자고의 군락이 있어 우리의 발길을 멈추게 한다. 특히 미풍을 따라 하늘거리며 6개의 꽃잎을 수줍게 벌리고 있는 산자고가 매혹적으로 아름답다. 산자고는 봄처녀 같다. 아내는 귀부인 같다고 한다. 남쪽 봉우리에는 철쭉이 빽빽하게 들어차 있고 성질 급한 철쭉은 벌써 꽃망울을 터뜨렸다.

하산하는 이들의 발걸음이 경쾌하다. 모두가 세상근심을 떨쳐버린 선남선녀 같다. 그래서 오름에 오르면 별유천지 비인간이 되는 것이다. (2013)

설원을 밟으며

밤새 제주도의 산야에 눈이 얼마나 왔는가? 어제 제주시에는 하루 종일 눈발이 흩날렸는데… 일행을 실은 차가 아침공기를 가르며 남조로를 달린다. 차로가 얼음판 같이 반짝이고 흰 눈깨비가 파도처럼 춤춘다. 드문드문 보이는 차들이 엉금엉금 긴다.

목적지에 내린 우리는 아이젠을 착용하고 얼굴에는 눈만 남긴 채 온몸을 둘둘 감싸고 붉은오름을 오른다. 우리보다 앞서 어떤 이들이 발자국을 남겨 자국을 밟으며 오르기에는 일단 수월했다. 중턱에 다다르니 나뭇가지마다 탐스러운 눈꽃을 이고 있다. 길섶의 난쟁이나무들은 귀를 쫑긋 올리고 앉아 있는 토끼의 형상을 하고, 가는 나뭇가지 위의 눈 무더기는 사슴뿔을 닮았다.

우리의 산행대장이 열심히 카메라를 눌러댄다. 우리는 산정에 오른다. 주변의 높고 낮은 오름들이 햇빛을 받아 반짝인다. 둘레가 700m라는 분화구의 언덕을 따라 걷는다. 앞서간 사람들이 딴 길로 빠졌기 때문에 거기는 전인미답의 길이다. 길이 있었겠지만 눈으로 덮여, 길 없는 길을 만들어 가야 하는 것이다. 산행에 통달한 우리의 대장이 앞장서서 길을 개척한다. 정강이까지 푹푹 빠지고 발을 옮기기도 쉽지 않다.

서산대사의 시가 생각난다.

踏雪野中去 不須胡亂行 今日我行蹟 遂作後人程

눈 덮인 들판을 걸을 때 발걸음을 어지럽히지 말라
오늘 나의 발자국은 뒷사람의 이정표가 될 것이니

우리는 독수리바위(대장이 즉흥적으로 지어 붙인 이름이다) 그늘 아래에서 잠시 휴식을 취했다. 누군가 들고 온 위스키에 복분자차를 섞어 마시는 즉석 칵테일은 얼었던 뱃속을 훈훈하게 해준다.

우리는 뒹굴다시피 하며 분화구로 내리달린다. 분화구를 에워싼 오름의 언덕들이 이마에 다가온다. 장관이다. 높은 나뭇가지에 까마귀 한 마리가 올라앉아 우리를 구경한다.

하산하는 길에는 바람이 나무를 흔들어 놓자 때 아닌 눈송이들이 머리 위에서 펄럭인다. 오름을 내려오니 은백의 적막한 벌판에 외로운 산장 몇 채가 침묵하고 있고 백설이 깔린 끝없는 들판은 태양을 받아 은빛으로 반짝인다.

백설은 선녀들의 하얀 옷자락이다. 그 고요한 세계에는 추한 것도 없고 더러운 것도 없다. 백설은 오물로 가득한 길에도, 쓰레기장에도, 무덤에도, 4·3의 흔적에도 쌓여 순백으로 포장해 버린다.

우리는 동문시장에서 순댓국에 밥을 말아 막걸리 한 잔 곁들여 얼은 속을 풀면서 뒷전풀이를 하였다. 하하, 호호…. 즐거운 하루를 되씹으며 우리는 환담에 젖어들었다. 설원을 밟는 산행을 두려워할 일은 아니다. (2010)

새별오름을 벗기다

제주공항에서 중문으로 달리다 보면 차창을 통하여 산세가 미려한 산마루가 눈에 들어온다. 새별오름이다. 뭉게구름을 떠받친 능선이 만들어낸 곡선의 아름다움은 어머니의 품 같고 어찌 보면 젊은 여인의 밋밋한 다리의 곡선을 닮았다.

11월10일(일) 이 오름을 오르기 위하여 120명이 구름같이 모여들었다. 밤새 비가 온 뒤라 바람은 세차고 안개는 한라산으로 밀려 올라가고 있었다.

내가 어쩌다 이렇듯 큰 무리, 서귀포 불교대학 학생들의 산행에 오름해설사로 나서게 된 것일까.

바람 이는 넓은 벌판에서 소리 질러 봐야 사람들의 귓전을 비켜갈 것이니 오늘의 해설사는 사실상 무용지물이다. 어떻든 우리는 산정을 향해 올랐다. 칼처럼 길게 누운 산마루에 백여 명의 사람들이 줄을 이으니 보기에 장관이다.

산정에서 사방을 둘러보니 한라산은 어느덧 구름이 휘감고 있어 보이지 않지만 그 아래 바리메오름, 노루오름, 한대오름, 북도라진오름이 얼굴을 내민다. 남쪽으로는 산방산 너머로 푸른 바다가 출렁이고 가파도, 마라도가 그 위에 둥실 떠 있다. 서쪽으로 천천히 시선을 옮겨 가면 당오름, 정물오름, 금악이 턱에 닿고 비양도가 구색을 맞춘다.

정상에서 북쪽의 오솔길로 접어드니 산담(묘지)이 봉우리 하나를 독차지했다. 언제부터 여기에 있었는지 모르지만 빛바랜 비석을 보니 '김씨'라는 여인의 음택이다.

바람이 멎었다. 나의 해설이 빛을 발할 절호의 기회다. 사람들이 무덤 주위를 메웠다. 나의 해설이 시작된다. 제주도에 온 지 10년밖에 안 되는 육지것이 제주도 양반들에게 제주도의 풍광을 설명하다니 공자 앞에서 문자 쓰는 격이다. 그러나 자기 동네일이기에 무심히 넘겨버린 이야기도 있을 수 있어 육지것의 설명에도 의미심장한 일면이 있다.

새별오름은 애월읍 봉성리 지경에 위치하며 표고 519m, 비고鼻高 119m의 오름이며 서편의 이달봉, 이달촛대봉과 더불어 별모양을 하고 있다. 동쪽의 사면은 가파른 비탈이고 서북쪽은 용암의 위세로 인하여 외륜이 무너져버린 말굽형 분화구를 이룬다.

10월에 새별오름을 오르자면 억새꽃이 장관을 이루며 무려 50여 종의 야생화가 등성마루에 지천으로 피어있다. 매년 초봄에 이 오름에서 들꽃축제가 열리는데 달집에 당겨진 불이 산마루로 퍼져 올라갈 때는 요원의 불길처럼 온천지가 불바다다.

「신증동국여지승람」에서는 샛별이라는 의미로 효성악曉星岳, 「탐라지」에서는 새별이라는 의미로 신성악新星岳이라고 한역漢譯했지만 어느 노인이 말하길 이 오름과 들판에 지붕을 잇던 풀인 새가 많았다고 하니 새 벌이 새별이 된 듯하기도 하다.

이달오름에서의 〈달〉은 고구려어로 산 또는 봉우리라고 일컫는 단어이니 이달봉은 두 개의 봉우리를 뜻한다. 우리는 이러한 지명에서도 고대역사의 흔적을 찾을 수 있는 것이다.

새별오름에는 기막힌 역사가 묻어있다. 고려 공민왕 때 최영 장군은 314척의 전함과 25,000명의 정규군을 지휘하여 제주의 명월포로 들이닥쳤다. 몽고가 목장을 관리하기 위하여 파견한 목호牧胡를 치기 위한 전쟁이었다. 목호와 그 추종자들은 어름비평원(새별오름 서쪽 벌판)에서 3,000명의 마군으로 맞서 싸웠고 목호의 처절한 패배로 끝났다. '창과 방패가 하늘을 가리고 간과 뇌가 벌판을 덮었다' 는 기록을 보면 피비린내 나는 싸움이었을 것이다. 역사에서는 최영장군이 목호로부터 제주 백성을 해방시켰다고 하지만 당시 제주의 인구가 12,000명으로 추정되는 바 제주사람 중에도 많은 희생자가 있었을 것이라 짐작하고도 남음이 있다.

우리가 서 있는 여기 제주 특유의 묘를 설명할 차례다. 아는 사람은 알 테지만 모르는 사람도 있을 테니까. 묘소를 두른 돌담(산담)은 방애(들불)가 번지는 것을 막고 마소의 접근을 방지하기 위한 것이다. 산담 구석에 뚫어놓은 작은 문은 신神이 바람 쐬러 드나드는 신문神門이다. 산소 앞에 세워진 2기의 동자석은 제주에서만 볼 수 있는데 심부름을 담당하는 아이의 상징이고 문인석과 무인석은 자손의 출세영달을 바라는 표석이다. 양편에 우뚝 서 있는 2기의 남근석은 다른 어디에서도 보기 어렵다. 아마도 자손번창을 기리는 의미일 것이다.

이어서 일행은 이달봉을 넘나들고 다시 이달촛대봉을 오른다. 형형색색의 등산복을 입은 120명이 줄을 지어 오르내리는 비탈길이 꽃띠를 길게 이루고 있었다. (2013)

나는 개척자이며
새로운 길을 찾는 탐험가이다.
나는 다른 사람들이 뒤따라 올 수 있도록
새로운 가능성, 새로운 영토,
새로운 대륙을 개척해야 한다.

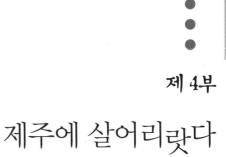

제 4부

제주에 살어리랏다

제주도를 밟다/詩

나는 지금 안락한 베이스캠프(서울)에서
낯선 미지의 황야(제주도)로 뛰어나왔다.

바람이 불어온다.
나는 알가슴으로 바람을 맞는다.

나는 개척자이며 새로운 길을 찾는 탐험가이다.
나는 다른 사람들이 뒤따라 올 수 있도록
새로운 가능성, 새로운 영토, 새로운 대륙을 개척해야 한다.

앞으로 무슨 일이 일어날지 결과가 어떻게 될지
나는 아무 것도 모른다.
또한 앞으로 부딪히게 될 위험과 도전들이 무엇인지도 모
른다.
그냥 내가 작정한 길을 가는 것이다. (2004. 6. 30)

모슬포

나는 2004년 6월 30일 11시, 김포에서 제주행비행기에 올랐다. 제주공항에서 내려 모슬포로 향했다. 모슬포는 제주 서남단에 위치한 어항이면서 가파도, 마라도로 향하는 배가 뜨는 곳이다. 모슬포항에는 수백 척의 어선이 정박하고 있었다.

나는 자리돔 물회로 점심을 했다. 특히 꽃멸치젓이 맛있어 나는 한 접시 더 시켜 밥 두 그릇을 비웠다. 물론 나중에 물을 사정없이 들이켰다. 자리돔은 제주도에서도 특히 이 지역에서 대부분 어획하는 도미의 일종으로 주로 회로 먹거나 젓갈을 담근다. 해안에 위치한 산이물이라는 곳에 집을 구해 여장을 풀자마자 나는 바닷가로 달려 나갔다. 앞바다에 형제바위가 나란히 떠 있고 해안선 북쪽 끝에는 산방산, 남쪽 끝에는 송악산이 연결되어 있다.

해안을 따라 이어져 있는 돌담 안에는 큰 송이 수국과 유도화가 아름답게 피어 있었다. 해변에는 선인장꽃과 이름 모를 야생초가 수놓아져 있었다. 나는 꽃들을 찬찬히 뜯어보던 중 놀랍게도 뭇 꽃에 숨어있는 야생양귀비 두 송이를 발견했고 요담에 다시 보고자 몰래 표를 해놓았다. 해변에는 검은 색의 곰보바위들이 장관을 이룬다. 여기서 갯바위 낚시질을 하는 사람들의 바구니에는 뱅에돔이 대여섯 마리쯤 들어있다.

다음날 아침 나는 새벽 5시에 일어나 송악산을 올랐다. 제주도 최남단으로 높지 않은 산이지만 삼면이 절벽으로 바다와 맞닿아 있고 남쪽 전망대에서는 가파도와 마라도가 뚜렷이 보인다. 가파도는 여기서 5.5km, 마라도는 11km 떨어져 있다.

완만한 능선을 따라가니 경주마 목장이 중턱에 있다. 신기하게도 수십 마리의 암말 모두가 고만고만한 새끼를 대동하고 거닌다. 산을 도니 수백 그루의 수국이 아름아름 꽃을 피우고 있는 농장이 나타났다. 금방 꽃에 취하고 말았다.

모슬포 사람들

나는 아침 8시 30분이면 산이물 정류장에서 모슬포행 버스를 기다린다. 이곳은 마라도행 선착장 인근의 바닷가마을이다. 정류장에 나와 있는 동네아주머니들이 반갑게 인사한다. 버스는 늘 10분쯤 늦게 나타난다. 그러나 버스기사는 친절하게도 골목을 누비며 몇 안 되는 승객들을 그 행선지까지 다 태워다 준다. 택시합승을 한 기분이다.

혼자 버스정류장에서 버스를 기다릴 때면 지나가는 승용차들이 태워주기도 한다. 일터에 나가는 남자, 어린아이를 데리고 장보러 나가는 새댁, 삽살개와 산보를 마치고 귀가하는 멋진 아주머니도 있다.

저녁나절 해변을 걷자면 걷는 이, 조깅하는 이들이 다 서로들 인사를 나눈다. 한번 지나쳤던 사람들, 처음 보는 사람들, 관광객까지도 다 인사를 나눈다.

나에게는 여기서 친해진 초로의 토박이친구가 있다. 그는 지금 농사를 짓지만 젊었을 때는 경주마의 기수로 날렸고 월드컵 때는 역마차기수로 자원봉사를 한 분이다. 그는 내가 산보를 할 시간이면 으레

해안가 돌팍에 앉아서 나를 기다린다. 같이 걷기도 하고 해변의 주점에서 술 한 잔 걸치기도 한다. 이 동네는 인심도 좋다. 소라회와 멍게 한 접시씩 시켰는데 계산할 때는 소라값(1만원)만 받는다.

돌아오는 길에 시장에 들러 뱅에돔을 샀다. 두 마리 만원인데 객지에서 와서 자취한다는 얘길 듣고 곱절로 주는 것이었다. 내 아내도 알아주는 생선찜 솜씨를 발휘해 나는 황홀경 속에서 저녁식사를 했다.

여기 모슬포 사람들은 그 생활과 마음이 풍요롭다. 그들은 대부분 농사를 짓거나 고기를 낚는다. 그들은 육지 사람들의 세정世情에의 예민함과 신경질적인 아귀다툼에는 관심이 없다. 그야말로 정치나 정부 정책에는 관심이 없다. 여기에서는 그 너른 밭에 마늘, 감자, 콩, 월동무를 심고 감귤과 한라봉 경작을 한다. 여기 대정마늘은 육지에서 유명하고 높은 값에 팔린다. 어부들은 바다로 나가 철철이 다른 종류의 고기를 잡는다. 갯바위낚시로도 하루벌이는 문제가 없다고 한다.

허나 이들의 가슴에는 아픈 추억이 서려있다. 태평양전쟁 때 일본군은 이곳에 전투비행장을 설치하고 주민들을 동원하여 송악산 절벽에 굴을 뚫었다. 4·3사태 때에는 여기 모슬포의 순진무구한 수많은 사람들이 억울하게 죽임을 당했다. 그들은 빨치산이 아닌 평범한 시민들이었다. 여기 주민 친인척 중에 희생당하지 않은 경우가 없다. 내 숙소 인근에 그 132명이 묻힌 백조일손지지百祖一孫之地가 위치해 있다. 정부당국에 의하여 학살당한 분들의 자손들은 시신을 분간할 수가 없어 한결같이 그 백여 명의 자손이라 하여 붙여진 이름이다.

모슬포(대정읍)사람들은 시방 아픈 응어리를 잊으려 하고 있고 마음속에 고요와 평화와 절제를 담고 있다. 다만 우리 국민 모두가 그들의 아픈 과거에 생채기를 내지 않기만을 바랄 뿐이다. (2004)

섯알오름은 알고 있다

봄비가 추적추적 내린다. 초봄의 비는 대지를 적
서 새 생명을 싹틔우는 금비임에 틀림이 없다.
이만한 비쯤이야 아랑곳 않는 우리 일행이 모슬봉 기슭, 육ㆍ해ㆍ공
삼군상징탑 앞에 모였다. 해병부대의 정문이 마주하고 있다.

두 사람씩 우산을 받쳐 들고 옛 제1훈련소 정문을 거치니 그때 훈
련병들의 마음의 안식처였던 강병대교회가 우뚝 서서 우리를 내려다
본다. 우리는 군부대를 에돌아 지하벙커인 통신대 앞에 섰다. 모슬포
제1훈련소는 1951년 창설하여 1956년까지 50만 명의 군인을 배출했
다. 그들은 짧은 훈련을 마치고 곧바로 전장에 투입되었고 그들 중
많은 이들이 산화散花했다. 유적으로 남아야 할 많은 기물들이 사라
져버려 남은 것이 별로 없음이 안타깝다. 우리는 농로를 걸어 알뜨르
비행장터로 향한다. 길섶에 유채꽃과 장다리꽃이 흐드러지고 밭에는
지슬(감자)잎이 시푸르다. 움푹 파인 도로에 고인 물이 발을 적신다.

19기의 격납고가 드문드문 보인다. 여기 넓은 평원이 일제가 닦은
알뜨르비행장터다. 일제는 대륙을 삼킬 헛된 야망으로 1925년부터

이 비행장을 만들고 중일전쟁의 교두보로 삼으려 했다. 나중에 태평양전쟁에서 미국에게 몰린 일제는 만주사령부를 제주도로 옮겨 옥쇄작전을 펼 구상을 하고 있었다. 여기의 격납고는 가미가제를 위한 것이고 많은 병사들에게 자폭하도록 세뇌시켰다. 그것은 송악산 밑에 뚫어놓은 인공동굴에 어뢰정을 숨겨놓은 의도와 맥을 같이 한다. 제주도의 남녀노소가 비행장건설과 동굴굴착에 강제동원되어 뼈골이 부서졌고 굶주림과 매에 못 이겨 죽어갔다.우리 일행은 섯알오름 중턱의 백조일손지지百祖一孫之地 위령탑 앞에서 묵념을 올렸다. 1950년 6 · 25가 발발하자 정부는 예비검속을 한다며 제주도 서남부지역의 선량한 주민 이백여 명을 끌어다 잔혹하게 총살하고 여기에 묻었다.(1948년 4 · 3 사건과는 무관하다)

희생자들의 면면을 살펴보니 17세 등 10대 소년의 이름들이 여럿 눈에 띈다. 저들이 무엇을 했기에 저들을 재판도 거치지 않고 무참하게 사살했단 말인가? 수 년 후 떼주검을 발굴한 유족들이 시신을 일일이 분간할 수 없어 수백의 조상에 한결같이 한 자손이라 하여 이 학살터를 명명하였다. 일행들의 눈시울이 젖어있고 모두들 숙연한 채 말을 잃었다.

> 이 들판에서 벌어지고 있는 험악한 광경을 보고 있는 것은
> 까마귀 놈들뿐인데 까마귀 놈들은 이 살벌한 상황을 아무
> 에게도 말하지 않기로 했다.
> ‒양중해의 시 「죄인들」에서‒

희생자들의 유족들은 후환이 두려워 숨어살고, 입을 다물어야 했

다. 이는 대한민국정부가, 공권력이 저지른 만행임에도 정부조차 입을 다물어 왔다. 그러나 말없이 솟아있는 섯알오름은 알고 있다! 영령들의 울부짖음을… 우리는 섯알오름에 올랐다. 산방산이 구름 사이로 얼굴을 감추고 형제섬이 눈앞에 다가온다. 송악산이 코앞에 있고 가파도와 마라도가 물 위에 떠서 가물거린다. 바야흐로 이 지역에 전쟁의 공포를 없애고 용서와 화해를 구현하며 평화의 기치를 내걸 때가 온 것이다. 기억할 것은 기억하되 우리는 미래의 평화와 인류공존의 희망을 드높일 시점에 다가와 있다. (2012)

비바리 시집가는 날

제주도 처녀를 아내로 맞으려면 신랑은 신부의 집에 큰돈을 주어야 한다. 옛날에는 보리쌀 열 가마니가 기준이었다는 데 지금은 일천오백 내지 이천만 원을 신부집에 주어야 한다. 근래 육지의 풍습과 사뭇 정반대다. 제주도의 여자는 물질을 하든, 농사를 짓든 집안의 큰 일꾼이니 그럴 만 했을 것이다. 지금은 가물가물하지만 우리나라의 옛 풍속도 그랬다는 글을 읽은 적이 있긴 하다. 그러나 요즘 와서 우리네 육지풍습은 거꾸로 된 게 아닌가 한다. 아무튼 제주도에서 그렇게 성사되어 결혼은 이루어진다.

잔치는 보통 결혼식 전날 또는 그 전전날부터 벌어진다. 결혼식 전전날의 잔치를 여기서 돼지 잡는 날이라 일컫는다. 결혼식 전날에는 온 동네 사람들이 모여들어 낮부터 흥청댄다. 어느 부잣집은 돼지 일곱 마리를 잡은 경우도 있었다. 내가 제주도에 살면서 실수도 많이 했기에 여기 결혼잔치의 풍습을 두서없이 써보는 것이다.

우선 부조금을 내는 모습이 특이하다. 접수대가 없다. 더욱이 잔칫

집에 들어가면서 내는 것이 아니라 식사를 마치고 나가면서 낸다. 봉투를 꼭꼭 접어서 혼주 손에 살짝 건네야 하는 것이다.

잔칫집 음식상도 특이하다. 여럿이 있어도 일인상이다. 밥과 국, 고기와 생선회, 떡과 전, 그리고 반찬들이 개인별로 차려진다. 국은 주로 성게미역국이나 몸국(몸은 모자반의 제주어)이다.

여기서는 가끔 제주 전통음식인 빙떡을 맛보게 된다. 주방 한 구석에서 나많은 할망들이 만들어내는 빙떡(메밀 전에 무숙채속을 넣어 빙빙 말아놓은 전병)은 맛은 담백하지만 인기가 대단하다.

잔치는 보통 개인집에서 하거나 여의치 않을 경우 음식점을 예약한다. 어느 경우나 마당에는 천막이 쳐지고 저녁상이 끝날 무렵이면 넉동박이(윷놀이)가 시작된다. 윷이라는 것이 새끼손가락 반 만한 것이고 종지에 담아서 던진다. 놀이꾼뿐만 아니라 겹겹이 에워싼 관중들도 돈을 걸고는 밤을 지새운다. 정작 예식장은 한산하다. 가까운 친척들만 자리하고 있을 뿐이다. 신랑 또는 신부가 육지서 식을 올린다 해도 잔치는 전 또는 후에 있게 마련이다.

제주도의 결혼식 풍습에는 알고 보면 우리나라 전통의식이 그대로 남아있는 경우가 많다. 우리가 어렸을 적 돼지 잡아 잔치하던 일, 주방에서 부녀들이 각자 분담하여 음식을 장만하던 일, 온 동네가 떠들썩거리던 일들이 생각난다. (2008)

제주시 원도심 옛길 탐방

어제(6. 21) 제주문화포럼에서 열린 강좌 〈제주 신화 속의 극진한 사랑(문무병 선생)〉에 참석한 길에 오늘(6. 22) 〈문화기획 PAN〉에서 주관하는 〈제주시 원도심 옛길 걷기〉 행사에 관한 소식을 들었다.

나는 매주토요일에 떠나는 오름기행을 서슴없이 팽개치고 산지천으로 발길을 돌렸다. 행사의 문을 여는, 근처의 대동호텔 로비에 남녀노소 무론하고 많은 사람들이 삼삼오오 짝을 지어 꾸역꾸역 모여들었다. 대략 50여 명은 되는 것 같다. 아는 얼굴도 있었다. 고건축가 윤명수 사장님, 화가 홍진숙 선생님, 그리고 신구범 님도 참석했다.

우선 오늘의 도슨트, 건축가 김석윤 선생님이 화두를 열었다. 금과 옥조로 꽉 찬 진지한 연설이었다. 도시는 버릴 것도 있고 간직할 것도 있다. 도시는 끊임없이 발전하지만 버려서는 안 될 것이 있다. 제주의 문화공간은 거대한 공간이 아니며 눈에 드러나지 않는 미시적 공간이지만 작고 균질적이고 아름답고 감성적이다.

작다고, 거칠다고, 이름이 알려져 있지 않고 역사적 가치가 없다고 이 공간을 재개발하여 크게, 무조건 크게 만든다면 우리의 역사와 문화와 추억은 지워져 버린다. 김석윤 선생님의 목소리는 어느새 분노로 떨고 있었다.

우리는 산지천에서 관덕정으로 나있는 칠성통 거리를 걷는다. 옛날 제주항에서 제주목 관아로 향하는 길이었고 일제 때는 주위의 상권을 일본상인들이 장악했으며 50, 60년대에는 양장점, 양복점, 미용실, 금은방이 즐비하던 곳이었지만 80년대 이후 일도지구가 개발되고 신도시가 생기고 제주시청과 도립병원이 옮겨가자 칠성통은 화려함과 다양성을 상실하면서 쇠퇴의 길을 걸어왔다. 아케이드 위에 가설架設된 구조물은 이를 극복하기 위한 안간힘의 소산이지만 활발하지 않은 거리에서는 흉물에 지나지 않는다.

그러나 나는 생각한다. 칠성통 하늘(천정)에 북두칠성을 위시해서 하늘의 별을 모두 따다가 걸어놓으면 칠성통 상가는 다시 빛나게 되리라. 누군가 이 생각을 더욱 발전시키기 바란다.

우리는 관덕정을 돌아본다. 관덕정은 세종 때에 건립한 건물로 여러 번 중건했으며 현존의 건축양식은 18세기의 것이다. 남향이 아닌 동향으로 터를 잡은 것은 관리와 선비들이 활을 쏘며 풍류를 즐기던 곳이기 때문이다.

우리는 무근성 옛길로 접어든다. 불과 30년 전만 해도 고급주택가였을 길이다. 길가에는 한옥이 더러 보이는데 일본식 양옥 또는 일본식으로 개조한 구조가 많다. 그때 집이 대체로 그랬다. 지금은 그 시절의 가옥도 추억거리이며 연구대상이다. 한국고유의 멋을 풍긴 초가집도 보이고 참판댁이었다는 전설의 기와집도 철책에 가려 있다.

옛날 떵떵거리며 살던 사람들이 이사를 가고 나서 몇 번 집주인이 바뀌고 나중에는 슬럼화되는 현상이 여기에 나타나고 있다.

우리는 골목길을 걷는다. 올레다. 서명숙이 명명한 올레길은 원래의 올레가 아니고 여기에 보이는 막다른 골목이 원조 올레다. 이 원조올레에 고풍스런 덧칠을 하고 고색창연한 옛집을 돋보이게 하고 꽃과 나무를 살려 〈아름다운 길〉을 만들면 어떨까? 뜻이 있는 사람들이 옛 가옥을 매입하여 거기에다 화방도 만들고, 카페도 만들고, 민속주도 파는 집들을 꾸미면 어떨까? 그러면 발길이 뜸하던 거리에 활력이 생기고 땅값이 다시 오르지 않을까?

우리는 성내교회를 지난다. 100여 년 전에 제주 최초의 목사 이기풍이 지었다는 목조건물인 옛 교회가 사라진 터에 지은 현대식 교회 건물이다. 우리는 낡아서 금방이라도 쓰러질 듯한 옛 현대극장을 지난다. 일제 때부터 여기에 있어 영화를 상영하고 중고등학교의 연극제가 열리기도 했다는 현대극장이 고대극장(?) 같이 다 쓰러져가는 건물덩어리가 되었다. 어떤 이는 추억에 젖기도 하고 어떤 이는 이 건물이 곧 사라지고 생뚱맞은, 가건물 같은 현대식 건물이 들어설 것이라며 안타까워했다.

우리는 옛 제주시청사의 무너진 터에 섰다. 1958년에 지어지고 1998년에 민간인에게 팔리고 작년에 멸실된 여기에는 옛날 사창司倉(백성에게 곡식을 빌려주고 환곡하던 관청)의 주춧돌들이 덩그러니 뒹굴고 있을 뿐이다. 왜 제주도에 옛것이 사라지는가? 그래서 역사의 기억상실증에 걸린 제주도. 외쳐본들 무엇하겠는가?

용도폐기한 관공서 건물을 팔아서 써야 하는 가난한 제주도 살림. 역사의식도 없고 전통문화보존에 귀먹은 당국자들. 병원도, 극장도,

관청도 다 떠나고 사람들도 뒤따라 떠난 황량한 자리. 그래서 땅값도, 건물값도 점점 떨어지는 자리를 그대로 지켜달랄 수는 없는 현실의 아이러니. 구도심을 살리자는 헛구호. 아아!

노건축가 김석윤 님과 의식 있는 몇 사람들만이 안타까워 울고 있다. 과연 대안은 없는가? 차라리 부숴 버리고 그 자리에 큰 것을, 웅장한 것을, 화려할 뿐 혼이 없는 너울을 씌울 것인가?

우리는 오현단을 들렀고 김만덕의 객주터(?)를 한 바퀴 돌아 산지천으로 돌아왔다. 장장 4시간의 편답이었다. 그 동안 김석윤 선생은 지칠 줄 모르고 포효했고 젊은 스텝들은 이리저리 뛰어다녔으며 듣는 이들은 추억에 잠기기도 하고 안타까운 한숨을 내뿜기도 하고 공분公憤하기도 하였다. 이 행사에 참여한 모두가 마치 큰일에 끼어든 듯 뿌듯해 하는 것 같았다.

오늘 〈제주시 원도심 탐험〉에 동참하면서 나는 기억상실증에 걸린, 기억의 현장에서 도시의 미래, 아니 제주도의 미래를 생각하며 고민에 빠지고 말았다. 나는 아무 것도 모른다. 할 수 있는 것, 할 줄 아는 것이 없다. 그냥 푸념하는 것이다. 그러나 나는 〈문화기획PAN〉 고영림 선생님의 소리 없는 아우성과 건축가 김석윤 선생님의 쉼 없는 외침이 메아리가 되어, 한라산 굽이굽이 울리고 오름들이 되받아쳐서 종국에는 제주도 전역에 울려 퍼질 것을 믿어 의심치 않는다.

(2013)

가을 한담

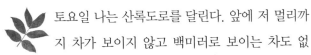토요일 나는 산록도로를 달린다. 앞에 저 멀리까지 차가 보이지 않고 백미러로 보이는 차도 없다. 길섶에는 억새꽃의 춤사위가 하늘거린다. 어떤 여인은 산굼부리의 억새꽃을 남편의 성성한 백발에 빗대기도 했다. 억새꽃은 꽃이다. 우리의 백발도 억겁의 경륜 위에서 핀 꽃이다.

나는 제주문화포럼의 가을맞이행사에 참여하기 위하여 아침을 달리는 것이다. 절물자연휴양림에는 족히 50여 명의 회원이 모였다. 제주도의 문인, 화가, 도예가 등 제주의 문화를 사랑하는 사람들의 모임이다. 내가 여기 낀 게 영광이다.

우리는 두 시간 동안 삼나무길을 걸었다. 길은 찰흙길이다. 땅이 찰떡처럼 발을 매만져준다. 회원 모두가 마음에 때묻지 않은 얼굴들 같다. 젊은 회원들의 모습, 그 해맑은 웃음이 눈부시게 아름답다.

동심으로 돌아가서 우리는 피구를 했는데 내가 좀 고령이라고 나를 집중공략하기에 나는 몇 번 뒹굴며 피하다 이내 공을 맞고 아웃당했다. 보물찾기 행사는 정말 동심의 세계였다. 제주대 양영수교수가 주관하는 퀴즈는 제주 신화를 주제로 했기에 내겐 너무 생소했다.

제주의 단풍은 아름답다. 설악산 그리고 내장산의 단풍과 사뭇 다르다. 제주도의 나무는 다종다양이라 싯붉고 싯누런 잎들이 가지각색으로, 아직도 푸르름을 간직하고 있는 잎사귀들 사이에서 얼굴을 내민다. 5 · 16 도로에서 본 가을이다.

그리고 나는 다음날 같은 길, 5 · 16도로를 오른다. 굳이 조수석을 고집하여 옆에 앉은 어른은 80 중반의 Y회장이다. 그는 옛날 건설부에 근무하면서 5 · 16도로 공사를 총감독했던 분이다. 1962년 3월부터 1963년 10월까지의 일이다. 그 어른의 회고담을 듣는 일은 내게 큰 보람이었고 어찌 보면 역사를 바로 잡는 일이다.

박대통령은 경부고속도로를 공사하기 훨씬 전, 제주도를 가로지르는 5 · 16도로를 뚫기로 했다. 그는 도처의 깡패들을 휘몰아 국토건설단이라는 명목으로 제주도에 보내 도로건설을 했다고 한다. 역사에는 그들이 5 · 16도로를 만들었다고 알려져 있다. 그러나 그런 것만은 아니란다. 그들이 한 일은 극히 일부분일 뿐이란다. 그들은 게으르고 피동적이었기에 큰 도움이 되지는 않았다고 Y회장은 증언한다.

5 · 16도로는 제주도의 억척스런 여인들의 작품이었다. 박대통령은 차량 외에는 장비를 제주도에 보내기에 인색했다. 눈물로 호소해도 박통은 냉담했다. 제주의 아낙들이 곡괭이를 들고 삽으로 땅을 파고 돌을 나르며 일을 했다. 제주도민이 보리쌀도 없어 굶기를 밥먹듯 하던 시절, 아낙네들은 일당을 받아들고 행복에 겨워 울었단다. 박통은 굶주림에 허덕이는 제주도민들을 그렇게 구휼한 것이다. 그때는 왜 그리 비가 많이 오는지 현장에 일꾼이 도착하면 비가 오고 철수하

면 비가 오고. 그래도 일당은 지급하여야 했다.

Y는 정부의 지원을 요청하러 경비행기로 서울을 오가고 낯선 땅에서 공사를 진두지휘하며 청춘을 불태웠다. 그래도 위안이 되는 것은 제주도민의 성원이었다고 한다. 서귀포에서 제주시로 가자면 온종일 걸리고 버스도 하루에 한 차례일 뿐, 그 버스도 고개를 오르자면 승객이 모두 내려 뒤에서 밀곤 했는데 직선도로가 뚫린다니 그들은 이 일에 참여하는 일이 보람이었다고 한다.

성판악에서 5·16도로가 개통되는 날, 제주시와 서귀포 주민들은 동서독 장벽이 무너질 때처럼 서로 얼싸안고 울었다고 한다.

Y는 지금 귀가 어둡고 말이 어눌했으나 자신이 청춘을 바친 이 길을 수십 년 만에 찾은 일에 감격해했다. 그는 그 후 현대건설로 옮겨 경부고속도로, 부산항만공사, 소양강댐 그리고 울산의 조선소 등 많은 공사를 진두지휘하였다. 한 기업의 간부였으나 역사를 일군 시대적 인물이다. 나는 그를 울산에서, 그리고 서울 본사에서 잠시 모실 기회를 가졌었다.

우리는 제주시에서 서귀포로 넘어가는 5·16도로의 꼭짓점 성판악에서 오미자차를 마시며 한담을 나누었다. 그는 분주하게 걸어온 지난날을 회상했고 나는 제주도에서 여생을 보내는 근황을 얘기했다. 떠오르는 태양을 향해 새벽을 걷고 달과 별을 마음에 담으며 밤길을 걷는 나, 그리고 남의 글을 읽고 내 글을 쓰는 얘기 하며…

그 84세의 노인은 내 얘기를 듣더니,

"권 선생, 노년에 들어서면 사는 방법이 중요하네. 선생은 그 방법을 터득한듯 하이. 꺼져가는 촛불의 심지를 돋우며 사는 것이지" 하며 내 손을 꼭 잡았다.

참으로 제주도에까지 와서 나를 찾는 벗들, 선배들, 후배들이 내 생활의 활력소다. 서울에 가서 들뜬 마음으로 모임에 참석하면 그립던 친구는 저 멀찍이 앉아 눈인사만 하고 말지만 여기서 몇 나절 보내며 대화의 꽃을 피우다 보면 우정의 꽃도 활짝 핀다.

제주도의 새로 사귀는 벗들도 좋다. 보통 그들은 나보다 훨씬 젊다. 사실 이 나이에 서울에서 사람을 새로 사귀기는 쉽지 않다. 그러나 나는 복이 많아서 새로운 젊은 남녀의 친구들이 새록새록 늘어만 간다. 가족을 두고 온 내 삶도 점점 익숙해지고 있다. (2009)

제주, 마음에 품다

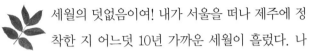 세월의 덧없음이여! 내가 서울을 떠나 제주에 정착한 지 어느덧 10년 가까운 세월이 흘렀다. 나는 학업을 마친 후 예순이 넘도록 산업의 역군으로 뛰었었다. 당시 우리는 잘 살아보자며 밤을 지새웠고 휴일도 반납하면서 공장에서, 건설의 현장에서 땀을 흘렸었고 멀리 중동의 사막에서 모래먼지를 뒤집어쓰면서 뛰었다. 그러나 막상 정든 직장을 떠나면서 돌이켜보면 근 반세기 동안 신명을 바쳐 일한 역할이 기계의 톱니바퀴에 불과했고 그 중 하나의 톱니가 빠져도 기계는 변함없이 돌아가고 있다는 생각이 들었다. 이제 나는 할 일이 하나도 없었고 할 줄 아는 일도 없었다.

나는 나처럼 은퇴한 벗들과 어울려 다니며 낮에는 낮술 먹고 저녁에는 저녁술을 먹으며 몇 달을 할 일 없이 보냈다. 그러다 나는 문득 어디 시골에 내려가서 전원생활을 하겠다는 생각이 들었다. 나는 기업체에 근무할 때 업무상 제주를 여러 번 드나들었었다. 그때 제주의 청정한 공기, 아름다운 풍광에 매료되어 은퇴하면 제주에서 살리라

는 막연한 꿈을 꾼 적이 있었다. 그렇다. 제주다. 나는 아무런 계획도 없이 제주로 향했다. 내가 정착한 후 아내를 데려오기로 하고 나 혼자서 제주땅을 밟은 것이다.

제주에는 연고도 없고 아는 이도 없었다. 이왕 전원생활을 할 바에야 사람 냄새가 나는 시골마을에서 살리라고 나는 생각했다. 제주공항에서 내려서는 깊은 생각 없이 예전에 자주 들려서 자리회, 방어회를 먹던 모슬포로 발길을 옮겼다.

나는 마라도 유람선 선착장을 끼고 있는 산이물에 집을 빌렸다. 10여 평 정도 되는 조립식 주택에 제법 20평가량의 텃밭이 딸려있는 집이다. 이 마을은 약 20호의 주택으로 형성되어 있고 몇 개의 시골스런 음식점 말고는 대개가 앞바다에서 물질하여 생계를 꾸려가는 해녀들이 살고 있는 곳이다.

나는 텃밭에 고추, 상추, 가지, 오이, 호박 등의 모종을 사다 심었다. 채소들은 쑥쑥 자라 금세 따먹을 때가 되었다. 이 많은 채소들을 어찌 혼자 먹을 수 있는가? 주변이 농촌이라 누구와 나눠먹을 형편도 안 되어 열매는 속절없이 늙어가고 있었다. 해보지 않던 일이라 나는 아내에게 전화를 걸어 채소를 키우고 따먹는 일을 일일이 보고하곤 했다.

나는 새벽이면 해가 뜨기도 전에 바닷가로 나간다. 송악산의 바람 부는 언덕을 오르기도 하고 해안도로를 따라 사계포구를 다녀오기도 하고 이슬에 발목을 적시며 밭둑을 걷기도 한다. 떠오르는 태양은 찬란하다.

낮에는 바닷가 바위에 앉아서 멀리 수평선을 바라본다. 바위에 철썩이는 파도소리를 듣는다. 가까운 바다에서 물질하는 해녀들을 내려다본다. 태왁을 안고 있던 서너 명의 해녀들이 거의 동시에 몸을 솟구쳐 퐁당 물속으로 사라진다. 2분쯤 지나자 하나둘 물 위로 오르더니 호이호이 숨비소리를 낸다. 해녀들의 손에는 커다란 소라들이 들려 있다. 그들은 소라를 망사리에 쑤셔 넣더니 다시 물속으로 곤두박질한다.

밤에는 바닷가를 걷는다. 매일 밤 걷다 보니 초승달이 나날이 커져 보름달이 되고 다시 이지러져 그믐달이 되는 현상을 보게 된다. 그믐밤의 하늘은 총총한 별로 메워져 있다. 늘 맑은 하늘만 있는 것은 아니다. 흐린 날의 밤은 지척을 가릴 수 없을 정도로 캄캄하다. 습관처럼 캄캄한 밤길을 홀로 걷는다.

혼자 지내는 밤은 길고 지루하다. 가족과 친구들이 보고 싶어 눈물 나는 밤, 나는 외로움을 달래기 위하여 글을 쓴다. 매일 한 편의 글을 쓴다. 사실 나는 학교 다닐 때 수필과 시를 쓰곤 했었다. 40년의 공백이 있었지만 글은 쓰면 늘게 마련이다.

그 해 겨울 나는 대정고을 옛 성터의 성곽을 낀 아담한 주택으로 옮겼다. 빨간 대문, 빨간 집이 운치 있고, 대문 옆에 고색창연한 돌하르방이 보초를 서고 있다. 추사 김정희 선생이 귀양 와 9년을 지내던 적거지 바로 앞이다. 어쩜 내 신세가 추사의 그것과 비슷한 느낌이 들곤 한다.

여기의 주민들은 감자, 마늘 그리고 감귤 농사를 지으며 살고 있다. 농사철에는 동이 트기도 전에 경운기와 트럭이 지나가는 소리가 지축을 울리면서 새벽잠을 깨운다.

나는 약 2,000평의 감귤 과수원을 샀다. 농사의 경험이 없지만 농사를 지어보겠다는 생각이었다. 서투르지만 이웃사람들에게 배워가며 전정을 하기 시작했다. 나는 하루에 새벽 두 시간을 과수원에 할 애했다. 그래서인지 1월부터 나는 석 달 동안 전정하는데 바쳤다. 제 주도의 풀은 3월 말부터 잎을 피운다. 제초제를 주어야 한다는 주위 의 권고를 물리치고 손수 풀을 뜯고 낫으로 베면서 식전의 두 시간을 보냈다. 한 달 만에 한 바퀴를 돌면 처음 베어난 풀뿌리에서 풀이 무 릎까지 올라와 있다. 그렇게 5바퀴를 돌았다. 농약을 주는 일은 내 힘으로 감당할 수 없어 용역을 주었다. 가을이 되니 귤이 노랗게 익 어갔다. 아내가 이 많은 귤을 인터넷으로 팔아치웠다. 사람의 손을 빌리기도 했지만 귤을 따서 옮기고 포장하고 차에 싣는 일은 간단치 가 않았다.

내가 사는 집은 마을사람들이 빈번히 지나가는 길목에 있다. 나는 지나는 사람들에게 일면식도 없으면서 인사를 한다.

"안녕하세요?"

그러나 그들은 멀뚱히 쳐다보거나 '네' 하고 마지못해 답례를 할 뿐이다. 나중에 알고 보니 내 인사법이 틀렸다. 제주사람은 다 안다.

처음 만난 사람들은 내게 '왜 왔느냐?' '언제 육지로 갈 거냐?' 묻 곤 한다. 도저히 제주에 뿌리 내릴 사람같이 보이지 않는 모양이다. 그들이 볼 때 나는 이방인이다. 어차피 농촌마을에 살면서 마을사람 과 소 닭 보듯 살 일은 아니다.

나는 다가서기로 했다. 보통으로 제주에서 태어나지 않은 사람은 수십 년을 살아도 육지인은 육지인이라서 제주사람들과 섞이기가 어 렵다고 한다. 지연, 학연, 괸당, 어디에도 끈이 없는 내가 아닌가. 나 는 먼저 내 가슴을 열었고 나를 낮췄고 그들 모두를, 편협함까지 사 랑하기로 마음먹었다. 나는 관혼상제에도 찾아다녔고 마을의 각종행사에도 얼굴을 내밀었다. 가깝게 지내는 집의 시께(제사)에도 찾아다녔다.

내가 다가가니 그들도 다가왔다. 10년을 이렇게 지내다 보니 지금은 이웃이 많고 친구가 많아졌다. 이웃들은 내 집에 불이 켜져 있으면 스스럼없이 나를 찾아와 막걸리 사발을 기울이며 한담을 나눈다. 특식을 했다고 음식쟁반을 들고 오는 아낙들도 있고 자기 집에 별식을 마련했다고 내 손을 잡아끄는 이웃들도 있다. 각종 야채를 현관에 던져주고 가는 사람도 있고 수확을 했다고 과일보따리를 내 집에 밀어 넣는 사람들도 있다. 한 떼의 사람들이 추렴한 고기를 들고 와 우리 집 마당에다 불을 피우고 판을 벌이면 지나가던 사람들도 기웃거린다. 낚시질한 물고기를 들고 와 부엌에 비린내를 풍긴다.

나는 여기 농부들과 어부들, 그리고 해녀들과 어울리는 것을 무척이나 즐거움으로 생각한다. 물질하러 가는 해녀들은 나를 보고 손을 흔들고 밭일하는 농부들은 내가 지나가면 허리를 편다.

나는 농어민들과 어울리면서 제주의 전통과 풍속, 제주의 문화와 정신을 읽는다. 육지 사람이 짧은 기간에 무얼 알랴 싶지만 다른 시각에서 바라보는 관점도 있게 마련이다.

제주에는 오랫동안 뿌리 내린 제주의 문화가 살아 있다. 나는 농부들과 해녀들의 일하는 풍경을 바라보곤 한다. 80세, 90세를 넘어도 밭일에 나가고 다른 이의 밭에서 놉을 파는 할머니들, 아픈 허리를 두드리며 바다로 뛰어드는 나이 많으신 해녀들은 반드시 생계유지를 위해서만 하는 일은 아니다. 모아놓은 돈도 있고 자식들에게 기댈 형편도 되는데 노동의 현장으로 나간다. 손자 용돈을 마련하겠다면서… 파고다공원을 꽉 메운 서울의 노인들과 비교하면 얼마나 아름다운 노동의 정신인가?

제주사람들은 힘든 일이 있으면 마을사람들이 모두 나서서, 하나로 뭉쳐 일을 돕곤 한다. 그들은 집을 짓거나 지붕을 이을 때, 산에서 큰 나무를 끌어내릴 때, 밭을 밟아줄 때, 마을길을 닦을 때 마을 사람들이 힘을 합하여 협조하는 수눌음의 정신을 발휘해 왔다. 그 정신은 상부상조의 정신과 함께 아직도 제주사람들의 가슴에 남아 있다.

제주여인들은 지혜롭고 강인하다. 그들은 남편의 내조자에 그치지 않고 삶의 현장으로 뛰어나가 험난한 인생행로에 과감한 개척자 역할을 한다.

제례의식은 전국적으로 그 전통이 희미해지고 있다. 초저녁에 간단히 치루거나, 윗대는 생략하고 부모에 한정한다던가, 종교를 이유로 형식을 바꾸거나 아예 폐기하는 일이 많아지고 있다. 그러나 제주에서는 조상에 대한 제사는 물론 벌초를 가족의 큰 행사로 여긴다던가, 아직도 상식을 떠놓는다던가, 시께집에 이웃이 참석하거나 제사음식을 나누어 먹는 일 등을 볼 수 있다. 이는 제주의 정신이며 내놓을 만한 제주의 자랑이다.

나는 차를 몰고 제주의 명승지와 유적지를 찾아다니곤 한다. 특히 서울의 벗들이 관광차 제주에 오면 그들을 태우고 간 곳 또 가고 본 곳 또 본다. 아마도 제주도를 수백 번 돈 것 같다. 제주는 아름답다. 제주의 하늘은 넓고 크다. 제주의 곳곳, 마을과 밭, 그리고 작은 연못까지 전설이 묻어 있고 삶의 애환이 서려 있다.

오름을 오른다. 오름의 한 가운데 파인 분화구가 신비를 간직한 듯하고 지질과 식생의 보고다. 오름에서 넓은 평원과 바다를 내려다보자면 호연지기를 느낀다. 오름에 오르면 비탈에 구르고 싶고 저 초원을 향해 날고 싶다. 저 초원에서 뒹굴고 싶은 충동을 느낀다.

곶자왈의 숲길을 걷는다. 거기에는 버섯을 재배하여 나르던 길도 있고 소나 말이 다니던 길도 있다. 이제는 많은 곳이 생태숲길로 개발되고 있다. 곶자왈에서 자라는 나무와 야생화는 생태의 보물이다. 편백과 삼나무가 내뿜는 숨결로 가슴이 뻥 뚫린다.

나는 제주에 관한 문헌을 읽고 식자들과 수시로 토론하면서 제주의 역사와 제주사람들이 모진 삶을 살아왔던 이야기와 그 삶으로 인해 각인된 제주사람들의 기질을 이해하고 역사를 재해석할 필요를 느낀다.

제주의 역사는 육지의 역사와는 다르다. 한국사 책에서 다루지 않거나 도외시하거나 왜곡한 제주만의 역사가 있다. 그래서 승자의 잣대로 제주의 역사를 들여다보면 안 된다. 가령 삼별초군이 몽고(고려는 빼고)에 대항하여 싸웠다던가, 최영 장군이 25,000명의 정규군을 끌고 와 몽고 출신의 목호로부터 제주를 구했다던가 하는 역사는 승자의 역사요 중앙의 잣대로 본 역사라 할 수 있다. 제주에 온 수령들이나 유배객들이 관찰한 제주는 수박 겉핥기에 지나지 않는다. 제주사람들은 척박한 땅에서 온갖 풍상을 이겨내며 모진 목숨을 이어간 끈질김을 품고 있다. 삼다三多 그리고 삼무三無의 섬이라고 하지만 돌이 많으니 사람들은 그 돌을 들어내어 수천 년간 밭을 일궜고 바람이 많으니 곡식을 수확하지 못하고 고깃배가 풍랑에 휩싸였으며, 제주에 여자가 많다 함은 남자가 비명에 죽어갔다는 것이다. 집에 쌓아놓은 재물과 식량이 없으니 거지도 없고 도둑도 없고 대문도 없는 것이 아닐까?

관의 착취와 가렴주구는 어떠했던가? 관리들은 미역, 전복 채취의

할당량을 해녀들에게 책정해 긁어갔고 각종 굴을 수집해 육지에 실어가기에 바빴다. 제주의 역사는 착취와 굴종의 역사였다.

비극적인 역사만을 나열하고자 하는 것은 아니다. 그 지역의 전통과 풍습과 문화는 발에 밟힐 때 오히려 잡초처럼 뿌리내리고 꽃도 핀다. 백성은 각종 해학으로 관리들을 비웃고 신에게 갈구한다. 그래서 제주의 신은 짓밟는 자를 혼내주고 백성을 위무한다.

글을 쓴다. 나는 제주의 풍광과 사람들의 이야기를 글로 엮는다. 화가가 그림의 대상을 찾듯 나는 글의 소재를 찾아다닌다. 나의 발자취가 수필이 되고 소설이 된다. 나는 제주에서 글을 끌적거린 지 5년 만에 수필가로 등단했고 내처 같은 해에 소설가로 데뷔했다. 2008년의 일이었다. 그 후 나는 세 권의 장편소설을 썼다.

지금 나는 10년 전, 제주로 건너와 정착한 것을 백 번 잘 했다고 생각한다. 아내도 두 해 전에 제주에 합류했고 제주에서의 삶에 매우 만족하고 있다. 나는 서울로 되돌아갈 수 없는 몸이 되었음을 느낀다. 타고 온 선박을 모두 태우고 멕시코에 상륙한 스페인의 코르테즈 장군처럼 나는 안락한 베이스캠프인 서울의 집을 처분하고 제주에 왔기 때문이다. 나는 자식들에게 말한 적이 있다.

"너희는 제주도에 별장이 있는 셈이구나. 아버지가 제주도에 있으니 찾아오면 별장이요, 아버지가 세상을 떠나도 제주도에 집을 남길 테니 너희 별장 아니냐? 나는 제주도에 묻히고 싶다. 꼭 명절 때 말고라도 아무 때나 와서 인사하고 가거라."

나는 이냥 제주도에 눌러 살고 싶다. 나는 제주의 해안과 산야를 발이 시리도록 걸으련다. 나는 늦게나마 호기심과 관심의 창문을 활짝 열고 제주의 풍광, 제주의 역사와 문화 그리고 제주사람들의 사는 이야기를 탐구하고 체험하면서, 쓰면서 여생을 보내고 싶다. 내 삶의 연적硯滴이 마르고 있는지 모른다. 그러나 나는 얼마 남지 않은 먹물에, 삶의 여적餘滴에 붓을 듬뿍 적신다. (「삶과 문화」 2012. 겨울호)

제주신화의 지평을 넓히자

제주신화는 인간역사의 발상에 앞서 신들의 초인적 능력을 과시하는 그리스 신화, 그리고 영웅이나 통치자를 신격화하는 중국의 신화와는 달리 민초의 애환과 사랑, 그리고 소박한 꿈을 이야기하는 평범한 인생살이를 근간으로 한다.

제주신화에는 처절한 세력다툼, 승리를 구가하는 우렁찬 목소리, 복수와 반전 등, 역동적이고 긴박한 상황전개가 보이지 않고 다만 마을 사람들의 사는 이야기, 출산과 죽음과 환생, 못 먹고 못 산 한풀이와 잘 살아보자는 기복을 중심으로 하는 인간 드라마라 할 수 있다.

『세계 속의 제주신화』의 저자 양영수는 제주신화를 그리스신화, 그리고 중국신화와 비교연구하면서 제주신화의 인간중심적인 면을 강조했고 제주신화가 어느 특정인이나 특별한 신이 아닌 제주도 사람들의 사는 이야기이며 '제주인들의 역사가 용해되어 있고, 제주인들의 원형적인 사고방식과 우주해석의 핵심요소가 들어있는' 설화라고 말하고 있다.

인간역사의 시발은 신神인 천지왕과 인간인 총맹부인의 동침으로 시작되고 그 아들 대별왕과 소별왕이 저승과 이승을 넘나들며 인간사를 관장하는 것으로 인륜적 종속관계로 엮어지고 있다. 제주신화에서는 신들의 존재이유가 단지 인간세상을 보살피는데 있음을 보여주고 있다. 〈천지왕본풀이〉 그러나 그리스 신화에서 인간은 신들에 비하여 미물에 지나지 않으며 신들과 인간 사이에는 냉혹한 경쟁원리만 있을 뿐이다.

하늘의 신인 천지왕 또는 옥황상제는 인간사를 주관하지 않고 인간과의 사이에서 낳았거나 인간에서 신으로 격상한 신들에게 역할분담을 시킨다는 점이 매우 인간적이다. 이들 신들은 사람들의 소원을 듣고 대소사에 개입하여 길흉화복을 나누어준다. 제주의 신들은 출생과 양육을 돕기도 하고 가정과 마을을 지켜주며 하늘에서 오곡을 얻어다 민생을 유복하게 하기도 한다.

제주의 신들은 저승과 이승 사이의 서천꽃밭을 설정하여 거기서 환생꽃을 얻으면 죽은 사람이 환생할 수 있게 하고 인간의 수명을 늘려주기도 하고 요절한 사람을 살리기 위하여 염라대왕을 잡아다 대령시키기도 하는 인간 위주의 신들이다.

제주신화의 화소에 중심이 되는 것은 단연 여신 즉 여성이 중심이 된다. 남편의 등을 떠밀어 용력을 발휘하게 하고 농경을 가르치기도 하고 게걸스런 남편을 내쫓기도 하지만 자신이 내쫓길 때는 의연히 우뚝 서기도 한다. 신화에 나오는 여성들은 지혜롭고 강인하다. 제주어로 표현하면 요망진 여인들이다. 그들은 험난한 인생행로에 과감한 개척자 역할을 하며 남성들에 대하여 양순한 추종자가 아니라 진취적인 선도자이다.

여성들이 남성들의 구애에 이끌려가기보다는 과감하고 능동적인 애정표현을 하는 것은 역사적으로 제주여성 말고는 찾아보기 힘들 것이다.

창세신화에서 총명부인은 자진하여 천지왕의 침실로 잠입하고 〈이공본풀이〉에서 원강아미는 가난한 사라도령에게 시집가겠다고 망설이는 부모를 졸라댄다. 〈삼공본풀이〉에서 가믄장아기는 '발 막아 누을' 남자가 필요하다며 남자를 스스로 청해 들이고 용담동 〈다끄네본향당본풀이〉에서는 외래의 여신 백주또가 스스로 자신의 배필감을 찾아 제주도로 들어온다.

〈세경본풀이〉에서 자청비가 엮어가는 능동적인 사랑 이야기는 자못 감동적이다. 거기에는 해학이 있고 갈등과 열정이 있다.

자청비는 못가에서 빨래를 하던 중 물을 달라던 청년 문도령(옥황의 아들)에게 한 눈에 반하여 남장을 하고 쫓아 나선다. 여인임을 속이면서 한 방에서 3년간 글공부를 하던 그녀는 자신의 집에 돌아와 본색을 드러내고 부모 몰래 첫날밤을 즐긴다. 문도령과 본의 아니게 헤어진 그녀는 문도령이 돌아오기를 기다리면서도 하인 정수남과 알몸으로 연못에 들어가 사랑놀이를 하는가 하면 남편을 죽게 한 동네 청년들, 그리고 자신을 환생의 서천꽃밭에 데려다 줄 부엉이 앞에서 과감히 옷을 벗는다. 그녀는 어느 때는 요조숙녀이고 어느 때는 호방하고 활달한 성개방주의자이기도 하다. 하늘로 올라가 공을 세우고 문도령을 만난 자청비는 밀고 당기는 사랑의 유희를 벌이는가 하면 문선왕(옥황)이 내려주겠다는 하늘 벼슬도 마다하고 지상으로 내려와 농경신으로 자리매김한다. 자청비 이야기는 제주여성의 요망진 성격을 대변하기도 하고 여성에게 잠재하는 성애의 과감한 행태를 하는

가 하면 남편을 보살피고 민초를 사랑하는 마음을 가지고 있기도 하다.

그리스신화 속의 프시케는 지상에서 가장 아름다운 여인이다. 미의 여신 아프로디테는 천상천하에서 최고의 미인임을 자부하면서 많은 남성신들과 혼외정사를 즐긴다. 아프로디테는 수많은 남자들이 프시케의 미에 경탄하는 것을 몹시 질투하여 아들 에로스를 보내 그녀를 해코지하려 한다. 그러나 그녀의 미모에 반한 에로스는 밤마다 찾아와 그녀와 동침을 한다. 에로스의 감미로운 말과 사랑의 환희에도 불구하고 에로스의 모습은 그녀에게 보이지 않았다. 에로스의 얼굴을 보고 싶어 했던 프시케는 두 언니들의 꼬드김으로 에로스에게 얼떨결에 상처를 입힌다. 사랑하는 에로스를 살리기 위하여 갖은 시련을 겪고 하데스로 떨어질 뻔했던 프시케는 제우스의 배려로 천상의 신으로 승격이 된다.

자청비가 아프로디테와 다른 점은 그녀의 과감한 사랑의 유희에도 불구하고 남편에 대한 사랑의 끈을 놓지 않았고, 프시케와 다른 점은 천신이 되는 것을 마다하고 지상의 신으로 자원하여 농경신이 되어 농사를 장려한 것이다. 곧 제주신화에서의 신은 인간 중심의 신임을 여실히 드러내고 있는 것이다.

제주신화에서의 여신들은 일부다처에서 유화적인 면을 보인다. 〈서귀포본향당본풀이〉에서 고산국은 자신의 동생 지산국과 사랑의 줄행랑을 친 남편 바름웃도를 찾아 공생관계를 유지한다. 〈문전본풀이〉에서 남선비는 두 아내를 집에 들여 조왕신과 측간신이 되게 한다. 자청비는 서천꽃밭 막내딸을 집안에 맞아들여 문도령과 더불어 사랑을 양분한다. 이외에도 일부다처를 용인하는 신화는 얼마든지 있다. 이 신화가 오랫동안 제주도에 풍습으로 내려오던 일부다처제의 전통을 용인하는 원인이 되었을 것이라고 추정된다.

제주신화에서는 여신들이 중심에 있다. 남성신은 멀찌감치 서 있거나 들러리에 불과하다. 모르긴 해도 이는 세계적으로 제주에만 고유한 신화라 여겨진다. 제주의 여신들은 보살핌의 신이요, 사랑의 신이다. 또한 열악한 풍토에서 고난과 역경의 삶을 살아가는 제주여인들의 강인함과 지혜로움을 대변해주는 설화이기도 하다.

제주신화는 신 중심이 아닌 인간 중심의 설화이며 가정의 안녕과 복, 농사의 풍작, 그리고 장수와 환생을 기원하는 설화이다. 제주신화에는 사랑과 시샘, 갈등과 열정, 그리고 해학이 묻어있다.

제주신화는 무당들의 굿을 통해서 오랜 세월 구전되어 왔고 무속신앙으로 뿌리를 내려 제주의 역사, 민속과 전통, 그리고 제주인의 생활상을 극명하게 표현하고 있는 것이다. 그러나 바야흐로 제주신화는 신당이나 당굿에 그치지 말고 환골탈태할 시점에 이른 것이다. 말하자면 제주도 전통문화의 탐구에 대한 인문학적 고찰을 통하여 제주문화의 원류로 자리 잡아야 할 필요가 있다.

제주신화는 장차 그 지평을 넓혀 소설과 대서사시로 발전시켜야 하고 연극, 가무, 오페라, 판소리 등 종합예술로 승화시켜야 한다. 예를 들어 자청비의 사랑 이야기는 애정소설의 테마가 될 수 있고 마농 레스코에 못지않은 오페라의 소재가 될 수 있을 것이다. 제주도의 학자, 문인, 예술가들이 제주신화를 더욱 연구하고 작품화하여 세계에 드높이기를 기대해 본다. (2011)

헌마공신 김만일의 역사소설적 의미

 아랫글은 김만일 기념사업의 출발을 알리는 심포지움 〈제주마와 헌마공신 김만일의 공적에 대한 역사적 고찰〉의 일환으로 권무일의 주제 발표 내용입니다.

저는 육지에서 산업의 역군으로 직장생활을 하다가 지금부터 10년 전에 제주도에 건너와 정착하였고 제주도에 와서 소설을 쓰기 시작했습니다. 지금 생각해 보면 당시 제주도에 정착하기로 마음먹은 것이 백 번 잘한 일이라는 생각이 듭니다.

10년 동안 저는 제주도의 산야를 쏘다니고 유적지를 찾아다니는 한편 제주도에 관련된 많은 서적을 탐독하면서 제주 사람들의 살아온 이야기, 사는 이야기에 관심을 기울였습니다.

저는 5년 전에 장편소설 『의녀 김만덕』을 썼습니다. 두 번째 소설 『남이장군』을 탈고하고 출판을 준비하면서 저는 400년 전에 제주에 살았고 제주에 큰 발자취를 남긴 김만일 공의 행적을 찾기 시작했습니다. 이는 김만일 공의 후손, 전 서귀포 시장 김형수씨의 귀띔에 의

한 것이기도 합니다.

아쉽게도 제주에는 김만일에 대한 자료가 거의 보존된 것이 없고 전설로, 단편적인 자료로 남아있을 뿐이었습니다. 그러나 김만일이 활동하던 무대, 즉 그가 10,000마리의 말을 키우던 대평원은 제주에 그대로 남아 있었습니다.

저는 자료의 부족에 전전긍긍하지 않고 마치 땅속에 묻혀있는 잔해를 파내어 뼈마디를 맞춰 나가듯, 이야기를 꾸려 나갔고 또한 김만일이 살았던 시대의 국가정세와 국제무대로 시야를 넓혀 갔습니다. 그의 활동무대는 제주의 대평원을 넘어서 국가와 민족 나아가서 국제적 무대였다는 생각이 들어 저는 눈을 번쩍 떴습니다.

그는 10,000여 마리의 말을 가진 대재벌이었고 높은 벼슬을 받았지만 자신의 명예와 재산에 만족하여 희희낙락한 사람이 아니었습니다. 당시 말은 국력의 상징임을 알았기에 김만일의 시선은 제주의 대평원을 넘어서 나라의 현실과 민족의 장래로 향하고 있었습니다.

제 소설 『말, 헌마공신 김만일과 말 이야기』는 모든 내용이 역사적 사실이 될 수는 없습니다. 다만 역사적 사실의 바탕 위에서 역사적 상상력을 발휘하여 엮어나간 이야기입니다. 뼈대가 되는 역사적 사실과 역사적 환경에다 허구인 살을 붙여 현대적 의미에서 생명력을 불어넣은 역사소설입니다.

김만일은 1550년, 즉 조선조 13대 임금 명종 5년에 남원의 의귀리에서 태어났습니다. 그는 200명의 왜구들이 천미포에 들이닥쳐 주민을 살상하고 식량을 약탈한 천미포 왜란, 이어서 1,000여 명의 왜구가 제주성에 난입한 을묘왜변이 일어나던 소란스러운 시기에 어린 시절을 보냈습니다.

저의 소설에서 김만일은 처가에서 한 마리의 암말을 얻은 후 이 말을 통하여 한라산의 야생마의 씨를 받아 이 씨수마를 보존하고 종자개량을 한 것으로 묘사했습니다.

전설에 의하면 김만일의 처가는 사설목장을 운영했고 김만일의 수말이 그 목장을 들르자 100마리의 암말이 그 수말을 따라 왔고 그 말을 처가로 되돌려 보냈지만 다시 암말 100마리가 따라오는 지경에 이르자 장인은 아예 김만일에게 그 100마리의 말을 건네주었다는 일화가 있습니다.

김만일은 그 말들을 끌고 한라산 동쪽의 대평원으로 달려갔습니다. 아시다시피 제주도의 고원지대는 춥고 물이 없고 잡목과 가시덩굴, 돌들이 나뒹구는 황폐한 지역입니다. 그럼에도 불구하고 김만일은 거기에서 말을 키우기 시작했고 지속적인 종자개량과 각고의 노력으로 말을 번식시켜 나중에는 10,000마리가 뛰노는 대목장으로 만들었습니다.

김만일의 산마장은 한라산 동쪽 고원지대의 대부분을 차지했습니다. 물영아리오름에서 바농오름까지 해발 400m에서 700m에 이르는 약 2,000만 평의 대평원과 오름들이 그의 목장이었습니다. 이 목장은 후에 녹산장, 상장, 침장으로 구분하여 불렸습니다. 또한 척박한 땅에서 추위를 무릅쓰고 성장한 김만일의 말은 야생마와 다름없는 크고 강인한 말이었습니다.

고려 때 몽고가 제주에 목장을 개설했고 세종 때에 목장조직이 10소장으로 개편되어 제주의 국마목장에는 대략 10,000마리의 말이 사육되고 있었습니다. 그렇지만 김만일이 키우는 말들은 제주의 국마목장 전체에서 키우는 말의 수와 버금가거나 그 수를 능가하기도 했고 대부분이 거대한 준마였습니다.

제 소설에서 김만일의 말은 농사를 짓거나 수레를 끄는 평범한 말이 아닙니다. 그 말은 몽고마를 능가하는 거대한 말의 종으로 전쟁터에 나가 국경을 지키고 만주벌판을 누비는 전마였습니다. 저는 여러 문헌에서 제주의 말 중에 임금이 타는 어승마, 또는 거대한 준마가 있었음을 확인할 수 있었습니다. 특히 이성계가 타던 팔준마 중의 하나인 응상백은 제주에서 키운 말입니다.

김만일이 34세일 때, 즉 그가 종마를 보존하여 우수한 말을 한창 증산해 나가던 때에, 율곡 이이 선생은 10년 이내에 이 나라에 큰 전쟁이 있을 것이니 10만 군사를 양성하고 전마를 키우고 기마병을 훈련시킬 것을 임금에게 건의한 바 있습니다. 그러나 이 상소로 인해 율곡 선생은 신료들의 무함을 받아 쓸쓸히 고향으로 돌아가 이듬해 생을 마쳤습니다. 그러나 김만일은 조선의 먼 변방, 절해고도에서 묵묵히 전마를 키우고 있었습니다.

김만일의 나이 43세 되던 해에 임진왜란이 발발했습니다. 선조임금은 서울을 버리고 피난길에 올라 의주로 몽진했고 왜적은 불과 20일 만에 도성에 입성하였으며 전라도를 제외하고 조선의 7도가 왜적에게 짓밟혔습니다.

그때 초야에 묻혀있던 고경명은 60세의 노구를 일으켜 분연히 일어나 전라도 담양에서 의병을 모집하였습니다. 순식간에 7,000명의 의병이 모여들었습니다. 그러나 그들은 대부분이 농민인 오합지졸인데다 기동력이 필수인 말이 없었습니다. 고경명은 제주에 격문을 띄웠고 제주에서는 1,000마리의 말을 배에 실어 보냈지만 그 중에 200마리는 도중에 죽고 800마리의 말이 의병대에 합류했습니다. 그러나 의병들은 말을 타고 싸워보지 못한 사람들이었습니다. 백면서생인 고경명도 마찬가지였습니다. 의병들은 왜적의 조총소리에 혼비백산하여 흩어졌습니다. 고경명은 금산 싸움에서 별로 싸워보지도 못하고 적진 앞에서 낙마하여 그의 아들 고인후와 더불어 목숨을 잃었습니다.

그 후 그의 아들 고종후가 복수의병대를 조직하고 또한 제주에 격서를 보냈습니다. 김만일은 큰아들 대명을, 훈련을 받은 전마와 기마병을 딸려 육지로 보내 고종후의 막하에서 왜적과 싸우게 했습니다. 김대명은 전공을 크게 인정받아 보성군수로 임명되었습니다. 보성군의 사적에는 그의 전적비가 있다고 기록되어 있으나 찾아내지는 못했다고 합니다.

명나라의 원병과 의병들의 활약으로 왜적이 도성을 비우고 남쪽으로 물러나자 선조임금은 일 년 반 만에 서울로 돌아왔습니다. 그러나 온 강토는 쑥대밭이 되어 있었습니다. 더욱이 전국에 산재해 있던 말들은 씨가 말랐습니다. 왜적에게 빼앗기기도 하고 군사들과 파발들이 말을 끌고 탈영하고 굶주린 백성들이 잡아먹었기 때문입니다. 말이나 소가 없어 군진으로 군수물자를 보내는데 사람이 지고 가야 했고 파발마가 없어 뜀박질 잘 하는 사람을 시켜 전장의 소식을 알려야 했습니다.

그때 김만일은 무려 500마리의 전마를 끌고 바다를 건너 보무도 당당히 서울로 향했습니다. 임금은 김만일의 의기와 충성심에 크게 감동하여 김만일을 종2품인 중추부동지사 겸 가선대부로 임명하고 헌마공신의 작위를 수여했습니다.

왜적이 우리의 강토에서 물러나지 않고 전쟁이 지리멸렬해지고 있을 때 일본은 다시 16만 명을 보내 전라도를 치면서 제주를 삼킬 계책을 꾸미고 있었습니다. 이 첩보를 들은 선조는 탄식하면서 이렇게 말했습니다.

"만일 제주에 적변이 있게 되면 그 형세가 지탱하기 어렵도다. 혹 왜적이 탐라를 점령하여 소굴로 삼는다면 후일에 말할 수 없는 상황이 된다. 제주가 바다 가운데 있는 섬이지만 천하의 안위가 여기에 달려 있도다."

제주에서는 각 진지와 부속된 섬에 군사를 배치하고 주민들은 남녀노소 가리지 않고 달려들어 환해장성을 수리하여 번을 서고 한라산 산록에 산성을 쌓으면서 만반의 태세를 갖추고 있었습니다. 도요토미의 갑작스러운 죽음은 제주로서는 참으로 다행한 일이었습니다.

길고 지루한 왜란 7년 동안 제주의 모든 목장에서는 배가 준비되는 대로 육지로 말을 실어 보내는 한편 말고기는 건마육으로 만들어서 식량으로, 힘줄과 가죽은 무기의 원료로 공급하였습니다. 국마목장뿐만 아니라 김만일의 산마장까지도 말의 숫자가 현저히 줄고 있었습니다.

설상가상으로 전후 국가기강이 무너진 틈을 타서 관리들과 군인들이 말을 빼앗아 육지의 고관들에게 상납하거나 사복을 채우는 일이 빈번하였습니다. 김만일은 종마를 보존하기 위하여 말의 눈을 송곳으로 찌르고 말의 귀를 찢고 잔등을 칼로 긋기도 하였습니다.

선조에 이어 즉위한 광해군은 만주의 여진족이 점점 강성해지는 현실을 목도하고 한편으로는 그들을 달래고 한편으로는 기마병을 양성하여 군사력을 키우면서 명나라와의 사이에서 양다리외교를 펼치고 있었습니다. 그는 제주의 말을 국경지대로 보내 전마로 양성하고 있었습니다.

김만일은 광해군과 의기투합하여 전마를 키우는데 총력을 기울였고 키우는 족족 육지로 올려 보냈습니다. 광해군은 주위의 만류에도 불구하고 말 값을 지불하기로 하였습니다. 말 값은 쌀, 또는 목면으로 지불했는데 당시 말 한 마리가 쌀 20석 또는 무명 50필에 해당했습니다. 수말 한 마리의 대가로 받는 무명 50필이면 50가구 내지 100가구가 한 철의 옷을 해 입을 수 있는 분량입니다. 제 소설에서 김만일은 쌀과 목면을 이웃에게 베푼 것으로 묘사하고 있습니다.

만주의 여진족이 세운 후금이 명나라를 공격함에 이르자 명나라는 조선에 원군을 요청했습니다. 미적거리던 광해군은 신하들의 성화에 못 이겨 강홍립 장군에게 10,000군사를 딸려 만주원정을 보내면서 형세를 보아 향배를 정하라며 항복해도 좋다는 언질을 주었습니다. 강홍립이 별로 싸우지도 않고 항복하는 바람에 광해군이 애써 훈련시킨 3,000마리의 전마가 만주에서 돌아오지 못했습니다. 이제 국경에는 전마가 전무한 지경에 이르렀습니다.

김만일은 남겨두었던 전마 500마리와 자신이 훈련시킨 기마병을 대동하고 제주를 떠났습니다. 기마병은 광해군이 전국적으로 실시한 무과시험의 일환으로 제주에서 뽑은 무사들이었습니다.

낙담해 있던 광해군은 천군만마를 얻은 듯 날듯이 기뻐했습니다. 임금은 김만일을 정2품의 오위도총관에 임명했습니다. 오위도총관은 임금을 수호하고 도성을 지키며 지방군을 통솔하는 자리로 지금으로 말하면 합참의장 쯤 되는 직책이며 당시에는 원로대신이나 국구 즉 임금의 장인이 추대되는 자리였습니다.

신료들이 떼를 지어 반대하고 나섰습니다. 김만일은 섬에 사는 한 백성에 불과합니다. 그가 전후 바쳐온 말이 그 수가 얼마인지 모를 정도라도, 그가 바쳐온 수만큼 비단이나 면포나 미곡으로 값을 쳐주는 것은 좋지만, 어떻게 감히 그 보답을 벼슬로 할 것입니까? 하면서 말입니다.

김만일은 3개월 정도 그 자리에 머물다가 툭툭 털고 제주로 돌아왔습니다. 신료들의 시기와 질투도 있었지만 제주의 드넓은 대평원과 자식 같은 말들이 눈에 아른거렸기 때문입니다.

제주에 돌아온 김만일은 더욱 말을 번식하여 정묘호란 때는 240마리를, 후금의 후신인 청나라와의 전운이 감돌 때 500마리의 말을 보냈고 그 대가로 임금은 김만일에게 종1품의 숭정대부를 서훈했습니다. 숭정대부는 문신에게 주는 3정승, 즉 영의정, 좌의정, 우의정 다음의 최고 명예직으로 가문의 영광이었습니다. 당시 그는 79세였습니다.

김만일 공은 1632년 83세를 일기로 세상을 하직했습니다. 그가 떠난 이후에도 김만일의 산마장은 김만일 가의 공동목장으로 운영되었고 효종 때부터 240년간 종6품의 산마감목관의 직책이 주어지면서 세습되었습니다. 종6품은 정의, 대정 현감과 동일한 품계였습니다.

따지고 보면 김만일이 산마장을 개척한 뒤로 약 330년간 저 드넓은 산마장은 김만일 가의 목장이었습니다. 300여 년간 하나의 가문이 관직을 유지했거나 관직이 세습된 경우는 동서고금을 통하여 왕조 말고는 찾아보기 어려운 예라 할 것입니다.

김만일은 조선의 개국공신 김인찬의 8세손이며 입도조 김검룡의

7세손이지만 가문이 퇴락하여 한미한 가정에서 평범한 농민의 아들로 태어났습니다. 그러나 그의 꿈은 한라산만큼이나 크고 높았습니다.

그는 당시 아무도 밟아보지 못했고 생각조차 못했던 한라산 기슭의 고원으로 한 마리의 준마를 끌고 달려갔고 무려 10,000마리의 대목장으로 만들었습니다. 그는 말의 종자를 끊임없이 개량하여 몽고마를 능가하고 서역마와 어깨를 겨루는 산마를 대량으로 번식시키는 데 성공했습니다. 그의 말은 준마요, 용마요 마왕이었습니다. 아니 김만일 자신이 마왕이었습니다.

당시 동북아의 정세는 일본의 도요토미가 조선반도를 거쳐 중국까지 넘보며 천하통일을 꿈꾸고 있었고 대륙에는 명나라가 그 운을 다하면서 만주의 누루하치가 중국을 공략하던 미증유의 격동기였습니다. 그러나 조정의 관리들은 미몽에서 깨어나지 못하고 사색당파로 나뉘어 당쟁으로 여념이 없었고, 임진왜란, 정유재란, 인조반정과 광해군의 몰락, 이괄의 난, 정묘호란과 병자호란 등 국난이 끊임없이 발생하는데도 국가의 안위보다는 자신의 출세영달과 가문의 영화를 위하여 편을 갈라 싸우고 있었습니다. 더욱이 관리들은 착취와 가렴주구로 백성을 못살게 굴었고 윤리도덕이 땅에 떨어져 매관매직이 성행하고 있었습니다.

이와 같은 암울한 시기에 멀고 먼 탐라에서 한 줄기 빛으로 우뚝선 김만일은 묵묵히 자신의 직업에 충실하면서 나라사랑의 정신을 불태우고 있었습니다.

그는 정녕 대자연의 광활한 대지에서 홀로 10,000마리의 산마를 키웠고 자식 같은 말을 나라에 자진해서 바치기를 마다하지 않는 대

자아의 활연한 호연지기로 활달한 삶을 살았던 것입니다.

김만일은 제주의 자존심이며 그의 정신은 제주의 정신일 것입니다. 김만일은 나라 건너의 땅, 변방의 땅, 착취와 멸시의 땅에 지나지 않던 제주의 위상을 높이고 정체성을 확립하며 제주의 가치를 만방에 알린 거인이었습니다.

흔히 말하기를 좋아하는 이들은 김만일이 말을 바쳐 벼슬을 얻었고 자신의 가문을 빛냈을 뿐 제주와 제주 사람들을 위하여 무엇을 하였느냐 라며 비아냥거리지만 김만일이 준마의 씨를 보존하고 끊임없이 개량하여 국난에 대비한 헌신과 우국충정은 말과 전쟁의 역사에 길이 기록될 쾌거일 것입니다.

동서고금의 전쟁사를 돌이켜보면 장군의 승리, 군사의 용맹성과 미담은 기록되어 있어도 전쟁 물자를 공급한 이야기는 가려져 있습니다. 당시의 말은 지금으로 말하면 탱크요 자동차이며 말고기는 군량미이고 말의 힘줄과 가죽은 군수품이라 할 수 있습니다.

또한 김만일과 그 자손들이 말의 대가로 받은 미곡과 면포를 제주 사람들에게 쾌척했다고 짐작되는 일은 제주 사람들이 잊어서는 안 될 은공일 것입니다. 실제로 영조 때 김만일의 한 자손은 쌀 1,500석을 풀어 제주 사람들을 구휼했다는 기록이 남아 있습니다. 의녀 김만덕이 구휼한 450석의 3배가 넘는 분량이었습니다.

김만일의 이야기는 그 자손들만이 기억할 이야기가 아니며 제주 사람들, 나아가서 온 국민의 가슴에 길이 간직할 신선한 이야기입니다.

끝으로 제주도에서 낳아, 자라지도 않고 짧은 세월 동안 제주도에 머물면서 제주도의 실상을 그린 저의 무모함에 저는 자괴감을 감출 수 없으며 아울러 천학비재인 제가 이 역사소설로 혹시 역사를 왜곡하지 않았나 하는 두려운 마음을 가지고 있습니다. 많이 꾸짖어 주십시오. (2013)

한라산과 말,
헌마공신 김만일을 말한다

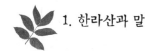 **1. 한라산과 말**

2004년 2월 초, 83세의 남도영 박사는 고령에도 불구하고 한라산 등정에 나선다. 75세의 김계평, 63세의 김병수, 그리고 40대 중반의 김관철이 합류했다.

그들의 걸음은 느리기만 했다. 보통사람이면 성판악에서 2시간 정도 걸리는 진달래밭까지 4시간 반이 걸렸다. 초속 40m의 강풍, 영하 8도, 체감온도 영하 15도의 추위를 견디지 못하고 도중에서 동사하고 말 것이니 철수하자는 주위의 만류에도 불구하고 남 박사는 혼자라도 꼭 백록담을 보고야 말겠다며 대피소를 빠져 나왔다. 어쩔 수 없이 김병수와 김관철이 따라나섰다.

진달래밭에서 백록담으로 난 길은 누군가 지나갔을 법한데 바람에 휩쓸린 눈으로 인하여 길을 찾을 수 없어 까딱 잘못 짚으면 무슨 사고가 날지 모르는 형편이었다. 그들은 미끄러지고 넘어지면서 서로 부둥켜안고 앞을 향해 나아갔다. 천신만고 끝에 그들은 드디어 정상을 밟는데 성공했다. 바람은 세차게 불고 눈보라가 휘몰아치고 있었다. 카메라가 흔들려 사진을 찍기조차 어려웠고 몸을 지탱하기조차 어려웠다. 백록담은 눈으로 덮여 있었다.

엄동설한에 한라산 등반을 고집한 남도영은 누구이며 그는 왜 한라산을 오르려 했는가? 동국대 명예교수인 남도영은『한국 마문화 총서』10권을 완간했고『제주도 목장사』를 쓴 대학자이다. 그는 2013년 10월에 92세를 일기로 세상을 하직하셨다.

남도영은 사료를 뒤적이던 중 제주의 말이 백록담까지 올라가 물을 마셨다는 기록이 있어 이를 고증하겠다는 일념으로 한라산을 오른 것이다. 사실 동서양을 통틀어 방목되는 말들은 광활한 평원을 달리거나 기껏해야 구릉을 오를 뿐이지 높은 산을 오르지는 않는다. 외국의 학자들은 제주의 말이 1,950m의 한라산 꼭대기를 오르고 백록담에서 물을 마셨다는 남 박사의 주장을 믿고 있지 않았다.

남도영은 400년 전, 한라산 중턱에서 홀로 무려 10,000마리의 준마를 키운 김만일을 주목했다. 김만일 이전에도 제주도에서는 수많은 말을 키웠고 중산간지대에 마목장이 즐비했지만 한라산 고지대에서 말을 키울 수 있다고 생각한 사람은 아무도 없었다. 그러나 김만일은 제주마가 뛰노는 장場을 한라산까지 끌어올리는 쾌거를 달성했다.

2. 제주마의 역사

제주도에는 태곳적부터 말이 존재했다. 야생마도 있었고 가축으로 키우는 말도 있었다. 제주도의 옛 이름인 탐라에서는 선사시대부터 말을 가축으로 사육하여왔다는 기록이 있다.

「삼성신화」에 의하면 태초에 탐라에 처음 정착한 고을나, 양을나, 부을나가 오곡을 파종하고 말과 소를 길렀다는 기록이 있고『동국여지승람』에 의하면 선사시대부터 야생우마가 한라산 밀림지대에서 농경민들과 더불어 유목생활을 하였다는 기록이 있다.

탐라는 천문지리로 볼 때 이십팔수二十八宿의 별자리 중 말의 수호신인 방성房星에 해당하는 땅이다. 그래서 사람들은 탐라를 중국의 명마 생산지인 기북冀北과 더불어 말 생산지로 최적의 땅이라고 믿어왔다. 자연환경으로 보더라도 탐라는 사시사철 기온이 온화하고 풀이 무성하며 산간에 넓은 평원이 있고 호랑이가 없는 곳이라 말을 방목하기에 적합한 곳으로 알려져 왔다.

탐라에서 말이 본격적으로 사육되고 목장이 형성된 것은 몽고가 고려를 복속시키고 탐라를 자치령으로 만든 때로부터라고 할 수 있다. 고려 원종 때 삼별초의 난을 평정하고 제주도를 둘러보던 몽고는 탐라의 넓은 평원과 온화한 기후가 말을 방목하기에 적절하고 한라산에는 소나무, 비자나무, 녹나무 등 말을 운송할 배를 만들 재료가 풍부하다고 판단하여 탐라를 자기네 말목장으로 만들 야욕을 가졌다.

몽고는 고려 충렬왕 2년(1293)에 탐라의 동쪽 수산리에 목장을 설치하고 168마리의 몽고말을 실어다 방목하기 시작하고 말들을 감독하기 위하여 몽고인으로 목호牧胡를 두었다. 말들은 기하급수로 늘어나 한때 4만 마리를 능가했고 몽고는 탐라를 100년 지배하는 동안 매년 수만 마리의 말을 징발해 갔다. 탐라에는 고원지대를 제외하고 대부분의 땅이 말 목장으로 화했다. 탐라의 농경지는 거의 자취를 감췄고 대부분의 주민들은 말 목장에 의존해서 살았다. 최영 장군이 목호와 그 추종자들을 섬멸하고 탐라를 되찾았지만 제주도의 목장은 새로운 질서를 못 찾고 황폐화되고 있었다.

세종은 해안지대를 농경지로 정하고 한라산을 정점으로 해발 200~400m의 중산간을 빙 둘러 펼쳐진 넓은 평원에 10개의 목구를 설치하여 국마목장을 만들었다. 국마목장에는 통틀어 10,000여 마리의 말들이 있었다.

몽고가 목장을 개설한 이래 제주의 말은 칭기스칸이 중국대륙과 서방을 정복할 때 사막과 평원을 누비던 전마의 후예인 달단마 즉 몽고마였다. 전쟁터에 나가 싸우던 전마戰馬로 다리가 길고 날렵한 준마였다. 그 후 명나라가 좋은 말을 선별하여 빼가고, 조정에 바치고 심지어는 고관대작들이 착취하는 통에 제주의 목장에서 키우는 말들은 해를 거듭할수록 그 체구가 왜소해지고 있었다. 따라서 제주마는 전마가 아닌 운송용 내지 농사용으로 전락하고 말았다.

조정의 대신들까지도 제주마의 왜소화현상을 개탄하고 있을 때 문득 제주도의 한 젊은이가 분연히 일어섰고 그는 두 마리의 말을 이끌고 적수공권으로 한라산 고원지대로 달려갔다.

3. 김만일의 정신세계

김만일은 1550년, 조선조 명종 5년에 제주도 남쪽 의귀리에서 태어났다. 그는 천미포왜란, 을묘왜변 등 왜구가 제주도에 침입하여 약

탈과 살상을 자행하던 불안한 시기에 어린 시절을 보냈다. 그는 젊은 시절 정병正兵으로 군인의 길을 걷다가 뜻한 바 있어 두 마리의 말을 이끌고 혈혈단신 한라산 동쪽의 고원지대로 달려갔다. 물이 없고 바람이 많으며 기온이 낮을 뿐만 아니라 온통 돌과 잡목으로 뒤덮인 곳 자왈이 대부분을 차지하는 지역이었다. 말의 달인이라는 몽고인들도 감히 손을 못 댔고 국마목장을 건설한 세종도 엄두를 못 냈던 황량한 벌판이었다.

김만일은 나무를 베고 돌을 옮기면서 종국에는 물영아리오름에서 바농오름까지의 광활한 평원과 오름들을 아우르는 수천만 평의 대목장을 건설했고 증산을 거듭하여 수십 년 후에는 무려 10,000여 마리로 번식시켰다. 이는 제주도 국마목장 전체에서 키우는 말들의 수와 버금가거나 능가하는 수준이었다. 그는 끊임없이 종자를 개량하여 몽고마를 능가하는 준마를 생산했고 전마에 걸맞도록 자신의 말들을 훈련시키고 있었다. 김만일이 이처럼 꿈을 실현해 나가는 행적에서 다음과 같은 그의 정신세계를 읽을 수 있다.

첫째 실험정신의 발현이다. 몽고인들은 지형이 평탄하고 기온이 온화하고 물이 있고 풀이 무성한 저지대에서, 사람의 보살핌 아래서 말을 키우려 했다. 세종은 말이 농경지나 고지대로 빠져나가는 것을 방지하기 위하여 해발 200m, 그리고 400m에 잣성을 쌓았다. 아무도 한라산 산록의 고산지대에서 말이 얼어 죽지 않고 자랄 수 있다는 판단을 하지 못했고 더욱이 왜소한 말의 군群에서 우성인자를 찾아 준마의 씨를 얻을 수 있다고 믿지 않았다. 그러나 김만일은 암석을 밟고 험준한 산을 오르내리며 추위에 견디는 품종을 개발하고 훈련시킴으로써, 산악지대가 많은 조선반도와 나아가서 만주의 동토에 적응할 수 있는 말을 만들어낸 것이다. 평범한 사람이 생각하지 못하는, 고정관념을 과감히 깨부수는 실험정신이야말로 김만일의 쾌거인 것이다. 이는 현대로 말하면 벤처정신이라 할 수 있다..

둘째 개척정신의 발로이다. 누구도 밟아보려 하지 않았고 그저 경이로운 눈으로 바라보기만 하던 저 높고 험한 한라산을 바라보며 김만일은 청운의 꿈을 꾸었고 꿈의 실현을 위하여 한라산으로 달려가 말을 치기 시작했다. 그는 말을 증산하면서 지경을 넓혔고 드디어는 저 드넓은 평원과 한라산 전체를 말과 자신의 활동무대로 만들어 지평을 넓혔다.

셋째 불굴의 도전정신이다. 당시 수령들과 군관들은 허우대 좋은 수말을 얻기 위하여 김만일의 산마장에 몰려왔고 회유와 협박으로 김만일의 준마를 갈취하여 육지의 고관들에게 뇌물로 바치거나 사복을 채우려 했고 심지어는 종마마저도 끌어가려 했다. 김만일은 이에 과감히 맞섰고 종마의 보존을 위하여 애지중지하는 종마의 눈을 송곳으로 찌르고 귀를 찢고 잔등을 칼로 그으면서까지도 종마를 지켜 준마생산의 맥을 이어갔다.

넷째 나라의 현실과 미래를 꿰뚫어보는 김만일의 혜안과 원려遠慮, 그리고 탁월한 시대정신을 읽을 수 있다.

당시 국제정세를 들여다보면 일본은 성주들이 세력다툼을 벌이던 전국시대를 마감하고 도요토미 히데요시가 대통합을 단행하여 30만 군사를 장악하고 있었고 만주에서는 누루하치라는 걸출한 인물이 여진족을 통합하여 세력을 확장하고 대군단의기마병을 양성하고 있었다. 그러나 조정에서는 고관대작들이 명분론을 중시하고 공리공론을 일삼으며 사색당파로 나뉘어 편싸움을 하면서 주변정세와 나라의 장래에는 귀머거리가 되어 있었다. 이러한 시기에 김만일은 누가 시키지 않아도 스스로 전마를 양산하고 훈련을 시키면서 장차 닥쳐올 위기에 대처하고 있었다. 여기서 우리는 말이 국력의 상징이라는 그의 확신에 찬 시대정신을 읽을 수 있다.

4. 김만일의 업적과 위상

1592년, 김만일의 나이 43세 되던 해였다. 15만 명의 왜적이 바다를 건너 조선을 침략하였다. 임진왜란이다. 왜적은 불과 20일 만에 도성을 함락했고 선조임금은 도성을 버리고 북으로, 북으로 도망갔다. 의주로 몽진한 임금은 의병의 활약으로 1년 반 만에 서울로 돌아왔다. 도성은 무너지고 강토는 초토화되었고 말들은 씨가 말랐다. 그때 김만일이 500마리의 전마를 끌고 바다를 건넜다. 김만일의 의기와 충성심에 크게 감동한 선조임금은 그를 종2품인 중추부동지사 겸 가선대부로 임명하고 헌마공신의 작위를 내렸다.

광해군은 누루하치가 여진족을 통합하여 세운 후금이 강성해지는 것을 염려하여 기마병을 양성하고 있었다. 광해군과 의기투합한 김만일은 전마를 키우고 훈련시켜 속속 북변으로 보냈다. 500마리의 전마를 끌고 서울에 나타난 김만일에게 광해군은 정2품인 오위도총관의 실직을 제수했다. 김만일은 정묘호란 때 240마리를, 청나라와의 전운이 감돌 때 500마리의 전마를 보냈다. 그 대가로 인조임금은 김만일에게 종1품인 숭정대부를 서훈했다.

김만일의 행적과 위대한 업적을 새삼 돌이켜보면 그는 한라산을 포함한 제주도의 대부분 지역을 말의 산지로 만들었고, 수동적인 자세가 아닌 주인의식을 가지고 자발적으로 준마를 생산하여 키웠다. 그는 말은 국력이며 군력이라는 분명한 의식을 가지고 전마를 나라에 바쳐 국난의 시기에 나라에 크게 공헌하였다. 김만일은 중앙요직에 우뚝 서 출세와 영화를 누릴 수 있었음에도 불구하고 툭툭 털고 고향으로 돌아왔다. 그의 직업의식과 소명의식은 후세에 귀감이 될 만한 일이다.

실로 김만일은 나라 건너의 땅, 변방의 땅에서 착취와 멸시를 받아온 백성들의 수동적 자의식을 극복하고 제주인의 자존과 정체성, 그리고 제주의 가치를 만방에 알린 거인이며 국난에 대비한 그의 헌신과 우국충정은 역사에 길이 기록할 쾌거인 것이다.

5. 결어

제주도의 역사는 곧 말의 역사다. 제주도는 온통 말목장이었기에 테우리를 포함하여 제주인의 삶과 애환이 오롯이 말의 역사에 담겨 있다. 생각해보면 한 지역, 특히 섬 전체가 목장이고 거기에 말에 대한 역사와 전통, 관습과 민속신앙이 면면히 내려온 곳은 제주도 말고는 세계 어디에도 없다. 미국의 켄터키, 일본의 북해도 그리고 호주에 그들이 자부심을 갖는 말목장이 있고 이 목장들이 각종 산업과 관광의 메카라고 하지만 거기에는 역사가 없고 문화가 없다.

금번 제주도가 말산업특구로 지정된 사실은 때늦은 감은 있지만 매우 다행스럽고 자축할 만한 일이다. 제주도와 관련업계에서는 말산업의 중장기계획을 짜고 있다. 각 분야의 전문가와 행정가들이 말산업의 진흥을 위하여 많은 구상을 하고 계획을 짜겠지만 나는 이 지면을 빌려서 감히 몇 가지 제언을 하고 싶은 충동을 감출 수가 없다.

자칫 역사와 문화를 도외시한 제도와 산업은 사상누각에 불과하다. 우리는 이 시점에서 천년을 면면히 내려온 말과 목장의 역사를 탐구하고 말과 관련된 조상들의 얼과 애환을 발견하고 각종 유적과 풍습과 구전口傳을 끊임없이 찾아내고 보존하는 작업을 병행해야 한다.

말 사육의 역사와 전통을 간직한 곳은 제주도 말고는 세계 어느 곳에도 없다는 자긍심을 갖고 우리는 세계 말산업과 말문화를 선도해야 한다. 눈을 크게 뜨고 세계를 상대해야 한다. 조랑말에 국한시키는 축소지향적인 생각을 거두고 모든 종의 말을 수집, 연구하고 국제적인 학술회의와 전시회를 개최하는 것이다.

제주도에는 수백 년간 국마목장이 유지되었고 김만일과 그의 자손들에 이르러서는 한라산까지 목장으로 화했다. 이왕 제주도가 말산업특구로 지정된 만큼 통 큰 발상이 필요하다. 골프장 두세 개 정도의 말 테마공원을 조성하고 거기에서 말에 관련된 체력단련, 놀이, 관광, 부산물 또는 기념품의 제조와 판매를 시행하여야 한다. 특히 광활한 평원에서 떼 지어 달리는 말을 관람하는 것은 말 관광의 진수다.

김만일의 동상건립이 현실화되고 있는 점은 매우 환영할 만하다. 그러나 김만일의 고향 한 구석에 동상을 세우겠다는 소아적小我的인 발상을 누군가 하고 있다면 안 될 일이다. 테마공원의 높은 언덕에

우뚝 서 천하를 호령하는 김만일의 모습이야말로 제주도의 위상을
높이는 일일 것이다. (2014)

4·3을 성찰하다
- 양영수의 『불타는 섬』을 읽고

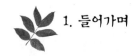 **1. 들어가며**

4·3은 인류역사상 그 유례를 찾아볼 수 없는 대사건이다. 그것은 전쟁이 아니다. 이민족에 대한 대학살도 아니다. 이데올로기의 다름으로 인하여 적진을 몰살시키는 초토화 작전도 아니다. 죽여야 할 사람을 죽인 것도 아니고 동족을 무참하게 죽일 이유도 없는 사건이다. 국가의 어떤 지도자에게 무고한 자기 백성을 한 줄로 세워놓고, 노인과 여자와 어린아이까지 집단 사살을 자행하는 권한이 주어졌단 말인가? 당시 수도 서울의 13배가 넘는 큰 섬이 불바다가 되었고 당시 서울 인구(약 100만 명)의 1/4이 넘고 부산 인구와 맞먹는 약 28만 명의 제주사람들이 공포와 죽음의 도가니에 휩싸였다. 그리고 그 중에 1/10이 죽임을 당했다. 그래서 제주사람들은 그 후손까지도 병들어 있다. 몸만 병든 게 아니다. 사람들의 정서는 문드러지고 꼬이고 외돌아지고, 가끔은 울근거리고 가끔은 냉가슴을

앓고 있다.

그 이후가 더 문제다. 4 · 3의 해석을 어떻게 하느냐보다 더 큰 문제가 이 섬에 도사리고 있다. 그 후에 방치되고 철저하게 외면 당한 제주사람들의 삶의 현실이 문제이고 치유의 손길은커녕 아직도 진영 논리에 그들을 가두어두는 국민들의 냉랭한 시선이 문제다. 양영수는 『불타는 섬』에서 이 문제를 파헤치고 있다.

작가는 4 · 3사건을 빗대어 제주도를 '불타는 섬'이라 했지만, 제주사람들의 기질 또한 불타는 열정으로 승화시켰다. 역사적으로 빈번하게 일어났던 민란, 제주사람들의 불붙는 교육열, 자기가 바라는 세상 속으로 몰입하고 도취하기 잘하는 정신, 그리고 해녀의 삶에서 볼 수 있는 열정 또한 불타는 섬에 걸맞은 이름이다.

2. 서사구조

이 소설은 몇 단계의 중층구조로 이루어져 있고 각 단계에서 주인물이 바뀐다. 프롤로그에서는 정례라는 여인이 주인물로 설정되고 본문에서는 강철승이 초점화자가 된다. 에필로그에서는 화자가 1인칭의 〈나〉로 변한다.

시간의 층으로 볼 때 프롤로그에서는 정례의 현재(4 · 3 이전)가 서술되고 본문에서는 강철승의 현재(4 · 3 30년 후)를 중심으로 서술되면서 회상과 시간의 역전(flashback)을 통하여 4 · 3의 현장으로 돌아간다. 다시 에필로그에서는 5년이 지난 시점에서 〈나〉의 현재를 서술하고 있다.

본문에서 작가는 3인칭 화자인 강철승을 주인물로 설정한다. 강철승은 빨치산 사령관 이덕구를 소탕한 공으로 무공훈장을 받은 서북청년회 출신의 경찰관 아버지 덕분에 명예와 호강을 누리며 살아왔지만 우연한 기회에 출생의 비밀을 알게 된다. 자신이 사실은 공산주의자의 씨로 태어났다는 어머니의 고백을 듣고 번민하기 시작한다.

그는 역사의 뒷면에 숨은 시대적 배경과 4·3사건의 진상을 더듬어가면서 4·3사건이 일어날 수밖에 없었던 역사적 필연성을 탐구할 필요성을 느끼고, 기록된 역사에 대하여 강한 의문을 갖는다.

4·3의 원인은 무엇이며 폭동의 동기와 목적은 무엇이며 다수의 민중이 폭동에 가담한 이유는 무엇이며 막강한 권력이 전쟁이 아닌 상황에서 기만幾萬의 동족을 무참히 살해한 이유는 무엇인가?

본문에서는 여러 단위사건들이 혼재해 있지만 여러 층의 병렬적 중층구조를 갖는다. 첫 번째 줄거리는 사건을 바라보는 다양한 시각 즉 관점이다. 작가는 네 사람의 부인물을 내세워 그들의 관점을 표현하고 있지만 작가 자신은 판단을 유보하고 독자의 몫으로 양보한다. 두 번째 줄거리는 화자가 일상생활에서 만난 사람들의 현재와 과거를 다루고 있다. 그들은 여러 형태로 심적 갈등과 후유증을 앓고 있다. 세 번째는 에피소드를 삽입하여 4·3사건의 후유증을 폭로하고 있다. 네 번째는 큰 줄거리 안에 액자를 설정하여 액자 안의 이야기가 밖의 이야기에 영향을 미쳐 사건이 확대되고 변전하는 현상을 설명하고 있다. '국방경비대의 육필수기'가 그것이다.

작가가 액자로 설정한 '국방경비대의 육필수기'에서 41명의 군인들이 모슬포지역의 군영을 탈영하여 경찰지서에서 무기를 탈취하고 이덕구 유격대에 합류한다. 이 사건은 제주사람들이 대부분 빨갱이라는 추단을 가능케 했고 민간에 대한 무자비한 살상과 중산간에 대한 초토화 작전이라는 빌미를 제공하였다.

3. 관점들(perspectives)

1) 경우회장의 관점(진압경찰의 변)

4·3사건의 원인은 빨치산 무장대가 남한만의 단독선거를 반대하기 위한 폭거에서 비롯되었지만 단독정부가 수립되지 않았다면 한반도 전체가 공산화될 수밖에 없었을 것이다.

서청이 제주도에 투입되어 잔인한 살상을 자행한 것은 제주경찰의 수치였지만 그들이 있었음에 남한이 반공국가로 일사불란하게 자리 잡은 일면도 있다. 특히 5·10 선거 직후 모슬포에서 발생한 국방경비대의 탈영사건은 개인적으로는 그들 자신의 생애와 가문에 불명예를 초래했고 국가적으로는 분열과 혼란을 야기한 사건이었다.

2) 훈장노인의 관점(자생적 공산주의자의 변)

4·3사건의 주동자들의 성격은 공산주의 이념파, 일제청산이 안된 부패정권과 폭력경찰에 대한 항쟁파, 그리고 단독선거 반대파 등세 부류로 나눌 수 있는데 이들은 사태의 국면전환에 따라 큰 변화를 보이고 있다. 공산주의 이념파들이 프롤레타리아 계급투쟁을 내세웠지만 당시 제주도에는 자본가 계급이 거의 없었기 때문에 그들의 주

장은 일시적으로 불쏘시개가 될 수는 있어도 장기적으로 제주사람에게 먹혀들 사상은 아니었다. 그러나 미군정과 이승만 정권은 공산화의 우려에 천착한 관계로 4·3을 정치이념적인 투쟁으로 몰아붙였고 역사서 또한 같은 맥락으로 서술하고 있다.

부패정권과 폭력경찰에 대한 항쟁파의 경우 1947년 발생한 3·1절 기념식과 3·10 총파업의 사회심리적인 에너지가 4·3을 기하여 분출한 것이고 그 이후 과도한 진압에 맞서 민중들이 대항하면서 증폭되었던 것이다.

단선반대파들은 남북분단을 저지하고 민족통일을 이루고자 하는 거시적 안목에서 나온 충정이었으나 단독정부가 수립된 이후 그들은 조용히 퇴장할 수밖에 없었다.

4·3의 민중봉기는 이들 세 부류의 지도자들이 일으킨 사건이지만 대다수 제주사람들은 공산주의 사상에 물들었다고 할 수 없으며 경찰과 서청들의 분별없는 진압에 항거한 경우가 많았다.

특히 국방경비대 41명의 탈영과 입산 사태는 무장대의 사기를 높여주는 한편 과도한 진압의 빌미가 되었고 집단학살의 비극으로 치달았다. 그러나 훈장노인은 무장대 뒤에 지원세력이 없는 상태에서 청년들이 젊은 혈기 하나로 싸움을 시작한 것은 이길 수 없는 싸움이었고 참담한 비극을 초래한 결과가 되었다고 회고한다.

3) 허승우의 관점

이덕구 유격대에서 연락업무를 맡았던 허승우는 토벌대의 초토화 작전으로 온 산야가 불바다가 되고 중산간 마을이 불타면서 어른 아이 할 것 없이 참혹하게 죽어간 현장을 보면서 회의에 찼고 이러한 참상을 중지시키려면 유격대가 하루빨리 항복하는 길밖에 없다고 판단했다. 그는 이덕구야말로 영웅주의의 착각에 빠진 몽상적 혁명가라고 생각했다.

허승우는 제주도를 이상사회로 만들거나 단독정부 수립을 막는다는 것이 제주사람이 나서서 될 수는 없다고 판단했고 더 이상 제주사람들의 희생을 막으려면 유격대가 항복하거나 사라져야 한다고 생각했고 결국은 밀고하게 되었다는 것이다.

4) 황정익의 관점

이덕구 사령관과 더불어 마지막까지 버티다 일본으로 밀항한 황정익은 말한다.

제주도민 중에서 공산주의를 아는 사람은 극소수였지만 그들은 미군정과 이승만 정권을 미워했기에 그 반작용으로 남로당 지도자들의 선동에 쉽게 빨려 들어갔다. 더욱이 서청이 들어와 과잉진압과 무자비한 살상을 자행함에 이르러 제주도민들의 분노 또한 극에 달했다. 이를 남로당지도자들은 입산투쟁과 게릴라 전투로 유도하였고 이승만 정권은 남한지역에서 공산주의 세력을 뿌리 뽑는 계기로 삼았다.

결국 4·3은 미소대립의 냉전체제라는 국제정치 논리로 이해해야 하며 그 와중에서 제주도가 희생양이 되었음은 약소국의 설움으로 보아야 할 것이다.

이덕구 사령관의 경우, 무장대의 세력이 거의 소진되고 있을 때도 끝까지 투쟁한 것은 그가 정의수호라는 기치 아래 싸우다 죽는 것이

후손들을 위해서도 바람직하다는 영웅적 의지를 표출한 것이라 할 수 있다.

4. 등장인물들의 갈등행태와 후유증

1) 등장인물들의 갈등행태

작가는 이 소설에서 역사의 소용돌이에 휩쓸려 피동적으로 살아가고, 불투명한 현실에서 고뇌하고 행동하는 등장인물들이 겪는 좌절과 갈등을 극명하게 서술하고 있다.

① 경찰관인 남편이 죽은 후 반역자의 자식으로 살아가지 않도록 아들을 생부인 부현배에게 넘겨주지 않고 또한 그에게 개가하지 않은 정례.

② 자신의 아버지 부현봉을 죽인 경찰관의 아들 강철승이 자신의 피붙이라는 사실을 알고 갈등을 일으키는 부민희.

③ 아버지가 암묵적으로 무장대원을 도왔음에도 불구하고 무장대원에게 죽임을 당한 일로 국가유공자의 대우를 받은 사실에 대하여 심한 마음의 갈등을 일으키는 성우칠.

④ 아버지가 무장폭도라는 이유로 사회에서 철저한 외면을 당하고 연좌제로 인하여 꿈을 펼칠 수 없는 현실에서 가끔은 돌출행동을 보이고, 나중에는 간첩혐의를 받고 자살의 길을 택한 부성배.

⑤ 아버지가 국방경비대 탈영사건의 주모자라는 이유로 주위의 철저한 외면 속에 죄인처럼 살아온 황치상과 자폐증 현상을 보이

는 아들 대청.

2) 후유증을 앓고 있는 사람들

작가는 이야기 가운데 몇 개의 에피소드를 삽입하여 후유증을 앓
고 있는 사람들을 들춰내고 있다.

가해자(또는 그 가족)와 피해자(가족)의 숙명적인 만남, 가족이 사상
적으로 양분되어 죽이고 죽는 현상, 가벼운 실수가 죄 없는 가족 또
는 이웃을 죽게 한 사실, 가해자의 자손으로 태어난 결과로 번민하는
사람들, 무장대의 자손이라는 이유로 겪는 사회적 냉대, 중산간 마을
에 살았다는 이유로 빨갱이로 몰리는 억울함 등이 기술되고 있다.

그들 중에 어떤 이들은 죄의식에 시달리고, 현장을 목격했거나 가
족이 당한 사실을 전해들은 이들은 가위눌림, 공황장애, 우울증, 불
안, 대인기피증, 웃음이 없는 목석같은 표정, 가해자에 대한 적대감
등으로 나타난다.

5. 에필로그

작가는 초점화자를 3인칭 화자에서 1인칭 화자로 바꾸면서 객관적
서술을 주관적 서술로 변형시킨다. 여기에 작가의 감정이입이 끼어
드는 형태이다.

화자인 〈나〉는, 공산주의자인 생부와 경찰관인 호적상의 아버지가
둘 다 자신의 의지와 관련 없이 역사의 격랑에 휩쓸려 다닌 사실에서

공통점을 찾으면서 오랫동안 맞서 싸우는 제주사람들의 정서를 봉합하려 한다. 작가는 다양한 입장의 사람들이 한 자리에 모여 오래된 구원을 푸는 정황을 그려낸다.

또한 심적 갈등과 후유증에 시달리는 사람들이 심기일전하여 치유의 길을 걷고 있음을 보여준다.

작가는 순진무구한 어린아이를 등장시켜 성격과 행동이 다른 사람들이 경쟁과 갈등관계에서 생명력을 얻게 되는 세상을 희구하고 있다.

6. 읽기를 마치면서

1) 서평

작가는 이 땅의 산야를 피로 물들였던 고난과 격정의 사건을 서술하면서도 냉정하고 균형 잡힌 시선을 유지한다. 그는 울분을 토로하거나 부르짖지 않는다. 그는 시종일관 섬세하고 아름다운 문체와 차분한 필치로 문맥을 이어간다.

자칫 지루할 것 같은 서사구조임에도 사건을 뒤섞어 놓기도 하고 시간을 역전시켜 사건 사이에 인과적 연결고리를 만듦으로써 독자의 궁금증을 자아내게 한다.

작가는 프롤로그, 본문, 에필로그에서 초점화자를 중첩시키고 초점을 이동시킨다. 또한 줄거리 중에 각기 다른 관점을 병렬적으로 선보이고 작가의 관점을 숨긴다. 각각의 관점에 동의하거나 비판하는 일은 독자의 몫으로 남겨두고 작가의 교훈적 또는 비판적 권위를 내려놓는다.

그러나 작가는 은연중에 사건과 행동을 바라보는 흑백의 시각을 자제하고 당시의 역사를 포용과 이해의 장으로 재해석하고 화해와 상생의 미래사회를 호소한다.

지금까지 4·3을 다루는 문학작품의 대부분이 참혹한 시대상에 천착한 반면 작가는 그때의 일로 인하여 후유증을 앓는 인간상을 다룸으로서 4·3문학의 지평을 넓혔다. 따라서 앞으로 제주도의 문학과 예술이 한 차원 높게 지향할 바를 작가는 제시하고 있다.

2) 논자의 소견 小見

제주도에 진입한 미군에 대하여 제주사람들은 의혹의 눈초리로 보았던 것 같다. 그들의 정서에는 일제가 뇌리에 심어놓은 반미감정이 깔려 있었고 강제징병되어 태평양전선에서 미군의 포화에 죽어간 청년들이 그들의 자식이요 형제였다. 제주사람들은 미군을 해방군이 아닌 점령군으로 보았다.

당시 일부의 제주 사람들은 한국이 미국의 식민지가 되는 것이 아닌가 하는 의구심을 가지고 있었다. 1946년 10월 AP통신에 의하면 미국의 시사평론가 화이트가 제주도를 군사전략기지화하여 동양의 지브롤터로 만들자고 주장한 사실이 한국에 알려지면서 제주도민을 자극하기도 하였다.

더욱이 미군정은 일제치하에서의 강력경찰을 수하에 두고 있었고 일제가 남겨둔 재산을 독차지하려는 모리배들을 척결하고자 하는 어떤 정책도 펴지 못하고 그들의 수작에 놀아났다.

해방 후 제주도의 지식인들은 자치기구를 구성하고 15개의 중학교를 세우면서 국민들을 계도하려 했다. 그들은 건준 나아가서 인민위원회를 결성하고 미군정과 대화하기를 희망했다. 그들 대부분이 자생적 공산주의자, 또는 이상적 사회주의자였다. 당시 일제치하의 많은 지식인들이 공산주의 사상에 경도되어 있었다. 미군정은 그들의 정치참여를 의도적으로 회피했다. 그들은 1947년 3·1절 기념식과 3·10 파업 이후 일제적인 검거로 인하여 수그러들었다. 그러나 당시의 시위는 사회적 에너지로 내연하고 있었다.

일제에 의하여 만주로 징병되었던 제주의 청년들이 탈영하여 팔로군에 합류하면서 그들은 공산주의 사상교육을 받고 돌아왔고, 그들은 3·1 시위의 사회적 에너지를 이용하여 10여 개의 경찰지서를 습격했다. 그때만 해도 다수의 제주도민이 합류한 건 아니었다.

남한만의 단독선거는 분단을 기정사실화하는 것으로 이를 반대하는 일은 역사적 의의가 있는 것으로 판단되지만 육지와 격절된 제주도에서는 이미 좌익세력이 퇴진한 상황을 모르고 있었음에 더욱 화를 부른 것이다.

국방경비대의 탈영사건은 제주도를 빨갱이 섬이라고 단정하는 빌미를 주어 토벌이 강화되었고 큰 희생을 초래했다. 보강된 경찰력과 군인들, 1,000명이 넘는 서청의 무분별하고 무자비한 진압으로 주민들, 특히 청년들은 분노했고 입산자가 늘어만 갔다.

이때의 무장대는 공권력과 싸우는 폭도일지언정 모두가 공산주의자는 아니었다. 입산자의 가족과 그들에게 식량을 준 사람들은 더더욱 공산주의자가 아님은 분명하다. 그러나 미군정과 이승만 정부는 그들을 모조리 빨갱이로 몰아 죽였다. 소위 일부를 가지고 전부로 (pars pro toto) 보는 사고의 함정에서 비롯된 재난이라 할 수 있다. 역사를 다시 써야 하는 이유가 여기에 있다.

우리는 여기서 제주 특유의 사회구조를 눈여겨볼 필요가 있다. 제주의 궨당眷黨문화는 제주 사람들을 보이지 않는 끈으로 이어주고 있다. 그들 사이의 관계는 삼촌과 조카, 형제자매이다. 제주출신의 국방경비대나 제주경찰은 차마 궨당을 해칠 수 없으며 주민들은 배가 고파 찾아든은 조카에게 식량을 거절할 수가 없었다. 그러기에 더 많은 사람들이 희생되었고 집단사살의 단초가 되기도 하였다. 제주출신의 국방경비대와 경찰들은 토벌에 미온적이었고 토벌대의 정보를 무장대에 제공하기도 했는데 이들을 남로당의 세포로 간주한 것은 제주실정을 모른 당국의 소치라 할 수 있다.

4·3을 보는 당국의 부정적 시각으로 말미암아 제주사람들이 겪은 고통은 그 후에도 계속되었다. 당국은 법에도 없는 연좌제로 희생자들과 행방불명자들의 가족을 얽어매어 공직에의 진출과 해외여행을 막았기 때문에 유능한 인재들이 사장되는 결과를 낳았다.

현실탈피를 감행하는 사람들도 다수였다. 어떤 이들은 일본으로 건너가 살았고 어떤 이들은 육지로 나가 살며 호적을 아예 옮기기도 하였다.

더욱 아이러니한 일은 제주의 젊은이들이 인천상륙작전의 주역이 된 사실이다. 한국 해병대 3,800명 중에 제주 출신이 3,000명이었고 그들은 대부분 좌익으로 의심받는 사람들의 자식들이었다. 정부가 그들을 공산주의자로 분류했다면 그들을 최전선으로 보냈을 리는 만무한 것 아닌가?

70년 가까이 흐른 지금, 정부와 국민은 4·3당시의 상황논리를 이해하고 역사의 재해석을 통해 제주도민의 상한 심정을 보듬어야 할 것이다. 또한 제주도민들은 한때 상호 대립과 원한의 관계에 있었어도 냉전시대의 이념의 논리는 사라지고 체제의 논리만 남아있는 현재에 이르러, 궨당의 정신으로 돌아가서 포용과 상생으로 손을 맞잡고 미래로 나아가야 할 것이다. (제주문화포럼,「문화와 현실」, 2014)

권무일 수상록
어머니 그리고 나의 이야기

초 판 1쇄 인쇄일 2015년 5월 5일
초 판 1쇄 발행일 2015년 5월 10일

지은이   권무일
펴낸이   이정옥
펴낸곳   평민사
        서울특별시 서대문구 남가좌2동 370-40
        전화 (02)375-8571(代)
        팩스 (02)375-8573
        평민사(이메일) 모든 자료를 한눈에 —
        http://blog.naver.com/pyung1976

등록번호   제10-328호

값   13,000원

ISBN 978-89-7115-612-4   03800